纽约

A HISTORY OF NEW YORK

〔美〕华盛顿·欧文 —— 著
孙昌坤 —— 译

中国友谊出版公司

图书在版编目（CIP）数据

纽约/（美）华盛顿·欧文著；孙昌坤译．-- 北京：中国友谊出版公司，2020.10
ISBN 978-7-5057-4216-1

Ⅰ．①纽… Ⅱ．①华… ②孙… Ⅲ．①散文集－美国－近代 Ⅳ．① I712.64

中国版本图书馆 CIP 数据核字 (2017) 第 248703 号

书名	纽约
作者	[美] 华盛顿·欧文
译者	孙昌坤
出版	中国友谊出版公司
发行	中国友谊出版公司
经销	新华书店
印刷	河北鹏润印刷有限公司
规格	880×1230 毫米　32 开 10 印张　213 千字
版次	2020 年 10 月第 1 版
印次	2020 年 10 月第 1 次印刷
书号	ISBN 978-7-5057-4216-1
定价	49.00 元
地址	北京市朝阳区西坝河南里 17 号楼
邮编	100028
电话	(010) 64678009

目 录
CONTENTS

第一篇 //001

讲述新荷兰省早期定居点的情况。

第二篇 //037

本篇记录沃尔特·范·特维勒任总督的黄金时代。

第三篇 //087

本篇包含暴脾气威廉统治时期的系列大事。

第四篇 //141

本篇叙述彼得·斯托伊文森特统治初期的情况,以及他与东部近邻联盟会的冲突。

第五篇 ///187

本篇讲述老顽固彼得统治的第二个时期,他在特拉华河上的大捷。

第六篇 ///249

本篇包含老顽固彼得统治的第三个时期:他与英国人的纷争,以及荷兰殖民地的衰落与毁灭。

第一篇

讲述新荷兰省早期定居点的情况。

第一章

航海去寻找西北通道的亨德里克·哈德逊先生如何发现了著名的纽约湾以及大河莫西干，哈德逊如何得到荷兰权贵们的慷慨奖赏。

公元1609年3月25日（旧历）永远令人难忘。这是一个周六，早上万里晴空，快乐的太阳神菲比斯用柔和的露水、春日的阵雨洗过脸，从东方的窗口露出辉煌的笑脸，面容比平时更加灿烂。"那位永远杰出的发现者亨利·哈德逊先生"驾驶一艘坚实的大船从荷兰起航。这艘名为"半月"的船受雇于荷兰东印度公司，此行的目的是寻找一条去往中国的西北通道。

关于这次伟大的航行现在还有一些记载。这些记载是由船上的大副来自莱姆豪斯的罗伯特·朱特用地道的航海日志体简要记载下来的。朱特被任命为这次航海的记录者部分是因为他的文笔出众，但，依照我获得的可靠信息，主要是因为他是伟大的哈德逊的同乡、校友。他们两位小时候曾一起逃学，一起驾驶碎木运输船。我也能提供朱特先生的航海日志中缺失的一些信息，一方面是因为一些可敬的荷兰人家为我提供了一些资料，另一方面是我个人家庭里从高祖那里传下来的一些说法。在这次的航海探险中，我的高祖是船上的水手。

据我了解，航行路上很少有值得注意的事情发生。我不得不承认这让我很闹心。因为我要将这样一次伟大的航行写到书中，但航行途中又没有什么可写。唉！如果我能有古代最真实的作家阿波罗尼乌斯那样的有利条件该多好。这位作家在描述阿尔戈的探险中，用上了整个希腊神话，把伊阿宋和他的伙伴们塑造成了英雄与神灵，尽管世人都知道他们不过是一帮开船到处去抢劫的偷羊贼。我多希望自己能有荷马与维吉尔那样的特权，能在自己的叙述中加上一些巨人、莱斯特里戈马的故事，为我们忠实的海员偶尔添一些海妖美人鱼举办的音乐会，不时让很少露面的诚实的老尼普顿带着他那个爱嬉闹的船队现现身，让自己的故事更生动。但是可惜啊！那个美好的时代久已过去。那时候淘气的神会亲自降临我们这个海水陆地构成的星球，对星球上四处游走的居民恶作剧一番。尼普顿曾经对自己的领地宣布了一条禁令。禁令一下，强壮的海中信使特里顿，如被解散了的水手，不再受重用。只是卡戎有时会好心地雇他吹吹海螺，做摆渡者。没错，现在的航海者不像旧时的先行者一样能做出惊天大事，他们不再提海神的事，在所罗门·朗格所编辑的《纽约公报》中，有极为详细真实的海上记事，但也一点没有提及这样的一些事。在这个堕落的时代，就连在暴风雨中摇荡的船上桅顶闪耀着的双子流星都很少被注意到。只是有时，杰出的船长们会偶然碰到预示海上灾难的幽灵。他们让所有有经验的水手恐惧，是黑夜中影子般的光谱，是飞行的荷兰人。

简单地说，航行路上一切顺利，一路平静。水手们都很有耐心，大部分时间除了睡觉就是发呆，他们很少烦心去思考——这种精神疾患，一定是由不满引起的。哈德逊储备了大量的杜松子酒、酸面包片。如果没有风，船上的每一个人都获得允许可以在自己的岗位上静静地睡觉。自然有两三次也有人对船长哈德逊不明智的指挥有过些许不满。比如，天气晴朗，风很小的时候，最有经验的荷兰水手认为这是某种天气信号，预示着天气要变坏，但哈德逊却不让把船帆降低。而且他的做法与自古以来荷兰导航者所遵循的金科玉律恰恰相反。荷兰航海家总是在夜晚收帆减速，把舵转向左舷，然后上床睡觉。通过这样的预防措施，他们可以一夜安眠，很清楚地知道第二天早上自己到了哪里，并且很少会在黑暗中撞到陆地上。哈德逊禁止船员们穿多于五件的夹克，不多于六条裤子，他的借口是要他们更为警觉。他不允许任何人爬到高处，手抓着船帆，嘴里叼着烟袋，而在今天，这通常是荷兰人的习惯。虽然这些不满让大家一时不快，但在忠实的荷兰水手的心里只是短暂的念头，从外表上他们依然平静。他们大吃大喝，没有节制地睡觉。在造物主的特别指引下，船平安地到达了美洲海岸。在这里，经过几次无关紧要的靠岸、驻停，在9月4日这天终于进入了一个阔大的海湾。这个海湾今天就在纽约市的面前敞开它的宽阔胸怀。而在哈德逊们到来之前，从未有任何欧洲人到访这里。

  在一部由一位叫海科路特的人编辑的真实性可疑的航海书中，的确有一封一个叫吉奥瓦尼或约翰·维拉扎尼的人写给弗朗西斯一世的信，有些作家据此找到证据，相信这个美丽的海湾在勇敢的哈德逊航行至此近一个世纪之前就已经有人到访。我不会忽视这一事实，但完全不相信这个（虽然一些有见识有学问的人支持这种看法）。

对此，我有很多好的正当的理由。首先，认真审查一下就会发现，这位维拉扎尼的描述，既可以用来描述纽约湾，也可以用来描述我的睡帽。其次，是因为这位约翰·维拉扎尼，我已经开始对这位有些反感，是一位佛罗伦萨人。每个人都知道这些一无是处的佛罗伦萨人的狡诈伎俩。他们通过欺骗，从不朽的科伦（俗称哥伦布）怀中偷走了属于他的荣誉，把他的荣誉颁给了他们那位爱显耀的同城人亚美利哥·韦斯普奇。我毫不怀疑他们同样会准备剥夺伟大的哈德逊发现纽约市边缘的这座美丽小岛的功绩，而把这些功绩放到他们盗用的南美洲发现者的名誉旁边。再次，我相信自己的判断因为我信任自命不凡的亨德里克·哈德逊。他从荷兰起航远行，这是一次真正意义上的荷兰人的冒险。虽然世人的证据都与我相悖，但我认为他们一点也不值得我关注。如果这三条理由不足以让这个古老城市里的每一位市民满意，我能说的就是，他们是自己可敬的荷兰祖先堕落的子孙，全然不值得费心去说服他们。所以，把这个伟大的发现归于亨德里克·哈德逊是完全正确的。

在我的家族中一直有这样的传说。当哈德逊这位伟大的航海家第一次有幸看到这个迷人的海岛时，有人注意到他生平第一次也是唯一一次激动不已，满心赞赏。据说他一边指着这个新世界的天堂，转身对朱特说了这样一些令人难忘的话："看！""那里！"随即，正如心情大悦时他总是会做的那样，他拼命吸烟，烟雾浓重，一时间里，从船上无法看到陆地，朱特不得不等待，一直到风把无法穿透的烟雾吹散。

"那的确是"，正如我的高祖过去常常讲的那样——虽然你可以想他在我出生之前就已经去世，事实上我从未听他说过——"那的确是一个美丽的地方，眼睛永远也看不够，一切都是新的，美景望不到尽头"。宽阔的曼纳哈塔岛就这样展现在他们眼前，就像一个甜蜜的梦境，就像一个勤劳的魔术师创作的奇妙作品。岛上群山叠翠，笑意盈盈，山顶树木高耸，郁郁葱葱。有些树直插晴朗透明的云霄，另有一些藤蔓缠绕，绿叶葳蕤，树枝触到覆满鲜花的地上。山茱萸、漆树、野百合，铺满小山的缓坡，争奇斗艳，它们红的果、白的花与周围深绿色的环境相映成趣。这里，那里，一缕青烟从小小的峡谷中升起，沿海岸飘散开，好似同类在向疲倦的航海者张开欢迎的双手。他们正站在这里出神观看眼前的景色，一个头戴羽毛的红色人从这样一个山谷中走出来。他静静地注视着这艘华丽的大船，此刻，船好似一只端庄地在银色的湖上游泳的天鹅。此后，他发出一声战斗的呐喊，接着像野鹿一般跳进了树林里。这些冷静的荷兰人从未听过这样的声音，也从未见过这样跳跃的人，这让他们大吃一惊。

关于我们的探险者如何与这些野蛮人做交易，后者如何吸铜烟斗，吃干醋栗，他们如何拿来大量的烟草、牡蛎，他们如何射杀了一个水手，又是如何埋了他，我这里不再说，因为我认为他们于我的历史并不重要。在海湾逗留了几天抽烟，从航海的疲乏中恢复过来之后，我们的航海家重新起锚，冒险沿着注入海湾的一条大河逆流而上。据说这条河野蛮人叫它沙特马克，虽然从约翰·乔瑟林先生1674年出版的精彩历史书中我们确定这条河叫莫西干河。理查德·布劳姆先生后来写的书里也持同样的观点。所以我非常赞同两位诚实的先生的意见。然尽管如此，这条河现在被命名为哈德逊河。溯河而上，精明的亨德里克毫不怀疑他一定能发现一直在寻找的去往中国的通道。

航行日志里还提到了沿河而上的过程中水手们与当地人的几次交往，但他们与我的史书无关，所以我就悄悄把他们略过。不过下面这个船长与他的同学罗伯特·朱特所讲的冷笑话能为他们的实验哲学增光，所以我禁不住要添加在这里。"船长与大副决定试一下这里的一些头领是否会背叛自己。所以他们把这些头领带到船舱，让他们喝了许多葡萄酒、白酒，他们喝得都很兴奋。其中的一位带着自己的妻子前来。他的妻子谦恭地坐着，像任何来到陌生地方的乡村妇女一样。最后，头领喝醉。在我们逗留期间，他们一直待在我们的船上，酒对他们来说是陌生的东西，因为他们不知道如何饮酒。"

这次意义深远的实验，让船长很满意。他认识到当地人是一个诚实善交快乐喧嚣的民族，他们不反对斗酒，贪恋杯中之物。实验结束，这位老船长偷偷咯咯地笑，然后冲着朱特扔两块烟草，指示他把这个仔细记录下来，以备莱顿大学的所有自然哲学家研究。做完这些，他继续自己的航行，心中沾沾自喜。但沿河向北又航行了一百多英里后，他发现周围的水开始变得更浅，水面变得更窄，水流更急，水完全是流动的。这些现象在河流的上游并不罕见，却让这些实在的荷兰人大感不解。我们这些现代的阿尔戈英雄于是开了一次碰头会，经过整整六个小时的讨论，他们做出一个决定，依照船搁浅地的情况，他们一致同意，很难有机会沿着这个方向到达中国。然后，他们派出一艘小船继续向北进发，小船回来，证实了大家的观点。于是大船拉起绞船索，改变航向。这并不容易做到，因为这艘大船，如大多数与它性别一样的女人，特别难以驾驭。依照我高祖的讲述，爱冒险的哈德逊又顺河而下，不过耳朵里多了一只大跳蚤。

哈德逊感到很满意，因为到达中国是不可能的，除非像那个盲人一样。他回到停留过的地方，又开始一次新的航行，穿洋过海回到了荷兰。在荷兰，他受到东印度公司的热烈欢迎，他们非常高兴看到他带着他们的船平安归来。在新阿姆斯特丹举行的一次由富商以及官员参加的大型会议上，大家一致决定，为了表彰哈德逊所做出的杰出贡献以及他的重要发现，伟大的莫西干河应该以他的名字命名。此后，这条河就被称作哈德逊河，直到今天。

第二章

本章讲述在圣尼古拉斯的护佑下一艘"方舟"从荷兰到绞刑岛的旅程,描述从"方舟"中走出来的奇异"动物",一次伟大胜利,以及古老的村庄克缪尼帕。

伟大的哈德逊与朱特先生对新发现的地方引人入胜的描述让荷兰人激动不已。他们不停地谈论这个新发现的地方,思考如何开发这个地方。政府把这个地方的专利许可发给了一个叫作西印度公司的商人协会,专许他们在哈德逊河上从事贸易。他们于是在这个地方建了一个贸易点叫奥拉尼亚堡(FortAurania),或称奥兰治堡(FortOrange)。地点就在今天美丽好客的奥尔巴尼市。但我还是要说一些这里开展的商业以及殖民活动,这其中就有阿德里安·布洛克先生的故事。这位先生发现了布洛克岛并为之命名。自此以后这儿一直以出产奶酪而知名。我只谈这些吧。在这儿展开的商业以及殖民活动催生了这座著名的城市。

名垂青史的亨德里克回到荷兰三四年后,一群诚实、怀有善意、富有同情心的荷兰殖民者从阿姆斯特丹市起航,驶向美洲海岸。这次远航,见多识广的船长们用心准备,货物押运人衣着整洁,十分有趣，考察的结果十分重要，却完全被忽略，没有记载下来，这不能不说是历史无法弥补的损失，那个时代无比黑暗的明证，著述这门高贵艺术令人惋惜的忽略。由于几个事实，我需要再次对我的高祖表示感激，因为他，我才能讲述一些关于这次航行的事。他再一次为了自己的国家登上船，如他自己所言，下定决心要在新发现的地方一直到老。感谢他在这片土地上生育了尼克伯克家族，让家族中的人成长为杰出的人。

这些伟大的探险家乘坐的船叫作GoedeVrouw，即"好妇人号"，以此向西印度公司的总裁夫人致敬。所有人（她的丈夫除外）都认为这位夫人在不喝酒时性情温婉。这艘华丽的大船实在算得上是标准的荷兰建造物，是由阿姆斯特丹最出色的造船工所建。众所周知，这些造船工人总是依照他们所熟知的女人的漂亮模样设计自己建造的船。于是，这艘"好妇人号"龙骨长一百英尺，最大宽度一百英尺，从尾柱底部到船尾栏杆也有一百英尺长。就如一位美丽的模特，这艘船被称作阿姆斯特丹最漂亮的美女。船头一对巨大的锚架，让船显得丰腴。船是铜底，此外，还有一个巨大的艉楼。

设计者也许是一位有些宗教情结的人，非但没有在船上装饰一些诸如朱庇特、尼普顿或赫拉克勒斯等非宗教的偶像（这种异教派厌恶的东西，我毫不怀疑，是许多华丽的大船遭遇不幸或失事的原因），我要说，恰恰相反，他们值得称道地把圣尼古拉斯的一个完美形象安在了船上。这个形象头戴矮宽檐帽，穿着一条弗兰德大脚短裤，嘴里叼着的烟斗一直延伸到牙樯的末端。华丽地装备完毕，这条坚固的大船像一只大鹅一样侧身，驶出了伟大的阿姆斯特丹市港口,全城所有的大钟,只要未做他用,都在这样一个欢快的时刻大调奏鸣三声。

  我的高祖说,航行特别顺利。由于受到永远尊崇的圣尼古拉斯的特别关照,"好妇人"似乎被赋予了一般大船并不具备的优势。这样,这艘船偏航、前进,逆风与顺风行驶时速度几乎一样,在无风时表现尤其出色。由于这些特别的优势,"好妇人"在海上航行几个月后就跨越大洋,来到哈德逊河口绞刑岛东面的一个地方抛锚停泊。

  到这儿,人们抬眼望去,看到在今天被叫作泽西海岸的地方有一个印第安人小村落。村落掩映在一片延伸开来的榆树林里,景色宜人。所有的村人都聚集到海滩上,茫然地仰视着"好妇人号"。一艘小船马上被派去与这些村民协商,靠近海岸的时候,船上的人用喇叭以最友好的信号与印第安人打招呼。但这些可怜的野蛮人听到荷兰语那洪亮粗犷的音调时,惊慌失措,所有人都撒腿开跑,惊慌地奔上卑尔根的山丘,他们一直跑,直到陷入山那一边的沼泽地里,最后头和耳朵都陷进去,无一例外,全部悲惨地消失在沼泽中。他们的尸骨被当时像塔慕尼协会一样的组织认真地收起来掩埋好,堆成一个叫作响尾蛇山的怪异土丘。这个土丘就在盐沼的中心,靠近纽瓦克堤道东面的地方。

  在这始料未及的胜利推动下,我们勇敢的英雄得意洋洋地跳上海岸,以荷兰王国至高无上国家元首以及邦国统帅的名义,作为征服者把这片土地占领。他们毫不畏惧地继续向前,强攻下克缪尼帕村。没有人反抗他们,村里只有十几位妇女儿童,这些人让他们用荷兰语折磨致死。看到周围这么美丽的地方，他们欣喜若狂，毫不怀疑神圣的圣尼古拉斯指引他们到这儿来，就是要他们把这儿作为定居点。这儿土壤松软，非常适合打桩，周边的沼泽湿地可以多建堤坝，海岸边水很浅很适合建码头。总之，这个地方拥有建立一座伟大的荷兰城市所必需的一切方便条件，且没有水上障碍。于是，这些人向"好妇人号"上的所有人做了忠实的汇报，大家都一致决定这就是他们这次航海注定要结束的地方。接下来，男人、女人、孩子，有秩序地一伙一伙从"好妇人号"上下船，就像许多年以前诺亚方舟上的动物们洪水过后从诺亚方舟上下来一样。在这儿，他们为自己建起一个繁荣的定居点。他们把这个地方依照印第安人起的名字叫作克缪尼帕。

由于世人都很熟悉克缪尼帕，在本书中介绍它看上去有些多余。但请读者不要忘记，尽管我的主要想法是让现代的人了解这段历史，但我同样在为后人写作，我需要去考虑几百年后后人是否明白或有兴趣读这本书。也许到那时，如果不是有这本珍贵的史书，伟大的克缪尼帕，可能就会像巴比伦、迦太基、尼尼微以及其他一些伟大的城市一样，完全消失，沉入自己的泥土中，被人们忘记，这儿的居民变为牡蛎，甚至于它目前的情况也会成为不知疲倦的史家不停争论与执着调查的话题。让我怀着虔诚，来把这个地方，这个孵出伟大的纽约市的卵，从消失的境地拯救出来。

今天的克缪尼帕是一个很小的村子。村子位置极佳，周边风光旖旎。这是美丽的泽西海岸的一部分，在古代的传说中被叫作帕沃尼亚。从村子望去，纽约湾的美景尽在眼前。如果海风和顺，从这儿到纽约市坐船只需半个小时,从纽约市就能清清楚楚地看到这个小村子。不仅如此,一个众所周知的事实,我自己也亲身体验过,就是在一个天气晴朗万籁俱寂的夏日黄昏,你都可以在纽约市炮台那儿听到克缪尼帕荷兰黑人张开大嘴哈哈大笑的喧嚣声。这些人同其他大部分黑人一样,以爱搞笑而闻名。在星期日的傍晚,情况尤其如此。据一位在纽约市周边有过重大发现的大脑聪慧观察细致的哲学家说,周日黄昏,这些黑人的笑声最大,他把这归因于这天他们都穿着圣日服装。

这些黑人事实上像黑暗世纪的修士,倾心于了解这个地方的一切,比他们那些做外贸生意的主人更敢于冒险,更知天知地。他们经常划着独木舟,把满载的牡蛎、乳酪、卷心菜送到市里。他们是伟大的占卜家,预测起不同的天气变化,准确程度堪比一本皇历。他们还是出色的三弦琴演奏者。吹口哨方面,他们可以自夸与声名远播的俄耳甫斯弹奏里拉相比,因为这里的每一匹马、每一头牛,犁地或拉车的时候,如果听不到黑人赶车人或黑人伙伴的熟悉口哨声,一步都不肯移动。由于他们扳着指头算数的惊人技巧,大家认为他们应该同古代毕达哥拉斯的学生进入学习神圣的数字四进制阶段时一样受到尊敬。

克缪尼帕诚实的荷兰市民像智者,也像善思的哲人。他们的眼界仅限于自己的烟斗,从来不为自己周边环境之外的事耗费心神。因此,他们令人羡慕地完全无视这个令人心意烦乱的世界上的什么烦恼、焦虑与变革。我甚至得知他们中的许多人坚定地相信荷兰,这个一直以来听到过很多次的地方,就在纽约长岛的某个地方,尖头怪与狭湾就是世界的两端。他们还相信这个国家仍然在荷兰王国的统治之下，纽约市仍然叫新阿姆斯特丹。每逢周六下午，他们依然会在这个地方的一个小酒馆集会。这个酒馆的一个标志是奥兰治亲王的方脑袋形象。他们在这儿静静地抽烟，以此促进交流，获得快乐。在这儿他们总是要干上一杯苹果酒，庆祝冯·特鲁姆普海军上将的胜利，在他们的想象中，这位将军仍然在指挥桅顶上绑着一把扫帚的战舰，横扫英吉利海峡。

克缪尼帕，简单地说，只是这个最美丽城市近处许许多多的小村庄之一。这些村庄是许许多多的要塞、堡垒。在这些地方，荷兰先人早期的习俗保存下来，人们虔诚严谨地遵守着这些习俗。最早定居者的服装毫无改变地传了下来，从父亲到儿子，一样的宽檐帽、宽裙上衣、宽底马裤，从一代传到下一代，带有几个大的银质搭扣的衣服，现在还有人在穿。在克缪尼帕创始时期，这种衣服是一种富丽堂皇的展示。语言同样传了下来，没有掺杂进粗野的改造。村里的教师用自己的方言说话时，语言标准，他在读一首荷兰赞美诗时，声音作用于神经，其效果与手锯锉东西的效果无异。

第三章

本章展示讨价还价的正途,讲述一座大都市在一次大雾中奇迹般地消失,以及一批冒险者如何从克缪尼帕出发,开始一次危险的开拓殖民地探险。

上一章我用了一些无聊的离题话作为结尾。作为孵出纽约市的最早定居点,纽约市应当感谢克缪尼帕。尽过一个后人的义务,忠实地描述了克缪尼帕的现状后,我现在要稳定一下情绪,怀着自信,转回来书写纽约市早期的历史。"好妇人号"上的人很快就迎来了来自荷兰的新一批人,这个定居点快乐地发展着,人数不断增加,日子也过得越来越好。周围的印第安人很快熟悉了荷兰语不舒适的音调,渐渐地与新来者有了交往。印第安人喜欢喋喋不休,荷兰人习惯沉默寡言。所以,在这样的情形下,他们完全相互适应。印第安人的头领常常长篇大论大熊、沃巴什河、印第安大神,荷兰人则会专注倾听,一边吸着烟,一边咕哝"是呀,先生",为此,可怜的野蛮人很是愉快。他们指导新的定居者如何有效地防止烟叶生病,如何抽烟最好,而作为回报,新来的定居者让他们尽情地喝真正的荷兰杜松子酒,让他们学如何讨价还价。

很快,毛皮生意红红火火地展开。荷兰贸易者对待生意一丝不苟，他们依照重量收购皮毛，确定了一个恒常的衡量尺度，即一个荷兰人一只手压住的重量为一磅，一只脚压住的重量为两磅。事实上，单纯的印第安人常常很困惑，何以体积与重量如此不成比例，因为让他们把一捆从来不会很大的毛皮放到秤的一端，一个荷兰人把手或脚放到另一端，毛皮一端一定是翘起来的一端。在克缪尼帕的市场上，从未听说一捆毛皮重量超过两磅。

这个事实很怪异，但我是直接从我的高祖那儿得到的信息。我的高祖由于脚比常人要大，所以在定居点地位显著提升，成了一位负责衡量的官员。

荷兰人在地球的这一角占有的土地现在开始越来越多，由于此地无疑很像荷兰，所以荷兰人占有的这些地方人们统称为新荷兰。不过新荷兰的地势起起伏伏，处处山岭，而荷兰则是平平整整，处处沼泽湿地。就在这个时候，荷兰殖民者的平静生活注定要被短暂地打断。1614年，萨缪尔·阿盖尔爵士接受弗吉尼亚总督戴尔的任务，带领一支船队，来到荷兰人在哈德逊河上的定居点。他要求荷兰人顺从英国王室以及弗吉尼亚人的管辖。对于这个傲慢的要求，由于没有条件反抗，荷兰人只好像谨慎理性的人一样暂时顺从。

看来勇敢的阿盖尔没有骚扰到克缪尼帕这个定居点。相反，据我了解，当他的船出现在视野里的时候，定居点可敬的居民大为惊慌，他们以令人惊讶的热情猛烈地吸起烟来。就这样，他们很快制造出一团云雾。这团漂在美丽的帕沃尼亚地区上空的云雾，连同村子周围的树林沼泽，完全把这个美丽的村庄遮盖掩藏起来。这样一来，可怕的阿盖尔船长继续前行，毫不怀疑竟然有一个坚定的小荷兰定居点，在所有这些有害气体的掩盖下，安适地隐蔽在泥淖中。为了纪念这次幸运地逃过一劫，贤达的居民们继续抽烟，几乎一刻不停，一直延续到今日。据说这就是晴朗的下午克缪尼帕上空常常有一团引人注目的大雾的原因。

敌人离开后，我们落落大方的先人，由于惊恐心乱不安，又忙于各种事务，用了整整六个月才恢复元气。接下来他们召开了一次安全会议，抽着烟商量本省的形势。经过六个月的深思熟虑，这期间大家说了接近五百个字，吸了五百袋烟，同一位现代的将军整整一个冬天酗酒的数量相当。经过六个月的深思熟虑，大家决定装备一支独木舟队伍，派他们进行一次发现航行，以寻找看有没有更安全、让敌人更畏惧的尚未发现之地，这样的地方会让定居点不必大伤脑筋来应付外来者。

这个危险的发现工作托付给奥洛夫·范·考特兰特先生、亚伯拉罕·哈登布洛克先生、雅各布·范·詹特先生，以及温安特·登·布洛克先生指挥。这四位无疑都是杰出的人，但关于他们离开荷兰前的背景，虽然我费尽心思查询，仍所得甚少。这个不必大惊小怪，因为冒险者，像预言家一样，虽然在海外名声大噪，但在自己的国家却少为人所知。一个国家溢出和冲刷掉的往往都是其土壤中最肥沃的部分，这话所言不虚。在此，我不禁要说，我们的许多名人名门如果出身不明该是多么方便的事，这样他们就能像古代的英雄一样有一些有利条件。在古代，英雄们什么时候身份模糊，他们就可以谦逊地宣称自己是某个神的后裔；那些从未去过异国的人，就可以讲一些荒诞的故事，告诉本国人他们原本是国王、王子。这种对事实的简单歪曲,虽然在我们这个温和轻信的国度有时被一笑置之,不管你是伪侯爵、假准男爵还是其他异域显贵,但在现在这个怀疑一切、讲求事实的时代,会被彻底阻止。我甚至怀疑是否有温柔的处子,偶然怀了孩子,又无法解释,会为了自己的面子在客厅的壁炉火旁或傍晚的茶会上把这一切归到遇到了一只天鹅、经历了一场黄金雨或碰到了一个河神上面。

这样完全没有了神话与古典寓言的帮助,我好像完全不知道如何去了解我的这些主人公的早期背景,但从他们的名字,我看到了追寻他们来历的蛛丝马迹。

依靠这种简单的方式,我得以收集一些我们这里要谈及的几位冒险者的详细信息。比如说范·考特兰特是一位逍遥派哲学家。他以责备造物为生,与第欧根尼一样,喜欢自由,不希望有人阻挡他晒太阳。他平常的打扮与他自己的财力相当,衣服都是由时间之手做成了边穗,改成了新的款式。他头戴一顶旧帽,形状像是个圆锥。他一直以来厌恶后天的服饰改造,据说他遮盖后背的一块布头,从裤子上的一个破洞里伸出来,吊着就像一条手绢。这个除了天下阵雨冲刷外,他从未洗过。人们常见他穿着这身装扮,在中午时分与一帮同门哲人一起在阿姆斯特丹大运河的一边晒太阳。同许多身份高贵的欧洲人一样,他给自己以自己的不动产(某个未知领地)取名考特兰特(Kortlandt,意为"无地")。

关于我们的另一位杰出人物,我可能要借助于神话的帮助。这点让我很后悔,因为我应该很荣幸地提一下,吹嘘一下自己有与古代最骄傲的英雄同样显贵的血统。他的名字叫范·詹特,意译过来,意为"来自泥土"。这个意思无疑是说，像特里普托勒摩斯、西弥斯、独眼巨人以及泰坦人一样，他从泥土中来，是大地母亲的孩子。他的块头给予这一假设有力支持，因为众所周知大地母亲的所有子孙都身材高大。我们得知范·詹特是一位高个子，但人却骨瘦如柴。他身高超过六英尺，头硬得令人惊讶。我们的某些最伟大或最富有的人据传或人们很认真地普遍认为，确实是从粪土中诞生而来。比起这些说法，身份显赫的范·詹特从泥土中来这一点也就并不是没有一点可能或与我们的信仰相矛盾。

关于第三位英雄，到目前为止，我们只形成一个模糊的印象。依照这个印象，他是一位个子不高、坚定、固执、愚蠢、爱吵的人。由于常穿一条旧雄鹿皮裤，所以被亲切地叫作哈登布洛克（Hardenbroek），或韧裤（ToughBreeches）。

登·布洛克（TenBroek, 意为"薄裤"）是这个冒险集团的最后一位。如果我不能严谨地把整个事实记录下来，我应该基本上会选择悄悄地跨过这些事实，把他们看作与我史书的庄重与高尚不相容的东西。一个奇特但却荒唐的事实是，登·布洛克这位贤达绅士的名字也同样得自他服装上最怪异的部分。事实上，在我们可敬的先人眼里，紧身半衣裤似乎是很重要的衣饰。因为很可能这是他们中间真正有的最大件的衣服。登·布洛克或丁·布洛克被很随意地翻译成了TenBreeches（十条裤子）与TinBreeches。德国的注释者倾向于前者，把登·布洛克看作是第一位把荷兰人古代穿十条裤子的传统介绍到定居点来的人。但关于这个话题，最优雅最聪明的叙述者宣称他们认为Ten应为Tin，或更准确地说是ThinBreeches（薄裤）。

就此他们推断，登·布洛克是一位贫穷但快乐的无赖。他的灯笼裤根本不是最好的。他与下面这首真正的哲理诗的作者是同一个人：

  我们为何要为财富吵闹，
  为何要为得到诱人玩具争吵；
  心无挂牵，薄裤在身，
  好男儿，去把世界闯！

  这就是那个无所畏惧率领一支强大的独木舟队伍航行的勇敢团伙。他们要去探索哈德逊河口周围依然未知的地方。而上苍似乎很眷顾他们的这次行动。

  这时是一年里花香满地的季节。大自然挣脱开寒冷冬天的奴役，像一位妙龄少女从令人不快、性情乖僻的父亲专制下解脱出来，千娇百媚羞红着脸投入富有朝气的春天怀抱。一簇簇灌木，一个个鲜花盛开的果园，回响着爱情的音符。昆虫啜着点缀在草地嫩草上的晨露，抬高自己的嗓音加入欢快的喜歌演唱。初开的花蕊羞怯地吐出绯红，男人们的心融化在了这温柔中。哦！快乐的忒俄克里托斯！如果我有你在古代用来哄诱快乐的西西里平原的麦秸做的舌簧该有多好！哦！温柔的彼翁！你的田园管乐器，曾让女同性恋者小岛上的幸福情人陶醉，那么我是否可以试着来唱，用温柔的牧歌或懒散的田园抒情诗，这美丽的田园景色！但我除了这支迟钝的鹅毛笔，一无所有，要为自己的想象插上翅膀，我就只好放下这些诗意的自娱想象，用简陋的文字努力忠实地讲述。虽然不能走入读者快乐的想象，但可以温柔娇羞地慢慢走入读者的良好判断，因为这是披着纯洁简朴服装的事实。这种反应让我自己感到欣慰。

在这个欢快的春季，这些勇敢的冒险者从克缪尼帕起航，开始他们丰富多彩的探险。这次探险，我们需要维吉尔再次临世来复述，那样，这个作品一定同埃涅阿斯的故事一样，经常被人们传颂。他们一路上从克缪尼帕到了牡蛎岛，从牡蛎岛到了绞刑岛，从绞刑岛到了总督岛，又从总督岛穿过巴特米尔克水道（幽门的又一条狭道）到了天知道什么地方。一路上他们遭遇了许多风险，经历了许多不幸事故。最后，他们来到了鬼门关，此处既恐怖又艰险，就算锡拉与卡律布狄斯前来也要遭受一番戏弄。他们在这儿的巨大涡流中几乎船毁人亡。在整个航程中，他们遭遇到的莱斯特里戈尼人、独眼巨人、海妖，以及不快乐的狄多，数量与虔诚的埃涅阿斯在自己寻找殖民地的航行中所遭遇到的一样多。

最终，经过一番四处飘荡，他们被一个面积广阔的海岛超然的美丽所吸引。这个岛，像一个巨大的三角内衣，把美丽的纽约湾胸部分开。相对于这个大岛，他们绕着看的许许多多美丽的岛看起来就像是它的陪衬和附属品。到这儿，他们变换航线。老尼普顿，似乎要急于帮助他们选择一个地方，建立一座城市，以此作为自己在这个西方世界的据点。他派出六股巨浪，把航行者的独木舟卷起来，令他们搁浅到这个岛上。就是在这个岛上，今天矗立着妩媚动人的纽约市。

这座美丽的岛最初的名字还有些争议，已经经历过一些歪曲。这说明地上的东西不稳定得让人发愁，现代的拼字学者在歪曲方面多么用功。现在这个岛最通俗的名字（比如议会成员和银行经理这样叫）是曼哈顿（Manhattan），据说是源自最早来此定居的印第安女子的一种风俗。她们会戴男人的羊毛帽，今天在许多部落里依然有这样的习俗。"所以，"一位有点滑稽、爱说爱笑了一辈子的老总督告诉我们，"所以有了这个名字'戴男人帽'，这个名字首先是指印第安人，后来就指这座岛了。"愚蠢的玩笑！但对于一位总督来说，这已经够好。

在更早的一些名称中，值得关注的是理查德·布劳姆1687年所著的珍贵的《美国遗产史》一书。在书中，这个岛被称为曼哈达斯（Manhadaes），或曼娜哈那（Manahanent）。我们也不要忘记可靠的史家约翰·乔瑟林先生所写的小书，在其中，他明确地把这个岛称作曼娜达斯（Manadaes）。

但稍早一些的一位权威更值得我们注意。因为这个称呼受到我们尊敬的荷兰祖先的赞同。这个名字在保留下来的一些信件中，是早期的几位荷兰总督和他们强势的邻邦之间通信所用。在这些信中，这座岛被叫作蒙哈托斯（Monhattoes）、芒哈托斯（Munhatos）、曼哈托斯（Manhattoes）等不同名称。这种变化无关紧要，因为那时的文人对于当今需要许多有学问的男男女女做专门研究和追求的拼写、字典学问都不屑一顾。这个名字据说是来自伟大的印第安神灵曼奈所。人们相信他把这座岛变成自己最喜欢的住所，因为岛上风光旖旎。但是目前最令人尊重、最没有争议的名称是我绝对相信的一个。因为这个名字听起来悦耳、富有诗意且有重大意义。这个名字出现在之前我们提到的朱特大人为伟大的哈德逊所写的航海日志中。在日志中，朱特大人清清楚楚、很是得体地把这个岛叫作曼纳哈塔岛（MANNA-HATA），意为Manna的岛，或换句话说，"牛奶、蜂蜜流溢之地"。

第四章

本章包含人为何不能快速协作的各种合理原因。新阿姆斯特丹的建立，以及由此引起的"薄裤先生"与"韧裤先生"之间的争吵。

我的外曾祖父赫曼努斯·范·科莱特科普曾受雇在鹿特丹用石头建造一座大教堂。从鹿特丹市的布姆基尼街转过来，你就能在你的左手三百码的地方看到这座建筑。这座教堂设计上让人非常舒适，鹿特丹市所有虔诚的基督教徒都喜欢在这儿而不是市里的其他教堂睡着听一场布道。我的外曾祖父听到要他来建造这样一座著名的教堂后，首先派人去代尔夫特买了一箱子长烟斗，然后又买了一个新的痰盂，一百公斤上好的弗吉尼亚烟叶。他自己坐在那儿，三个月的时间里什么也不做，只是凶狠地抽烟。然后他又用了整整三个月的时间或徒步跋涉或坐拖船航行，从鹿特丹到阿姆斯特丹，又去了代尔夫特，去了哈林，去了莱顿，去了海牙。一路上遇见每座教堂都会在教堂上碰一下头，把自己的烟袋折断。此后他又慢慢往鹿特丹赶，一直到完全看见一个与要建教堂地点相同的地方。然后又花了三个月围着这个地方转来转去，从一个角度，又从另一个角度审视着这个地方。有时他会荡船从此地旁边的运河上划过，有时从默兹河的对岸拿望远镜看，有时又从保护城门的一个巨大风车的顶部鸟瞰这个地方。鹿特丹市民翘首期盼这座教堂，变得不耐烦起来。虽然外曾祖经历了这些焦虑，教堂还是八字不见一撇。市民们甚至开始担心教堂永远不会问世，而教堂的设计者会累趴下，在自己设计的宏大计划实施中累死。最终，用了足足十二个月的时间吸烟、划船、交谈、走路，逛遍整个荷兰，甚至于去法国、德国看了看，抽了五百九十九袋烟，消费了三百公斤上好的弗吉尼亚烟草之后，我的外曾祖把所有见多识广、勤劳能干，任何时候为别人干活都比给自己干活快乐的人召集起来。扯下自己的上衣和五条裤子之后，他坚定地走向前，当着众多人的面，在受雇之后第十三个月的第一天，铺上了教堂的奠基石。

我创作这部最忠实于历史事实的史书方式上与我可尊敬的先人相似，他的榜样总在我的眼前。淳朴的鹿特丹人无疑认为我的外曾祖对于建筑教堂没有做什么，而他却为了大量的准备工作奔走，准备建自己心目中的教堂。纽约这座美丽的城市中许多贤达的居民（他们的智慧已经受到超然的"笑气"的极大刺激，正如克利西波斯用菟葵刺激人们，提升他们的智慧一样）毫无疑问会想前面所有的章节，讲述美洲的发现、人口的出现、最终的定居点，都与纽约历史毫不相干，完全多余，纽约历史的主要内容一点也没有推出来，就好似我从未拿起笔来写。聪明人的这些猜测真是大错特错。由于工程开始得晚，进行得慎重，我外曾祖设计的教堂成了世上最豪华、最漂亮、最辉煌的大型建筑之一（我们出类拔萃的首都华盛顿是个例外）。这个建筑规模如此之大，鹿特丹人除了翼廊其他都负担不起。

我可以同样预言，如果我能完成这部史书（就这点，实话说，我自己也常常怀疑），我传给后人的会是他们读过的最完整、最忠实、结构最为严密的一部史书。这部书会给学者们快乐，为图书馆添彩，会成为未来史学家著史的榜样。没有什么比想到要为后代著述更让我心胸开阔。如果奥维德、希罗多德、波利比奥斯、塔西佗，像摩西从毗斯迦山上看到的一样，能够看到后人接受上苍安排要去接受的领地辽阔无际，他们一定会心满意足地倒下辞世。

我听说有些挑剔的读者质疑我的安排是否准确。但我没有耐性应对这些不停的打扰。史家从未被如此多的怀疑、询问纠缠过，也从未被如此多毫不满足、说长道短的人指责过。如果任由他们继续以这种方式烦扰我，我永远都不会把我的工作做完。我请阿波罗和他的神殿里所有的缪斯做证，我从事的是现代史家最认可、最流行的史书写作。如果我的读者对我记述的事、记事的方式有什么不悦，看在上帝的分上，请他们把我的书扔下，拿起笔，随他们自己的意愿写一部史书吧。在我，我已经厌倦了他们不时打断我的工作。我在此最后一次请求你们，我希望你们不要再来打断我。

如上一章所述，曼纳哈塔岛（曼哈托斯岛），或通俗地说曼哈顿岛已经被发现。由于发现者一致宣称这是世界上最美丽的地方，要在其上建一座超越欧洲所有商业中心的城市，他们马上带着这个令人愉快的消息返回克缪尼帕。听到这个消息，村子里安排了一群人前来。经过半个小时的顺利航行，这群人到达了曼纳哈塔岛。由于此前已从印第安人手中买下了这片土地（这种办法在发现和殖民历史上前所未有），他们在岛的西南角安顿下来，匆匆建造了一个泥巴炮台好好保护自己。很快一些小屋在周围建了起来。为了保护这些房子，他们用结实的栅栏把这儿围了起来。东河的一条小支流，穿过今天叫作白厅街的地方，从哈德逊河的一个小水湾一直到鲍灵格林，这构成最初的区域界线。自然好似已经亲切地设计好了摇篮。偎依在摇篮里的就是纽约这座名城的胚胎。小支流两边的树林被仔细清理干净，现在鲍灵格林所在地的地面也被清理出来。这些措施是为保护这个要塞，以使其免受周围野蛮邻居的公开攻击或潜在进攻。这些野蛮人成群结队在一直延伸到今天的百老汇大街、华尔街、威廉街、珍珠街这些地方的丛林、沼泽中四处徘徊。

定居地一建好，茂盛的藤本植物扎下根，开始疯长起来。看起来，这个钟灵毓秀的岛就像一堆肥沃的肥料，在这儿任何东西都能找到养分，很快长高、变大。定居点的繁荣发展，房屋数量的快速增加让领导者从建造泥巴城堡后的沉睡中醒了过来。他们开始认为是时候设计计划，看如何建造这座日益增长的城市了。于是大家嘴里叼着烟袋，坐在矮沙发上靠到一起，开始就城市建设这个话题进行深入的思考。

从一开始，就出现了意想不到的分歧。我很遗憾要提这件事，因为这是新的定居者中间第一次有记载的争吵。登·布洛克先生提出了一个巧妙的计划。他建议修运河把地横切开，就如荷兰很多著名的城市所做的那样。但哈登布洛克先生直接反对。他建议在现在的地方，大家不应再建码头、船坞，而是要把桩打到河底，在河上建城。他得意洋洋地说，通过这种方式，他们就可以通过河上建城省下大量的土地，建造一座可与阿姆斯特丹、威尼斯或任何欧洲的两栖城相媲美的城市。对于这个提议,登·布洛克(或"薄裤")用一种极为轻蔑的表情做了回答。他极力批评对手的方案,认为这个想法,如果任由一个真正的荷兰人来判断,都会觉得很荒唐,不合规律。他道:"一个城市没有运河那算什么?那就像是一个人没有了动脉静脉,那他一定会因为没有生命体液自由循环而消亡。"反过来,"韧裤"反驳对手,讽刺他那枯燥无趣、干巴巴的身躯。他说虽然血液循环对于存在是必需的,但"薄裤先生"相对自己的说法则是一个活生生的反例。虽然大家都知道他那风干的躯体里已经有十年没有一滴血在循环,但在整个定居点,没有人比他更忙。人品在辩论转折过程中很少有多少效果,我从未见过一个人因为被判为畸形而信服自己有错。至少当下的情况不是如此。"薄裤"回击刻薄,而"韧裤",一个结实矮小的人,回答越来越有力,一句也不妥协。"薄裤"口若悬河,谈锋甚健,但"韧裤"拥有辩论中的无价甲胄——顽固。所以"薄裤"勇气可嘉,但"韧裤"能守住底线。因此,虽然"薄裤"在"韧裤"耳边喋喋不休,气势逼人,用严词高论连续猛击痛斥,但"韧裤"信心坚定,一直坚持到了最后。所以分开时,就如同所有辩论一样,他们没有达成任何结论,谁也没有说服谁。但自此以后,他们开始永远怀恨对方,"薄裤"和"韧裤"家族之间几乎要出现如凯普莱特与蒙太古家族那样的裂痕。

　　我原本不该让读者为这些无聊的历史事实劳心费神,但作为一位实事求是的史家,我的职责要求我事无巨细。事实上,由于眼下的这个关键阶段,我们的城市,像一个嫩树枝,首先要经受一些弯弯曲曲,就因为此,它才能变成如今这个风景如画,以不规则设计出名的城市，所以我在详述其最初的原因时，不得不细致。

经历了刚刚提到的不愉快争吵后，我发现城市规划这个话题我们没有什么可说的值得记录下来的了。居民点的议事会由头最大与年龄最长的人组成。他们每周定期聚会一次，商议这个重大的话题。但他们不是被其他人打嘴仗吓住，就是自己天生反对用嘴说话，喜欢用大脑思考。所以，大家一直缄默不语。问题像往常一样放在桌面，所有的成员默不作声，抽着自己的烟袋，很少订立什么规章，也就根本谈不上执行什么规章。而与此同时，定居点的事务随上苍的安排进行着。

由于议事会中大部分人一点都不了解把衣帽挂钩与衣架混用的秘密，所以他们明智地决定不留下卷帙浩繁的记录，不给自己也不给后人添麻烦。然而，书记员用一个硕大的用大铜扣钉牢的对开牛皮纸给每次会议都保留了详细的记录，其准确性还说得过去。我很敬重的朋友，格力策家族的人，拥有这件珍贵的遗物，现在这是他们的财产。我很有幸看了一看。但细读之下，没有发现什么信息。每次会议的记录总共只有两行，用荷兰语写道："议事会今天坐到一起，谈论居民点的事务，抽掉十二根烟。"据此判断，似乎最初的定居者不是用小时计时，而是用烟，一如在这个时期人们在荷兰用抽烟来丈量距离一样。这种测量法准确性令人称羡，因为一个真正的荷兰人口中的烟斗从来都不受意外、不规律的影响，一直不停地让我们的钟表陷入混乱。

新阿姆斯特丹意义重大的议事会成员就依照这样的方式抽烟、瞌睡、犹疑，周复一周，月复一月，年复一年。他们就是以这种方式建立起了最早的定居点。与此同时，城市顺其自然发展，像一个强壮的小孩在荒野中四处奔跑，不受破布、绷带以及其他照看孩子的嬷嬷、老妇人令人憎恶行为的束缚。这些名声大噪的嬷嬷和贤明的老妇人往往用一些令人憎恶的行为在人之初使人性格上有缺陷，身体上有残疾。但这座城市的顺其自然，使其迅速壮大，规模扩大。这些淳朴的议事会成员定下一个计划，就会在执行时发现计划严重滞后，所以他们很明智地把城市规划这个话题完全放下不再议。

第五章

本章中作者无由苦恼。此外，讲述新阿姆斯特丹繁荣昌盛的几则逸事，定居者的智慧，以及一位大人物的突然到来。

书写自己家乡历史的任务让富有情感的史家痛苦，也非常值得同情。如果由他怀着一腔悲情来记录灾难、罪行，他的泪水会打湿那些记录令人难过事件的纸张。如果要他来回忆那些繁荣快乐的时代，他一定会哀叹这些已经永远地过去。不知道是由于对过去时代纯洁朴素的过度热爱，还是自己作为一位多愁善感的史家，天然就有一颗充满柔情的心，我必须坦率承认，每当回望我现在所描述的我们这个城市那段平静繁荣的时段，我都会极度沮丧。我用颤颤巍巍的手把遗忘的窗帘打开，让我们可敬的荷兰先人的谦逊功绩展现出来。当我的脑海中出现他们中的一些可敬形象，在他们高大的阴影中，我感到特别自卑。

再次回到尼克伯克家族的住所时，我的感觉也是如此。我在家族的阁楼上独自待了一个小时。这儿张挂着我的先人的肖像。他们同画面上的形象一样为尘垢所覆盖。我虔诚崇敬地看着这些享有声望的荷兰市民的面容。他们先于我平静地存在着，现在，他们平静温和的血液在我的静脉中流淌，在微弱的管道中越来越缓地流着，直到徘徊的血流很快永远停止。

　　我对自己说，这些只是对先民创业初期活跃的伟人一些模糊的回忆。他们，唉，很久以前就已经在坟墓中腐朽了，而我，也在毫无知觉、不可避免地加快步伐，走向衰老腐朽。我在暗黑的房间里走来走去，无法自控，难过无言的时候，周围这些模糊的形象，好似又一次悄悄复活。一时间，他们的面容充满了生气，眼睛盯着我的每一个举动。带着这种错觉，我几乎感觉自己周围都是故人的阴影，而我在同这些过去的杰出人物亲切地谈话。不幸的迪德里克啊！生于堕落时代，受命运摆布，经受反复捶打，在自己的故土，成了一个外人，一个疲惫的朝圣者，没有哭泣的妻子，没有无助的孩子，注定要在故土拥挤的街道上悄无声息地走过，在自己祖先曾经主宰的领地上与从豪宅中走出来的外国新贵们摩肩接踵。可叹！可叹！荷兰人的灵魂真的永远消失了吗？先民的时代永远过去了吗？回来吧！那些淳朴安逸的时光再次回到美丽的曼纳哈塔岛上吧！请读者包容我，包容我天性中的脆弱。也许，我们该一起坐下，放纵自己所有的乌鸟私情，为先人留给我们的记忆一哭。

　　前此描述的幸福场景不由自主唤起了我的上述情绪。情绪稳定下来，我现在更镇定地回到纽约历史中来。

　　如前所述，新阿姆斯特丹市在上苍的护佑下随性发展，其地位很快变得越来越重要，好像这个城市曾经背负了十二只装满神圣法则的背篓，而所有年轻的城市通常都需要这样的负重。在记载中，贤明的议事会所采取的唯一措施是在堡垒内建了一座小教堂，献给伟大仁慈的圣尼古拉斯。而圣尼古拉斯即刻把新阿姆斯特丹这座尚在摇篮中的城市纳入自己的特别关照之下，从此以后，我虔诚地认为，他也将永远是这座美丽城市的守护神。而且我得知在某些地方还留下一部用荷兰语写就的传奇小书。书中说这位享有盛誉，曾为"好妇人号"船首斜桁增光添彩的神形象就被放在了教堂前。传说还涉及一些这位圣人叼在嘴里的巨大烟斗引发的几起神奇事件。据说这个烟斗喷一口烟雾就能很好地治愈一种消化不良的疾病，这对于这个定居点爱吃的人来说自然很重要。虽然费尽心血搜索，但我始终没有得到这本小书，我对这些传言抱有极大的怀疑。

然而很确定的是，自从建了这座教堂，这个城镇空前繁荣，很快发展为地域广阔、拥有很多定居点的大城市。其区域范围北到奥拉尼亚堡（或叫奥兰治堡）。这个地方现在叫奥尔巴尼，位置在莫西干河（或叫哈德逊河）以北一百六十英里。事实上，新荷兰省还据称靠近圣劳伦斯河。但这个说法今天没有人再提，因为当时的奥拉尼亚堡以北是一片荒野，据传居住着食人族，被称为未知领域。有许多记载描述过这个未知地区的人。依照有些书的描述，他们属于希罗多德所描述的阿塞法力族，无头，眼睛长在肚脐。其他一些书断言他们是沙勒瓦神父所提到的单腿族。书中还很认真地说，他们善跑。但最可信的是在这些地区传教的汉斯·麦格波林西斯牧师所做的记述。在一封现存的信中，这位牧师宣称他们是莫霍克人。依照他的描述，这个民族行为放荡，但特别风趣。"因为，"他说，"如果他们能与另一个男人的妻子上床，就认为这是因为他们聪明。"这位杰出的老先生还提供了这个怪物地区的另外一些信息。他注意到,"这些人在陆地上养了很多乌龟,这些乌龟长二、三、四英尺不等,有一些双头,很是淘气,喜欢咬人"。

向南,城市延伸到在南河(后为特拉华河)所建的拿骚要塞。向东,延伸到瓦西河(或清水河),即今天的康涅狄格河。在这个边界也同样建起了一个坚固的城堡和一个贸易点。大体位置就在今天美丽的哈特福德市所在的地方。这个城堡名为好望堡,建设的意图是为了更好地保护贸易。关于这个城堡,其勇敢的卫戍者,其坚定的指挥官,很快我会有更多描述,因为他们在这部丰富多彩实事求是的史书中注定要占有一席之地。

新荷兰省就这样繁荣发展起来。这座大城市的早期历史呈现出的是一个没有犯罪、没有灾祸的清清白白的美丽一页。一群群脸上涂色的怪物依然潜藏在美丽的曼纳哈塔岛树木缠结、土地肥沃的北部;野外,小溪悄悄流过为浓荫覆盖的清凉山谷,印第安猎人们依然在野外的小溪旁用树枝兽皮搭起简陋的住所;在一些阳光普照的小土墩上,零星可见一群印第安人的小屋。小屋中炊烟升起,慢慢高过周围的树丛,飘散在晴空中。这些未开化的森林居住者一直是新阿姆斯特丹市平和的邻居。我们尊敬的祖先尝试着尽力改善他们的条件,友善地送给他们杜松子酒、朗姆酒、玻璃珠,换取他们带来的所有毛皮。看上去好心的荷兰人与他们的怪物邻居之间已经基于他们能接受的能力结成了一种伟大的友谊。这些人并不是缺乏理解力,他们的某些习惯表明他们非常敏锐。奥格尔维特别提到一点,他说:"妻子一点点言语冒失就会招来新郎的毒打。他会把她逐出家门,另娶一位,乃至他们中的有些人每年都娶新妻。"

没错，我们可敬的先人与他们的怪物邻居之间的相互理解有时也会中断。我记得听祖母讲过一个很长的故事。祖母是一位非常睿智的老人，对这些地区的历史了如指掌。据她所讲，一个冬日的傍晚，新阿姆斯特丹人与印第安人之间发生了一场战争。这场战争名为桃子战争，但我不记得为什么叫这个名字。战争发生在一个桃园附近。桃园在一个幽暗阴郁的山谷中。山谷中雪松、橡树遮天蔽日，到处是阴沉的铁杉。这次流血冲突很长一段时间里一直流传在这里的嬷嬷、老妇人口中以及其他一些旧的记录中。在几代人的记忆中，那个发生战争的阴沉的地方被叫作杀人谷。但时光与变迁已经把这个地方的传说抹去，一同抹去的还有曾经血迹斑斑发生战斗的地方。今天，这个地方就在纽约这座人口众多的城市的中心，名字叫作迪街。

很长一段时间里，新定居点的大部分日用品需要从祖国运来。寻找西北通道的大船总是靠泊这里。在此，他们卸下这些远征者需要的货物，数量惊人的杜松子酒、砖块、瓦、玻璃珠、姜饼以及其他必需品，换回猪肉、蔬菜，同时有利可图地换到毛皮、熊皮。与其说这些南海的淳朴岛民急不可耐等待的是探险的大船带给他们的丰厚货物，比如旧铁箍、道钉、镜子，倒不如说这些朴素的殖民者等待的是大船带来的祖国的慰藉。在这方面，他们与他们杰出而单纯的后人相似。他们的后人在日用品方面喜欢依赖欧洲，因为这样他们就可以在自己的定居点少费力气、少花些钱得到或制造出这些日用品。我知道有这样一个家庭，迁移到一个地方，远离了自家原来并不方便的水井，但还总是喜欢回到水井取水，尽管一条水量充沛的小河就从他们新居的门前流过。

这个日益增长的定居点对于祖国日常用品的期待就像一个长得过胖的顽童,已经过了不穿裤子的年龄,还抓着妈妈的乳房不放手。这种情形持续了多长时间,我不好说,作为史家不应沉溺于猜测。我只想说一个事实,这儿的定居者要不断应付紧急情况,对于常用的外国人的日用品并不满意,被逼无奈,只好看看自己周围,开始自己想办法。就这样,如同有过痛苦经历的人,他们变得很聪明。他们就这样学会了利用手头所有的东西,在没有其他更好的东西可用时利用自然的馈赠,以作应急之用。这样,在日常必需这个困难面前,他们取得了惊人的进步,就像阿拉伯的骗子受笞刑一样,慢慢逐一睁开双眼。

然而,虽然他们克服性格上慢吞吞细心慎重的特点,认识上越来越进步,认可一些改变和发明,但我们这些可敬的荷兰自耕农中那些唯恐失去传统、不情愿改变的特点依然存在。无论有多么不方便,他们怀着一份虔诚与值得称道的顽固坚守着自己可敬的祖辈遵循的习俗、生活方式、制作方法,甚至是一些器皿的加工方式。我描述的这个时段过去很长一段时间之后,他们才发现一个惊人的秘密,原来从附近的树林中砍伐木头做房子的屋顶比从荷兰进口瓦装修屋顶更为经济方便。他们慢慢相信,一个年轻国家的土壤也能制作出值得称赞的砖块。直到17世纪最后几年,一些最正统的荷兰人后裔,依然从荷兰进口一船一船的货物。

新阿姆斯特丹及其属地日益累积的财富与成就最终引起荷兰政府的关注,他们认识到要认真关照这个地方。荷兰发现这是一个日益繁荣富足的殖民地，一定能带来更多的利益，却不会带来任何麻烦。荷兰人立刻开始担忧起它的安全来，开始在各方面显示出对这个地方的关注。这与人们相信一定要与富有的亲戚在感情与仁爱方面靠近一样，因为他们不需要你的帮助，却对你大有益处。

母国对富裕的殖民地实行保护的惯常做法显现出来。最初的关怀总是派一些统治者到新的定居地，让他们执行榨取尽可能多的财政税收的任务。于是，公元1629年，沃尔特·范·特维勒被荷兰联合王国至高无上的元首邦国统帅以及享有特权的西印度公司任命为新荷兰省的总督。

这位大名鼎鼎的老绅士抵达新阿姆斯特丹时正值6月。这个一年中最甜美的月份让人陶醉。此时，阿波罗先生似乎在明净的苍穹翩翩起舞。而知更鸟、黑鹂、画眉以及其他千种放肆的歌者在森林中鸣唱，让森林回荡着热情的小曲。蹦蹦跳跳的食米鸟在草地上三叶草的花丛中纵情欢乐。所有这些快乐的景象让新阿姆斯特丹惯会预言的老妇人相信，新总督的管理一定会使这个城市幸福繁荣。

但在一个章节的末尾介绍伟大的新荷兰省的第一任荷兰总督不够礼貌，可能会有损他的名声，因此我要在此结束这一部史书的第二篇，以便在下一篇的开始更为自豪地迎接他的到来。

第二篇

本篇记录沃尔特·范·特维勒任总督的黄金时代。

第一章

讲述大名鼎鼎的沃尔特·范·特维勒无与伦比的贤能,他在处理万德尔·舒恩霍温与巴伦特·布里克的法律纠纷时展现出的莫可言说的智慧,以及公众由此对他产生的极大敬仰。

大名鼎鼎的瓦尔特或曰沃尔特·范·特维勒家世显赫,世代为行政长官。他的先人前赴后继,一个个在瞌睡中度日,在鹿特丹行政长官的位置上变得身肥体胖。他们思维怪异,性格乖张,碌碌无为。每一位贤能的行政长官,如果不能赢得普遍赞誉,至少会希望后人能记住他们,但后人却从未听说或谈及范·特维勒的先人。

特维勒(Twiller)这个姓氏,据传为特维伊弗勒(Twijfler)的误拼,而后者在英语中意为犹疑者,这恰如其分地描述出他那审慎的个性。您看,他虽为男子,却似牡蛎一般,闭关自锁,对事情愿意翻来覆去地思考,却极少开口说话,偶尔启齿,也单个音蹦,似乎对任何可疑之处都存犹疑之念。他的拥护者对此有清楚的解释,他们证实他对任何一件事都做综合考虑,思虑深远,乃至头脑中没有空间把思考的问题转一下,把问题的每一面都考虑清楚。如此一来,他的脑中想法数量惊人,结果就是他总是心有疑惑。

有些人引人注意，有两种截然不同的路径：一则侃侃而谈，很少费心思考；二则沉默不语，事事从不过脑。通过前一种方式，很多夸夸其谈、浅薄无知的冒牌货领受才华横溢之名；通过后一种方式，众多脑袋空空的傻瓜，像最蠢笨的鸟——猫头鹰一样，被独具慧眼的世人以各种智慧之名称誉。这里我只是信口说说，不愿让世人都认为我在说的是范·特维勒总督。范·特维勒恰恰相反。他是一位睿智的荷兰人，因为他从未说过任何蠢话。他庄重无比，在其漫长而荣耀的生命历程中，从未有人见过他大笑，连微笑都没有过。不过话说回来，一件事，无论如何简单，在平平常常、目光短浅的普通人看来草草一眼就能做出决定，赫赫大名的沃尔特却要摆出一副神秘莫测、迷茫不决的表情。每到这时，他就一直摇着他那颗阔大的脑袋，加倍认真地再抽上五分钟的烟，然后充满睿智地断言："此事本人存疑。"长此以往，他养成了犹豫不决也不轻易纳言的个性。

这位显赫的老先生身材协调，透着高贵，好似经过灵巧的荷兰雕塑家的雕琢，专一作庄重雄伟、气派威严的典型。他的身高不多不少正好五英尺六英寸，腰围六英尺五英寸。他的头是一个完美的球形，比伟大的伯里克利的头大得多（伯里克利的头从古时候起就一直被诙谐地称作 Shenocephalus，意即洋葱头）。事实上，特维勒的头如此硕大，就连心灵手巧的造物也遇到了麻烦，不知道设计一个什么样的脖子，才能托得起这样的头，所以索性放弃尝试，把他的头实落落地安到了两肩中间的脊梁骨上，就这样一直固定在那里，好似波托马克河的泥浆中沉陷的军舰。他的身体呈椭圆形，下身宽大，这是造物的技巧安排，显见他喜欢坐着，非常不乐意做毫无意义的走动。他的双腿虽然奇短，但健壮有力，足以支撑起担负的重量。这样，范·特维勒站起来的时候，一点也不像立在枕木上的粗大啤酒桶。相由心生，人的面部常常因一种叫作表情的东西导致变形，范·特维勒的面部阔大，上面没有一丝皱纹，没有沟沟壑壑。中间两只灰色的小眼睛微弱地闪烁着，好似两颗质量不大的星星，朦胧、模糊。他的双颊饱满，好似要吞下任何送进嘴里的东西，上面暗红色的斑点条纹点缀，整个面部看上去就像晚熟的苹果。

他的习性同他的身形一样规则：每日固定四餐，每餐固定一小时，另有八小时抽烟、疑惑，一天二十四小时中的其余十二小时则用来睡觉。这就是赫赫有名的沃尔特·范·特维勒，一位真正的哲人，因为他的思绪不是天马行空高高在上，就是平平静静低低在下，消遣世虑。他已在这个世界生活多年，却从没有丝毫兴趣去考虑是这个星球绕着太阳转，还是太阳绕着这个星球转。他吸烟时，烟雾缭绕而起，直冲天花板。这种现象他已观察了至少半个世纪，却从来不像哲人一样劳心费神推出众多的理论，解释烟雾为何在这样的环境中向上升。

他主持议事会，庄重严肃，坐的那把硕大坚实的橡木椅子，取材于海牙的大森林，由阿姆斯特丹的巧匠制作，椅腿和扶手细致雕刻成巨鹰的爪形。他没有权杖，取而代之的是一柄土耳其烟杆。烟杆细长，呈淡黄的琥珀色，是在与巴巴里地区一个面积不大的强悍国家签署协约后对方献给一位荷兰省督的。他时常坐在这把高贵的椅子上，抽着华美烟杆里的烟，不时晃动着右膝，几个小时眼睛一眨不眨地盯着挂在椅子对面议事厅墙上黑色方框里的一张小小的阿姆斯特丹地图。不仅如此,据说在审议任何需要多一点时间考虑、较为复杂的议题时,大名鼎鼎的沃尔特就把眼睛紧闭,一次出神满满两个小时,毫不为外界所动。每到这样的时候,他内心的活动可以从他有规律的喉音显现出来。他的追随者声称这只不过是他头脑中各种不同的疑惑和对立的观点冲突的声音。

费尽千辛万苦,我才搜集到了我们当下研究的这位伟人的一些传闻逸事。关于他的史料分散模糊,很多真实性存疑。因此,我搜集到很多后不得不放弃对此的研究,虽然仍有更多的材料,但我不再接受,因为它们可能让我对这位伟人的描画更为模糊。

我更迫切要全面描绘的是这位大名鼎鼎的人物本身和他的习惯,因为我认识到他不但是在这个古老可敬的外省中从事过工作的第一位也是最有为的一位总督。他的统治平静仁慈,我发现在他整个统治期间从未有过任何人因违法而被抓获受审。这确凿无疑地表明范·特维勒是一位仁慈的总督。如此仁慈的统治者,除了赫赫有名的圆木王的统治时代,从未有过,由此,大名鼎鼎的范·特维勒堪称继承了圆木王的衣钵。

这位出色的地方行政官管理地方事务的智慧,是在处理一件法律纠纷时展现出来的。这同所罗门王,或更恰当地说,同巴拉塔里亚那位声名显赫的统治者所经历的一样。这一事件让人们知道范·特维勒的政府是多么睿智、公平的政府。就在他庄严入职的第二天早上,他正在用一个硕大无比、盛满牛奶和印第安布丁的陶盆吃早餐的时候,突然来了一位万德尔·舒恩霍温,把他的早餐打断。来者是新阿姆斯特丹的一位年长但很有民望的市民,他悲悲切切地申诉一个叫巴伦特·布里克的人欺骗了他，发现账面上我们刚才提到的万德尔盈利多，就拒绝与他结账。范·特维勒总督，如我们刚才所言，是一位沉默寡言的人，同时也是乘法算数的冤家对头，更不愿自己进早餐时被打搅，所以，留意听万德尔·舒恩霍温陈述的时候，嗓子里不时咕噜一下，同时把满满一大匙印第安布丁送进自己嘴里，这一方面表明自己很欣赏印第安布丁，另一方面表明他听明白了来者的申诉。他找人叫来自己的巡警官，从自己的马裤口袋里摸出一个大折叠刀，命令巡警官带着刀传唤被告到来，同时把自己的烟丝盒交给巡警以做证明。

在那个单纯的时代，这一传唤手段非常有效力，烟丝盒的作用如同伟大的哈隆·拉希德的真正信仰者见到他的印章戒指一样。原被告双方来到范·特维勒面前，各自拿出一个账本。账本上的语言文字，如果不是说高地荷兰语的宗教主持人，或能破译埃及方尖碑、学富五车的学者，定是无从读解。圣明的沃尔特拿起一本，又拿起另一本，放在手中掂量一下，又认真数过各自的页数，马上陷入深深的疑惑。他吸了半个小时的烟，一言不发。最后，他把自己的一根手指放到鼻子旁，闭目片刻，脸上的神情好似脑子里刚刚蹦出一个奇妙的解决办法。他慢慢把烟杆从嘴里拿出来，吐出一个烟柱，异乎寻常地庄严宣布：仔细数过页数，平衡过两本账簿的分量后，发现一本与另一本同样厚、一样重，因此，万德尔要给巴伦特一个收据，巴伦特要给万德尔一个收据，所需花费由巡警官支付。

这一决定立即传开，尽人皆知。新阿姆斯特丹百姓欢喜，因为他们立刻认识到统治他们的人是多么睿智、何等公平。但更让人愉快的结果是，此后在范·特维勒的统治时期，再也没有发生过诉讼。治安管理处几近废弃，许多年里本省竟至没有治安巡逻的人，尽管这些原本也没有用处。我很细致地描述这一事件，不单是因为我认为这是有史以来最圣明最公正的判决，很值得现在的行政长官们注意，更在于这是大名鼎鼎的沃尔特执政史上不可思议的一件事，是众人所知他一生中唯一一次做出决断。

第二章

本章包含对于新阿姆斯特丹大议会的描述，陈述一位市议员应该肥胖的充足哲学道理，以及其他一些涉及本省的细枝末节。

在提到本省早期的总督时，我提醒读者不要把他们在官阶与权力上同我们现在这个开明国度里那些异想天开被称为管理者的开明绅士混为一谈。后者是一群并不快乐，因为公众关注度高而受害的人，事实上是我们这个群体里依赖性最强、最惧内的一群人。他们注定要受自己党派的劝诫约束，党外民众的嘲讽、谩骂，每到圣诞节日新年假期，还要立定站好，接受全国各地妄自尊大的小人物、流氓无赖的抨击。相反，早期的荷兰总督被授权全权管理远离本土的殖民地和领土，权力不受约束。从某种形式上说，他们在自己的管辖范围是绝对权威，如果愿意，他们可以凌驾于法律宗教之上，而只需对母国负责。而众所周知，只要属地能行使自己的主要使命，即榨取好的利润收益，属地民众对其总督哪怕怨声载道，母国也会充耳不闻。这点很重要，可以避免让读者怀疑，在这样一本正史中，会读到一些一位总督不理众议、独断专行的非同寻常的情况。

为了协助生性多疑的沃尔特管理艰巨的行政事务，一个行政议事会成立，直接掌管治安。这个权力部门包括一位巡察，或叫执法官，其权限介乎当今的市长与治安官员之间；此外还有五位市长，官职同今天的市议员相当；五位市政委员，为市长的副手、助手或叫随从，同今日市议员有助理一个道理。这些副手的职责包括给高贵尊严的市长装烟斗，到集市上为集体聚餐寻找美味，以及其他日常需要他们处理的琐细事务。另外一项虽然没有具体吩咐但心照不宣的职责就是为市长们不够发达的机智接盘，无论他们讲出什么样的笑话，都要开心大笑。这最后一项职责今日多有，在当时却很少要求这样做，并且很快就终止，原因是一位个头不高、身宽体胖的市政委员有一次听其中一位镇长范·詹特最好笑的笑话时强颜大笑，没有成功，不幸窒息身亡。

这些人屈尊服务，换来的是在全体会议上说"是"或"不"的权利。另有一项令人羡慕的好处就是他们掌管着公共食堂，获得恩准可以在所有舒适的宴会、公款吃喝时大吃大喝抽抽烟。在这点上，旧时的地方官员同他们现在的继承人一样名声在外。这样一来，市政官员的位置，像今天的议员助理一样，成为某种类型的所有年轻市民觊觎的位置，因为他们对于吃好喝好都有极大喜好，对于耍弄点小权力都有些小心思。他们渴望有一点小权威，好让他们到公立救济院或拘留所颐指气使，让他们能在那些因温顺致贫、因漂泊被视为邪恶、因被遗弃而为娼、因饥饿难耐而使用欺诈手段的人头上作威作福，让他们能挥挥手就招来一大群流氓无赖十倍于他们追捕的罪犯的法警、执法员。请读者原谅我突然情绪激动，我承认这不是一位严肃的史家应有的情绪，但我天生憎恶这些法警、执法官以及爱弄权的小人。

  我们这个城市过去的管理者与当今的管理者不但在体形、规模、智识方面相似,在特权和优待方面也大致一样。当时的市镇长官,同我们今天的市议员一样,通常依照个人分量选出,自然不只看身体的重量,还要看大脑的分量。所有公正、质朴、规范的城市都切实遵行一个准则:市议员应该身肥体胖。这其中的智慧已然得到证明。从某种程度上说,相由心生,或者说心由相形,一如熔铅要适合浇铸它的黏土模子。专事人性研究的很多哲人都坚持这一观点。因为,正如我们这座城市中一位博学的先生所言:"任何有智慧的生物,其品格与体格有恒常关系,其习性与身体结构关系密切。"由此,我们发现身躯瘦弱微小的人通常性情急躁、心绪不平,这要么是因大脑不停运作,损耗了身体,要么就是身体无法提供足够的空间容纳大脑,致使大脑不断处在焦躁、动摇、局促不安的状态。相反,那些身体滚圆、心宽体胖、身体笨拙的人,总是思绪平静、反应迟钝、缓慢平和。而我们总是会注意到,那些营养充足、身体健壮的公民一般而言都能使自己生活得舒舒服服、安逸自在。他们最不愿面对的是嘈杂纷扰,杂乱无章。无疑,没有人比在乎自己平静的人更愿意去考虑公众的平静。有谁听说过肥胖的人带头闹事、与暴民为伍的吗?没有,绝对没有,一直让社会担忧,搞得整个群体不得安宁的是那些身体瘦弱、饥饿难耐的人。

  神圣如柏拉图,其学说已很少为现时代的哲学家充分领悟。在柏拉图看来,人人有三个灵魂:一个居于大脑,永恒存在,充满理性,监视调节身体;一个似好斗的强权,围绕心脏扎营,富含激情,乖戾暴躁；第三个永恒存在，充满欲望，远离理性，偏向粗俗野蛮，为免其贪婪的哀号惊扰超凡的魂灵被禁锢在腹腔中。如此，依照这一高妙的理论，胖胖的市议员最有可能大脑正常、状态良好，这是再清楚不过了。他的头就像一个巨大的球性容器，内含硕大一团软脑，理性的灵魂温柔舒适地垫伏其中，恰似躺在羽毛褥垫床上。他的眼睛，那寝室的窗户，时常半闭着，以免这种休眠状态为外物所扰。这样舒适安逸、不受干扰安歇的大脑自然更能规律安适地发挥自己的作用。此外，那个永恒、有害，被束缚在腹腔的灵魂，饥肠辘辘时常呼啸、咆哮，容易使靠近心脏的灵魂热情难抑，使人暴躁易怒，性格执拗，与人吵吵闹闹，但只要吃饱喝好，这个灵魂就会平平静静、寂然无声、安分守己。每到这时，这些人身上隐藏起来的热诚友善品质就会悄悄从心脏的狭孔中向外探视，发现欲望的灵魂休眠，便鼓起勇气，个个穿起节日盛装，出头露面，在隔膜间上下雀跃，让自己的宿主欢笑不停、幽默丛生、心甘情愿、和蔼友善地为自己的民众服务。

依照这样的原则组成的议事会，很少会去思考，更不可能对大家都认可的意见提出异议和争论。由于他们通常在开心就餐时处理政务，自然在行使职权时仁慈宽大。查理曼大帝对此洞然于心，因此（他采取的这一可鄙措施，让我永远无法原谅他）在他的特许下，所有法官都要在早上空腹出庭判案。我敢说这一措施让法兰西王国那些可怜的罪犯苦不堪言。当下的一代人更为文明、更为仁慈，他们的规则恰恰相反。他们让议员们吃好喝好，尽情享用陆地上的山珍美味，胡吃海塞海洋里的牡蛎海龟，时间一久，议员们的行为就像牡蛎，身形、步态、腹中的油水则像海龟。结果，如我所言，这些豪华筵席让所有理性或非理性的灵魂舒适安逸、平静镇定，处理起事务来就会众所周知地一成不变、千篇一律。那些在他们昏昏欲睡、咀嚼美味时实施的严苛律条，就会悄然变成形同虚设的规定，在清醒时从不会执行。总之，这些公正诚恳、大腹便便的市长们，正如一头吃饱喝足了的獒犬，在家门口悄然瞌睡，总是待在家里，什么时候都能喊起来看家护院。倘若选择一位身材瘦削、爱管闲事的人来管理行政事务，我们现在就不是在做这样的事，那在我看来就像安排一只灰狗看护家园，或让一匹马来拉牛车。

如此前所述，当时的市长们是依照体重很聪明地选出来的。其后，指定地方行政官员、助理服侍他们，帮助他们吃饭。但假以时日，这些地方行政官员、助理好吃好喝，变得身材滚圆、脑力困倦，有资格候选登上市长的宝座，就这样吃着把自己送上行政岗位，恰如老鼠在一个外形迷人、清教徒喜欢的脱脂乳做成的新英格兰奶酪中一路大吃特吃，找到舒舒服服的立足点。

除了我们这个时代市政当局贤能的议事会，没有什么能与赫赫有名的沃尔特与他的那些杰出伙伴做出的深刻思考相提并论。沃尔特与他的伙伴们在当时经常一坐几个小时，为了公共事务抽烟瞌睡，谁都不发一言，以免打破深入思考必有的宁静。所有人都忠诚地遵循着一个极佳的信条。这一信条由这位年长的杰出总督用金色字写到了议事厅的墙上，曰：

Stille Seugen eten al den draf op.

如果翻译成英文，以资现代的立法机构借鉴，意为：

母猪静悄悄，
泔水全吃掉。

正是由于赫赫有名的沃尔特·范·特维勒这样冷静的方式以及他的市长们贤明的管理，这个新开发的定居地迅速扩大，逐渐摆脱沼泽森林，展现出新城市初建时惯常有的既像城市又似乡村的模样。今天的华盛顿市可为一例。这个现在繁荣昌盛的城市，最初也只是图纸上的设计。

在这个新的定居点，一排排房屋建起来，街巷出现。房屋中间的空地上，香味馥郁、俗称臭草的野生曼陀罗花丛生。在曼陀罗花的花香中，淳朴的荷兰人，像众多古代的开拓者一样，在闷热的下午坐着抽烟，嗅着阵阵清风送来的芬芳，心满意足地听着自家院落里母鸡咯咯叫，白鹅嘎嘎鸣，肥猪响亮地打呼噜。这农家庭院的协奏，正堪比银元叮当作响，给人们富足生活的信心。

今天来纽约的游客，走在这个人满为患城市的拥挤街道上，很少会去想在沃尔特统治的时代这条条街巷是一个什么样子。今日这座城市生意场上人声鼎沸，欢声笑语，华丽奢侈的马车叮当作响，这在昔日新阿姆斯特丹安静平和的居民点闻所未闻。那时，百老汇大街所在的地方羊牛欢叫，四处嬉戏奔跑，重峦叠嶂，青翠欲滴，现在这里的合法继承人变成早晨在大街上悠闲散步的懒人；过去狡猾的狐狸、贪婪的狼藏匿出没的树林，今日变成戈麦斯和他那帮正直的货币经纪人联合会兄弟的窝点；昔日大雁满地乱飞、咯咯鸣叫的地方，今日变成玛特琳爱国酒店，回响着犯罪团伙的争吵声。在沃尔特治下，整个曼纳哈塔岛，至少在有人居住的地方，欣欣向荣，成为又一个伊甸园。家家都有卷心菜菜园。卷心菜这种食用蔬菜，不但给人们希望，让人们看到丰足的泡菜，也成为这个年轻的殖民地快速发展、民风端正的标志。

　　这就是一个胖子政府带给人们的快慰景象。这个新荷兰省，虽然并不富裕，却拥有任何财富都买不来的甜蜜安宁。看上去好似农神老萨图努斯再一次掌权，重新开启原始单纯的黄金时代。黄金时代，如奥维德所言，与黄金没有一丝关联。人们之所以称这样的时代黄金时代，只是因为这是一个幸福快乐、吉祥和顺的时代，只是因为由黄金这一贵金属带来的诸如贪婪、嫉妒、盗窃、抢劫、高利贷、屯银、讨价还价、博彩等罪恶以及各种犯罪、伤害等在彼时闻所未闻。铁器时代，黄金大量存在，但由于人们对于黄金的渴望，给人们带来各种苦难、劳作、纠纷、战争，由此这个时期被称为铁器时代。

　　所以沃尔特·范·特维勒所处的和平安宁时代完全可称得上是我们这座城市的黄金时代。彼时没有大规模骚乱，没有私下吵嘴；无人结党营私，拉帮结派，建立宗教派系；没有诉讼、审判、惩罚；没有法律顾问、辩护律师、法警、行刑者。人人都关心自己有幸拥有的那点小事，也可以随意把这些忽略掉，而不必去征求邻人的意见。在那个时代，没有人会去关心自己不理解的事，没有人在意别人在做什么，在热情高涨对别人的品行说三道四、吹毛求疵时，没有人会忘记修正自己的行为提高自己的修养。一句话，每个人格高尚的市民不饥而餐，不渴而饮，无论困倦与否，日落家禽入圈即上床睡觉。所有这一切，与马尔萨斯的理论相合，对于这个新定居点人口发展至关重要。据说，当时在整个新阿姆斯特丹，每一位尽职的妻子每年总会为自己的丈夫添一个孩子，使家族多一份支撑。荷兰人的一个普遍信条是"宴席上人不嫌多"。在他们看来，人丁兴旺正是人生的享受。因此，这一时期一切自然发展，借用历史学家通常表述一个国家幸福安宁的话说，"全省一派祥和安宁"。

第三章

本章讲述新阿姆斯特丹这座城镇如何从污泥中崛起，如何不可思议地成为文明之所，以及先人们的生活风俗画卷。

翻阅历史书页的开明文人趣味多样，性情各异。有些心中勇气充溢，胸中躁动不已，情绪膨胀，就如装有新苹果酒的大桶或刚刚受训结束的民团队长，大有要到战场上一试身手的冲动。这类勇敢彪悍的读者感兴趣的只有刀光剑影、可怕的短兵相接。他们读到的每一页历史书都要不停地出现进攻城堡、占领城池、引爆地雷、冲向炮口、拼上刺刀的情节，只有火药、屠杀才能满足他们。另有一类读者，虽说勇武稍减，但同前面的一类读者一样想象狂热，同样不甘于平凡，那些奇迹怪事、闻所未闻的经历、九死一生、大胆狂热的冒险故事以及所有在可能性的边界上缓步进展的离奇描述会让他们得到极大的满足。第三类读者，不是轻看他们，口味转淡。他们阅读过去的记载，就如阅读通篇有教化作用的小说，只为放松神经，不动脑筋寻找些娱乐。他们嗜读的是叛国投敌，严刑处决，强掳萨宾妇女，塔昆引起的怒火，大火肆虐，谋杀连连，以及所有描述罪恶行径的历史故事。这些故事好似做饭用的辣椒粉，能让史书辛辣刺激，有滋有味，不再只是沉闷的细节。第四类读者更习惯哲理思辨。他们仔细阅读陈旧的时间记录，只为勘查人类行为，观察风土人情随知识进步、世态变迁、情势变化所经历的逐渐改变。

如果前三类读者发现沃尔特·范·特维勒统治时期的平静祥和让他们无法满足，我恳求他们耐心多等一会儿。作为一位忠实的史家，我的职责需要我描画出这样一幅幸福、繁荣、祥和但单调乏味的画面。我向他们保证，一旦可能遇到任何恐怖可怕、出人意料、不可能发生的事件，我的描述也会变得冷酷无情，我会用这些故事款待他们。这一前提说过，我现在可以心满意足地面对我的第四类读者了。他们中有男性，也有我心目中理想的女性读者。他们严谨、思辨，喜欢研究调查。他们惯常分析人物，喜欢从开始就做分析，把一个国家种种错综复杂的变革发展层层透析，搞清其来龙去脉。这样的读者自然会急于了解新阿姆斯特丹这个新孵出的殖民地最初的发展如何，早期范·特维勒或那位犹疑者平稳统治时期风土人情怎样。

这个新兴的殖民地逐渐有了些变化，最初的简陋木屋演变成砖墙、玻璃窗、瓦屋顶的壮观荷式楼房；杂草遍地、灌木缠结的土地变成了肥沃的卷心菜园；原本印第安人潜伏的地方出现了沉闷呆板的镇长。事无巨细地描述这些，可能会让读者疲倦，对我自己而言，也很不方便。简单地说，在这个新兴的殖民地，树木被砍伐，树桩被挖出，灌木被清理掉，一座崭新的城市，像从一大块烂木头中间成长起来的强大菌菇，慢慢在沼泽、臭草中成长起来。

我们在前面一章提到的贤明议事会没能确定自己城市发展的任

何规划，而值得称道的牛，爱国之心作祟，在来去牧场的路上，承担起这个特殊任务，在灌木丛中开出条条小路。这些善良的民众在小路两边建房起舍，就此杂乱无章却独特别致的弯道、密密麻麻的道路出现，与今日纽约的有些街道完全不同。

需要注意到，有些"薄裤先生"忠实的党徒不满自己挖沟开渠的建议没有被采纳，只好退而求其次，把开挖运河的爱好转为在小溪和水湾边上建立居所。这些居所在这个定居点的各个地方延展开来，为以后的发展打下了基础。今日宽街最早就是由定居者这样建起来的。初始有人沿着一条小溪建起这条街道，街道一直延伸到今天叫作华尔街的地方。曼纳哈塔岛的南端很快生意繁忙、人丁兴旺起来。在此期间，岛的最南端建起一个渡口管理所，当时人称"内河航运出发站"。

另一方面，追随"韧裤先生"的人与"薄裤"党徒相比魄力不减，且更为勤劳。他们沿河定居下来，以前所未有的毅力辛勤劳作，建起码头、堤坝，形成我们这个城市边缘今天可看到的无数沉泥池。其后老一辈的荷兰人在海水退潮、海滩没有被漫过时对这些码头加固修补，因为这时他们能嗅到淤泥、泥沼里芬芳的泥土气息。在他们看来，这样的味道有益健康，会让他们想起荷兰的运河。感激这些不知疲倦的劳动者、值得赞誉的工程建设者，是他们留下了片片人工土地。今天在纽约的几条河边建起的街道，就是建基在他们的工程之上。自然，如果我们可以相信本市几位高明医生的判断，他们这样的做法也加快了黄热病的传播。

身份高的一些人房子通常为木质结构，只有山墙使用小巧的黑黄色荷兰砖砌成。山墙总是正冲街道，因为我们的先人，同他们的后代一样，喜欢炫耀，众所周知喜欢把自己最好的一面示人。房子的每一层都有很多门窗，门大窗小。房子建造的日期稀奇古怪地被做成铁质的数字，安在房子的正面。房顶则栖息着一只忙碌的小风信鸡，方便一家人掌握风向这个重要信息。但家家户户的这些风信鸡，同现在看到的教堂尖塔顶的风信鸡一样，指向各异，这样人人心中的风向都会不同。你也许会认为老艾俄洛斯把自己所有的风袋撒开，让风在这座多风的大都市胡乱嬉闹。然而，最坚定忠实的市民总是会依照总督家屋顶上的风信鸡方向选择出行。总督家雇了一位忠实的仆人，每天早上爬上屋顶，把风信鸡依照风向做调整，所以他家的风信鸡风信最准确。

在那个淳朴快活的美好年代，家政方面最大的原则是努力保持清洁，而清洁也是世人检验主妇持家能力的通用标准。那时大门除了一些重大节日，比如结婚、丧葬、过新年、圣尼古拉节，从不打开。门上装饰着豪华的铜门环，有些巧妙地锻造成狗的形状，有些则为狮子头形。这些门环每天都被用心擦亮，结果原本要保护它们的这些措施却常常把它们磨损破坏掉。家里经常拖把、扫把、硬毛刷一起上阵，搞得处处洪水泛滥。那时的家庭主妇都是水陆两栖动物，尤其喜欢玩水。当时的一位历史学家很严肃地告诉我们，他的许多女同胞甚至手上长出了鸭子那样的蹼。他毫不怀疑，如果检查下去，会发现她们中的一些人长有美人鱼一样的尾巴。但我认为这个只是一种想象，或者更糟，是故意误传。

主客厅是至圣的场所，这里的清洁工作更是无所不用其极。除了主妇和她最信得过的女佣,任何人未经允许都不许踏进这个神圣的房间。主妇和女佣每周来一次,把房间里里外外收拾干净,把屋内所有东西井然有序安置。进门前,她们总是留意把鞋子脱掉,放在门口,脚上只穿着袜子虔诚地进屋。擦洗完地板,撒上一层细细的白沙,用扫帚把沙巧妙地摊抚成各种角、曲线、菱形。刷过窗子,把家具擦得锃亮,然后在壁炉上摆上一束常绿植物,再把百叶窗重新关上,以免苍蝇飞入,最后仔细关上房门,一直到下一回每周一次的清洁再开。

家里人总是从大门进出,大部分时间在灶台边活动。如果你见过一个大家族的人围坐在火炉旁,你一定想自己是穿越回到了那个简单朴素的快乐年代,它们像珍贵的映像漂浮在我们的想象中。那时的壁炉旁足以容纳整个家族。家里所有人,无论老少主仆,黑人白人,甚至小狗小猫,都有加入这一群体的权利,每个人对某一个地方都有固定的使用权。就在壁炉旁,年老的家长常常一言不发坐在那里,用烟斗抽着烟,半闭着眼睛看着炉火,长时间里什么都不想;而主妇则相反,常常勤谨忙碌,纺纱织袜。年轻的小辈则围拢在炉子边,屏声静听又老又瘦的黑人老婆婆——家族里的预言家——讲故事。这些黑人老婆婆就像栖落在烟囱一角的乌鸦,在漫长的冬季下午一直呱呱叫个不停,一个接一个地讲述新英格兰地区女巫、可怕的鬼怪、无头骏马以及与印第安人遭遇九死一生奋力血战的各种故事。

在那个幸福快乐的岁月,一个管理良好的家庭总是日出而起,中午十一点钟吃饭,日落而息。晚餐一定是一家人一起吃。如果吃晚饭时邻人突然造访,年老发福的主人一定面露不悦。不乐意晚餐时招待客人显得有些怪异，但他们时常举办被称为茶会的聚餐会，与外界维系着密切的联系。

类似这样的狂欢聚会今天在我们这个城市已普遍流行，但由于这是我第一次介绍这些令人愉快的欢聚，我相信可爱的读者一定很想了解这方面的信息。但很抱歉，我这里可能要轻描淡写，不会引起读者对这些欢聚的欣羡。我既不会讲述让他们感到愉悦的人山人海，也不会描述华丽的客厅，不会讲帽子上高耸的羽毛，不会讲光灿夺目的钻石，不会讲淳朴的乡民互相贬低，愚蠢至极，或和蔼友善，不会互相看不起，更不会异想天开，胡扯逸事趣闻，讲一位夫人欺骗感情，另一位忘情胡为，因为那时还没有喷着香水的老年贵妇人秘密结社，凑到一起你赢我的钱，我赚你的利，在牌桌上为此大发脾气。

那时风行的茶会通常局限在上流阶级或者说贵族阶层。换句话说，是在当时家中养牛、驾着牛车的人参加的聚会。参加茶会的人通常下午三点钟聚到一起，大约六点钟散会回家。冬日里，则聚会的时间更早些，这样女士们就能在天黑前回到家里。今天人们聚会，会招待参加聚会的人冰淇淋、果冻或奶油葡萄酒，发了霉的杏仁、长了毛的葡萄干、酸橙管够。但我没有找到当时的人招待聚会的人这些东西的依据。我们的祖先喜欢更有益于身体健康、更实在的食物。他们的茶桌中央一个巨大的陶盆，里面满是煎成黑褐色的肥猪肉片。肉片切成合口的小块，放在肉丝或肉汁里。聚会的人围着茶桌而坐，人手一把叉子，随时准备敏捷地冲向这一大盆中最肥硕的那些肉，恰如水手在海上用鱼叉捕海豚，或印第安人在湖中用长矛捕猎大马哈鱼。餐桌上有时会提供硕大的苹果派，或装满浅碟的桃脯梨脯，但一定会有的是大盘的甜面球。这种面球用猪油炸，叫甜甜圈面包或油蛋糕，是一种可口的蛋糕，如今除了纽约正统的荷兰人家外，已很少有人知道，但在奥尔巴尼，它们依然是茶桌上的必备品。

茶会上倒茶用的是一把精致的代尔夫特陶茶壶。壶上画着胖胖的荷兰小牧童，有男有女，照看着猪。画上空中船儿扬帆，云中屋舍可见，还有其他很多荷兰人奇思妙想的东西。爱表现的年轻人身手敏捷地从一把硕大的铜茶壶里把茶倒进代尔夫特小茶壶里，将其注满。这种大铜壶，在今天这个堕落的时代，瘦弱矮小的纨绔子弟只是看看可能都要吓出汗来。茶会时每个杯子旁都会放一块糖以便茶喝起来甜些，大家轮换着咬一口糖，品一口茶，礼仪端庄。到后来一位精明能干会过日子的老妇人对这种方法做了改进。她的方法是在茶桌上面的屋梁上吊一根绳，把一大块糖系到绳上，这样饮茶时，糖可以从一个人口中荡到另一个人的嘴里。这一精妙的权宜之计今天在奥尔巴尼一些家庭里依然保留着。在克缪尼帕、卑尔根、弗莱布许以及其他所有没有受到外来风气影响的荷兰村落中，这样的做法依然盛行。

在这些简朴的茶会上，人们极为注重礼节，举止行为磊落，没有调情勾引、卖弄风情，没有老妇人聚赌，没有精明无脑的年轻绅士可笑的狂妄以及耍猴般的表演。相反的是，年轻女孩在灯心草根做的椅子上娴静地坐着，编织自己的羊毛袜，很少开口说话，对问她们的任何问题，也只是简单地说"好的，先生"或"是的，夫人"。

在什么时候，都像正派得体、极有涵养的少女一样行事。至于男士，每个人都静静地抽着烟，看上去像在思考壁炉上贴的蓝白色瓷砖。瓷砖上虔诚地描画着《圣经》上的不同片段：托比特和他的狗得到了很细致的描述；哈曼在示众架上打着秋千，惹人注目；约拿很勇敢地从鲸鱼里跳出来，一如滑稽戏里的丑角跳过一个火药桶。

聚会的人分手时悄无声息，一丝不乱。因为，虽然在今天看来很奇怪，但在当时男男女女只愿找到自己的斗篷、披肩、帽子。不要天真地以为当时像今天一样有独创的交换办法，聚会时第一批离开的人有权选择他们能找到的最好的披肩和帽子，一种毫无疑问从我们的商业习惯中诞生出的惯例。在当时，除了那些能养得起牛车的富裕人，人们都自行回家，也即是说，乘着造物赐予他们的交通工具回家。先生们很殷勤地护送女士们到她们各自的住所，离开时在她们的家门上很响地拍一下。这在当时是一种惯有的礼节，纯朴诚挚，不会引起什么绯闻，在今天也不应该引起什么非议。如果我们的先祖赞同这种惯有的做法，作为后辈我们如果对此有什么非议，可能要考虑我们是否对祖先有些不敬。

第四章

本章讲述黄金时代的更多细节，以及在犹疑者沃尔特的时代绅士、淑女到底什么样。

在我的史书中描述的这个美妙的时代，美丽的曼纳哈塔岛呈现出欣欣向荣的景象。这个时代堪与老赫西奥德笔下萨图努斯统治的黄金时代的辉煌画卷相提并论。但在这个时代，也有一点愚昧落后的地方，那就是这里的居民全都率真淳朴，这种愚昧落后让他们快乐无比。这样的愚昧落后，即便我能描述出来，要读我写的书的这个堕落时代的人也很难明白。在那个时代，即使在心神稳定、诚实安分、传统风俗方面最能突破的女性，一段时间里行为也变得令人难以置信地克制、合宜，从她们的行为来判断，好像她们从未被派到这个世界上，让人烦忧，让哲学困惑，让一切混乱。

她们的头发，还没有被厌恶艺术的人歪曲，用蜡小心翼翼地从前额向后拢好，用大小合适的衬棉印花小帽罩住。她们的棉毛衬裙上有各种色彩艳丽的条纹，与彩虹女神色彩丰富的长袍好有一比。但我不得不说这些华丽的衣着太过短小，鲜及膝下，但女人们在衣服数量上做了弥补。她们的衣着数量上通常与男人们所穿的小件衣物相当。更值得称道的是，这些衣服全都出自她们自己的手。我们可以想象，在当时的环境下，她们的工作不是徒劳的。

这是一段率真的岁月，在这个时代，女人们都待在家中，阅读《圣经》。她们的衣服上有很多口袋，没错，大大的口袋，拼缝成许多稀奇古怪的形状，很夸张地挂在衣服外面。这些口袋事实上是很方便的容器。所有会持家的主妇都会仔细地把她们随时需要的东西放在里面。这样一来，这些口袋常常不可思议地塞满各种东西。记得小时候有一个故事很流行。故事讲沃尔特·范·特维勒的夫人有一次为了找一把木勺需要把她右面的衣袋倒空，取出来的东西放满了三个玉米篮子，最后才在清出来的一堆乱七八糟的东西一角找到。但我们不必太相信所有这些故事，这些遥远年代的逸闻趣事很可能都有些夸大其词。

除了这些引人注目的衣袋，女人们束腰带上还挂着剪刀、针垫。普通妇女束腰带上用红彩带挂这些东西，富裕些爱炫耀的女人则是用铜链甚或是银链，明确无误地告诉人们自己是勤俭持家的主妇或勤勉辛劳的老姑娘。我无法为她们衬裙过短说什么辩护的话。衬裙过短，无疑是为了让袜子能被人看到。袜子通常以蓝色毛线织就，上面有华丽的红色织图。自然衬裙过短也可能是要露一下缀有硕大夺目银扣的高跟皮鞋上耐看的脚踝以及优雅然并任劳任怨的双脚。所以，我们发现无论在什么时代，女性为了展示自身潜在的美或满足对华丽装饰真挚的喜爱，心理上都会倾向于稍微违背一点礼仪之规。

从这儿的描述我们可以看到，我们的祖母们在好身材的观念上与今天她们衣着暴露的后人大不相同。在过去的那个时代，窈窕淑女即使在晴朗的夏日也会身穿多层衣服，缓缓而行，而不是穿上现代舞会上姑娘们的各式行头。但在当时，有教养的男人并不会因此对她们的爱慕减少几分。相反，所爱之人的体积越是增加，恋人的爱慕之情似乎也会随之加剧。本省曾有一位用低地荷兰语作诗的拙劣诗人，把身着十几层衣服、身材显得丰满的少女比作盛开的太阳花，说她们繁茂如成熟的卷心菜。可以肯定的是，在当时，一个恋人的心里一次只能容得下一位女人，而今天对女性大献殷勤的男子心里常常有足够的空间纳下六七位女性。在我看来，个中原因不是男性的心变得更大，就是女性的身材变得更小。但这个问题要交由生理学家确定。

但这些衬裙有一个神秘的魔力，而这种魔力无疑会让审慎的男性追求者考虑。那时女性的衣服是她唯一的财产。一位女性衬裙、袜子的数量多，这就如堪察加半岛的少女熊皮多，拉普兰美少女的驯鹿数量多，绝对在婚姻竞争中有优势。所以女孩们很迫切地要想尽办法展示自己强大的吸引力。家中最好的房子，除了装饰有水彩、针织的各种风景画，还总是四面挂满了女性们自己制作也是她们财产的各种手工织品。现在有些荷兰村落里，她们的后人仍然流行这种炫耀的方式。希腊诗人荷马曾高度颂扬那些温文儒雅的女士，给我们讲了娜乌西卡公主为家里人洗亚麻布衣，美丽的佩内洛普自己织就衬裙的故事。新阿姆斯特丹这座古老城市里的美丽女性，在简单纯朴方面，与她们毫无二致。

男士们，事实上，那些在这样的旧时代在快活的娱乐圈活动的男人,大体配得上他们千方百计去讨欢心的漂亮女孩。没错,他们的优点不会给现代的美女留下哪怕一点点印象,他们没有两轮轻便马车,也不会骑着双轮双座自行车四处夸耀,因为在那时,这些浮华的交通工具人们甚至做梦都没有想到过。他们也不会在餐会上突出自己,其后也不会遇到守夜的人,因为我们的先人性情温和,不需要夜间的守卫,全城的人在晚上九点之前就都已经酣然入睡。他们也不会花钱请裁缝做衣服冒充有教养,因为在当时,那些违背社会着装规范、能打破有志向的年轻人心理平静的衣着在新阿姆斯特丹还无人知道。在当时丈夫和家人的衣服都是称职的主妇做的,就连范·特维勒总督的太太,也不认为为丈夫裁制棉毛的宽松马裤是丢面子的事。

自然也有二三青年,显露出玩世不恭的初期形态。他们厌恶劳作,躲藏在码头集市,青天白日四处闲逛,把巧取豪赌得来的一点钱花个精光。他们满嘴脏话,酗酒成性,斗鸡赛马。一句话,如果不会因为风流韵事被绑缚在柱子上受鞭笞,阻断了他们的胡作非为,他们有可能成为城市里的奇葩,人们的谈资,人人厌恶的对象。

但更多的是那个时代真正意义上的时尚男性。这样的男性身着早晚合适、内外皆宜的棉毛上衣。这样的衣服可能由他们钟爱的姑娘巧手做成,上面漂亮地装饰着很多大大的铜扣;下身穿十个扣子的马裤,显出好身材,一双鞋上硕大的铜扣,头上一顶低冠宽边帽,遮住粗壮的面孔,头发辫成鳗鱼皮一样的大辫子垂在背上。

这样装束停当,他就会嘴里叼上根管子,器宇轩昂地去围攻那些漂亮少女冷酷无情的心。亲爱的读者,他们嘴里不是阿西斯吹奏甜蜜的曲子取悦伽拉忒亚用的笛子,而是地道的代尔夫特烟袋杆,烟锅里装上了香喷喷的哥本烟草。他毅然带着这个在姑娘的面前扎营,时间一长,就能很体面地把漂亮的对手熏得投降,鲜少失败。

这就是沃尔特·范·特维勒统治的快乐时代。在许多已经被人久已遗忘的歌曲里,这个时代被誉为真正的黄金时代,其他时期不过只是一些伪造的镀铜硬币时代。在那个快乐年代,整个省区一派甜蜜圣洁的宁静。一家之主安静地吸着烟袋,这是家庭给他的实实在在的安慰;他的女人,身着多层衣服,在忙完每日的家务后,平平静静地坐在门口,双手交叉放在雪白的围裙上,从不担心会有言语粗俗的路人或懒汉言语挑逗。但今天我们的街道上处处是这样的顽劣少年,他们是青春这朵玫瑰下长出的邪恶尖刺和荆棘。还有那些追求爱情身着十条马裤的少年与身穿十层衣服的少女,他们纵情享受美好贞洁的爱情,没有恐惧,没有人指责他们。她们身着厚厚的棉毛衣做成的衣服,就好似穿上了英勇无敌的埃阿斯所披的七层牛皮巨盾,贞操还有什么可担心的呢。

快乐的时代,永远不会忘却的时代!一切都前所未有地美妙,这样的美好时代再也不会来。那时的巴特米尔克水道水位很低,近乎干涸;哈德逊河里满是鲑鱼;月光纯洁亮白,而不是使人忧思的昏黄。今日的昏黄月光,一定是月亮每晚目睹这个城市的堕落,自感厌恶的结果。

第五章

本章将带领读者进行一次轻松愉快的散步，但结束与开始迥然不同。

公元 1804 年 10 月的一个下午，天气晴朗，我同往常一样，走到了炮台那儿。纽约这座城市历史悠久、城防坚固。炮台曾一度是这座城市的骄傲和坚固的堡垒。我之所以清楚地记得那个季节，是因为其后那一年的冬天异常寒冷。就在那年冬天，我们聪明的市政当局，头脑一热，大发善心，花了几百元钱，找人把花费了几千元钱搭建的炮台——这个木头堡垒——拉倒，把木头劈碎。他们把一文不值的腐烂木块发给城市里冻得瑟瑟发抖的穷苦人。自从杰里科的城墙或天神建造的特洛伊的城垛倒塌以来，再没有发生过这样的拆除。而事情至此还没有完结。那年冬天，五个男人，十一位老年妇女，十九个孩子，此外还有猫、狗、黑人，拿到这些用来救济的木柴替代品，烧柴取暖时，暖没有取到，被熏致目盲。随后更多人得了结膜炎，这一流行病传播开来。此后的每年冬天，城市里结膜炎流行。在那些用别人送的烂木头烧火取暖的人群或使用样式独特烟囱的人家，情况更是严重。

就在刚刚提到的那年那月，我走到炮台旁，散步沉思。虽然炮台已经不见，但在此处走走，仍让人最是愉快。因为从这儿看到的风景，全世界最美。一想到过去的岁月，我脚下的土地变得神圣。这儿长长的街巷两边一排排白杨树，看起来像是很多颠倒了的房间，投下一片悲凉抑郁的阴影。慢慢走过巷子，我的想象中开始把周围的景色与先人生活的时代比较起来。现在名义上的市政厅，实际上的征税机构，砖墙木柱傲慢地立着，这里从前是低矮但坚固实用的红瓦房。大名鼎鼎的沃尔特·范·特维勒的家就在这儿。它的周围是阿姆斯特丹要塞坚固的堡垒，横眉冷对着每一个潜在的对手。但正如许多络腮胡子的勇士和勇敢的民兵队长只把自己的军事行动局限在皱眉，可叹这些逼人的堡垒经历了漫长时光的侵蚀，一如迦太基的城墙，没有在古文物研究者探询的目光中留下任何痕迹。淤泥做成的矮护墙很久以前已经被夷为平地，原来的地方已经变成了绿草坪以及炮台周围铺满落叶的小巷。就在这些地方，快乐的学徒工身着周日正装炫耀，辛苦的技工从平日里又脏又累的活计中解脱出来，把一周之内听来的情爱故事滔滔不绝地讲给耳朵半避开的多愁善感的女招待。宽阔的海湾依然水域广阔，水上岛屿星罗棋布，中间渔船来来往往。岸边的景色生动别致，但曾经把这些海岸遮蔽的幽暗森林已经被文明野蛮的手侵犯，缠结的树丛、无法穿越的灌木丛已退化成果实累累的果园，起起伏伏的农田。就连总督岛，这个与本省的管辖密切相关的欢快乐园现在也已是建筑处处，围绕着一个巨大的碉堡。这个曾经安静平和的岛屿现在就像一个矮小暴躁的战士，头戴一顶大大的三角帽，向外面的世界喷吐着火药和蔑视。

一时间里，我沉浸在这连串的哀思中，忧伤但冷静地比较着今时与过去那些美好的岁月，为这个城市的改变感到难过，为我们文明的市民敢于面对现代变革不可阻挡的潮流，保留那些珍贵的习俗、成见、错误观念的热情而感到骄傲。慢慢地，我的思绪有了不同的改变，我禁不住欣赏起周边美丽的景色来。

这是一个地地道道的秋日。天气也格外关照美丽的曼纳哈塔岛以及它周边的地区。碧空蔚蓝，没有一丝浮云。太阳优雅地转动着，放射出璀璨的光彩，好似要在自己同荷兰人一样的诚实面孔上展现出不同寻常的仁慈表情。他微笑着向这个城市致以傍晚的问候，很高兴地用最慷慨的光芒探望这个城市。大风似乎屏住了呼吸，静静地看着这一切，唯恐会扰乱这一刻的宁静。宽阔的海湾，波澜不兴，敞开一面擦得锃亮的镜子，让大自然自览微笑。城市的旗帜，像一面精心选择的手绢，是只在节日里才用的，这时一动不动地挂在如巨大搅乳器手柄的旗杆上。就连白杨、山杨的大叶子，这一刻也像很少能静下来的自然的舌头，在天空的呼吸中停止了摆动。一切都默许自然进入深度休眠。令人生畏的十八磅大炮躺在木质炮台的射击孔里，好似在为下一个独立日为国奋战积蓄新的力量。总督岛上形只影单的大鼓忘记了召唤守卫士兵拿起自己的铁锹。降旗炮还没有发出信号，招呼整个地区作息规律、对人们意义重大的家禽就寝。停泊在绞刑岛与克缪尼帕之间的独木舟船队，躺在耙沙机上，暂时让那些无辜的牡蛎免受打扰，躺在它们原本生活的海岸柔软的淤泥中。我的情绪也受到这四处蔓延的宁静的感染，如果不是仁慈的地方政府为正在恢复身体的闲人提供的长椅坐上去特别不舒服，让人无法休息，我原本想在上面打个瞌睡。

心神放松，让我心里感到快慰。我的注意力被吸引到西面地平线一个突起的黑点上。这个黑点就在卑尔根市尖尖的屋顶后面。渐渐地，这个黑点扩散开来，悬挂在了新兴起的泽西市、哈尔斯姆斯、霍博肯的上空。这三个城市，此时像三个赛马骑师，比赛刚刚开始，并肩跑在赛道上，相互推撞。此时，这个黑的云团就在旧时帕沃尼亚漫长海岸的边缘，覆盖的部分从威霍克高地延展到了聪敏的警察为羞辱做生意的人而设立的检疫所与隔离区。此后，黑色的云团爬上清澈的天空，慢慢乌云密布，遮天蔽日，把苍穹染黑，在其中酝酿起雷电、冰雹、暴雨。大地似乎被天空中的混乱激怒。刚刚还波澜不兴的明镜掀起狂涛，不断低吼着汹涌地冲向海岸；不久前还安安静静地泊在绞刑岛附近的牡蛎船此时受到惊吓，快速地冲向海岸；此前庄严高大、从不弯腰曲身的白杨，在无情的冲击下，扭曲舞动起来；瓢泼大雨落下，湿透了衣衫，连同噼啪作响的冰雹，让炮台的各条小路洪水泛滥起来。学徒工、女招待、瘦小的法国人，头上拿手绢遮挡住，在暴雨中奔跑着，挤到各个门前避雨。不一会儿前的美丽景致变得一片混乱、狂野喧闹，好似老查奥斯重新掌权，正在与大自然作对，制造暴乱。哦，读者诸君，这种景象让你想起赫西奥德吟诵的朱庇特与泰坦族之间可怕的战斗是什么样子，让你想起天空中长时间雷声霹雳，打到地球上巨人族的头上。一句话，你可以自己想象下所有关于暴风雨、狂风过去人们说过、吟诵过的话，以免我再费心描述。

我是否避开狂怒的风暴，抑或是勇敢地坚守在原地，一如我们勇敢的行军队长，指挥士兵冒雨行军，从不退缩，我想留给读者去猜猜看。读者也可能会有些困惑，想知道我为什么要打乱文章的平静，描写这场从未听说过的暴风雨。关于后面这一点，我愿意对不了解情况的读者说说。全景描述炮台，只为让读者对这个名胜以及它周围的地方有个确切了解；其次，描写这场暴雨，部分是为本书这一波澜不惊的章节增添一些喧闹生气，避免沉寂的读者睡去，部分是为描述动荡不安的时代做准备。这一部分也是动荡时代的序幕，新荷兰这个平静的省份即将遭受攻击，动荡不安的时代正逼近大名鼎鼎的沃尔特·范·特维勒昏昏欲睡的政府。经验丰富的剧作家到这时会把自己乐队所有的小提琴、圆号、定音鼓、喇叭都用起来，制造恐怖暴烈被称作情节剧的喧嚣；他会撒光放电、制造响雷，用上松香硝石，为鬼魂的出现或一位英雄遇害做准备。现在我们继续我们的史书。

无论柏拉图、亚里士多德、格劳秀斯、普芬道夫、西德尼、托马斯·杰弗逊或托马斯·潘恩所说有多么不同，我始终认为，对于国家而言，如果奉行"老实为上策"这句古老的格言，会是一个彻头彻尾、毁灭性的错误。在真诚的时代，这样的格言作用凸显，但在那些堕落的时期，一个国家妄想倚靠这样的格言行事，其遭遇必然如诚实的人落入贼窝：除非除了诚实以外更可靠的东西，不然很少有机会从同伴中获益。至少这是厚道的新荷兰政府遇到的问题。这个新政府像一位受人尊敬、从不怀疑别人的老先生，悄然在新阿姆斯特丹这个城市安顿下来，就如坐到一把温暖舒适的扶手椅里，酣然小睡起来，全然不知就在此时，狡猾的邻居走进来，翻起他的兜来。所

069

以我们可以把这个大省以及这个伟大城市所有的灾难悲痛归因于它自身的平静安详,更准确地说,是其管理者令人遗憾的憨实。但我不愿意在一个章节的末尾开始自己史书中的一个重要环节,我的读者,像我一样,也无疑在陪我长时间散步,经历了一场暴风雨后筋疲力尽了,所以我决定我们合上书、抽袋烟,养足精神后,在下一章精彩继续。

第六章

忠实描述居住在康涅狄格及其周边地区民众的聪明才智;此外阐述宗教信仰自由的真正含义;同时展示这些性格坚定的野蛮人和谐交往、提升人口数量的奇妙策略。

读者诸君已然完全明白朴实善良、毫无疑心的新荷兰省这一刻即将面对的灾难有多沉重。接下来我要来说说居住在其东部边境一群怪异的野蛮人的情况。

在我们叙述的这段历史时期前很多年,贤明的英格兰内阁奉行这样一种国家信条,一种公众信仰,或亦可说是一种宗教关卡。通过关卡,每一位虔诚的臣民被指向通往天国的路,不过在路上他们需要记得缴费给设卡者。

英国人自然是机敏的民族,惯于在任何事情上任意表达自己的观点(这一癖好,欧洲自由政府却感觉极为可憎),在涉及宗教问题上也很放肆地自由思考,行使他们自己认为是天生、不会消亡的权利——主张自由的权利。

然而,由于他们拥有直率坦言的天性,习惯在说话时一副洋洋得意的表情,总是不停地要同别人说什么,因此自然而然他们的宗教信仰自由就意味着需要有言论自由，但他们言论太过放任，很快就在国内制造出一片喧哗，惹恼了尽职而警觉的教堂神父们。

教会采取惯用的方式让言论放任的人忏悔。在过去的那个时代，人们认为这种方式很灵验，能把迷途的羔羊带回羊栏。教会劝诱、警告、恐吓、反复敲打这些人，依照教义一行一行、一条一条教导他们，轮番上阵，这里提醒一点，那儿宣讲一通，毫无怜悯地把这群人整得筋疲力尽，却没有成功让他们信服。最终，教会那些可尊敬的牧师，对这伙人前所未有的固执不耐烦起来，被迫采用经书上极端温柔仁慈的手段，照字面说就是"把火炭堆到他们的头上"。

但这个非凡的民族，一向以自主精神著称。任何东西都无法压制这种不可征服的精神。结果，这群人没有屈服于这种恐怖的暴政，一个个起航奔向美洲的荒野。在这儿他们可以不受干扰地享受谈话这种至高无价的权利。一踏上美洲这片言论自由的土地，他们就好似受到当地气候的影响患上了一种病，马上提高了嗓门，整整一年的时间里，一直快乐地聒噪，据传就这样把居住地周围的鸟兽吓跑，让在海岸附近大量繁殖的一些鱼目瞪口呆，自此以后就被称为"呆鱼"。

这种简单的环境虽然看上去并不重要，但从其中却孕育了我们这个国家全国上下最可大声炫耀的特权。这种特权在报纸、宣传册、选区集会、小酒馆聚会、国会审议会议等场合得到最充分的体现，给予人们不假思索空谈、歪曲公务、指责公共政策、诽谤大人物、诋毁小人物的权利。说到底，这就是我们这个国家的那个巨大守护神——言论自由，或用大部分民众的话说，叫能说会道。

一段时间里，单纯的土著居民看到这些怪人，大为惊讶，等到发现这批人武器耍得呼呼作响，但无意伤害他们，加之这群人活泼、灵巧、脾气好，就开始与他们交朋友，有了往来，就叫他们作杨诺基。这个称呼在迈斯-诸塞格（或马萨诸塞）语中意为安静的人，正是一个幽默可爱的称谓。此后这一称谓简化成人们熟悉的扬基佬这一绰号，一直保持到了现在。

这些好人为了维护自己的权利和优势不受损失所展示出的热情确实在一段时间里让他们误入迷途，犯下错误，就此而言，宽恕他们比替他们辩解更容易些。作为史家，我要做到忠实，这不容许我对这些错误保持沉默。在迫害学校做过学徒后，这些人理所当然对迫害这门艺术变得颇为精通。因此在闲暇时，他们开始运用驱逐、鞭打、绞刑等手段对付敢于滥用宗教信仰自由的形形色色异端天主教徒、贵格会教徒、再洗礼派教徒。他们明白无误地表明人人可以依照自己的理解看待宗教，前提是他的理解是正确的，如果不这样，言论自由就会给可诅咒的异端邪说一定的活动空间。既然他们中的大多数人完全相信只有他们自己的理解是正确的，很自然任何与他们理解相悖的人都是错误的，而理解错误，并且固执己见，不愿被说服、改变自己的意见的人，就是公然违背了至高无上主张自由的人，而他们就成为国家中堕落、罹患传染病的人，应当被处理掉扔到火里。

至此，我保证会有大批的读者，马上会基于义愤，如我们通常看待邻人所犯的错误一样，举起手抬起眼，对这些好心但犯了错误的人高声嚷嚷，怪怨他们不该把自己承受过的伤害又加到别人头上，指责他们不该妄想通过烧烤身体的方式让人们在思想上信服，通过毫不宽容的迫害宣扬宽容和忍耐。但心软的你，我的吹毛求疵的先生们！我们今天在我们这个高度文明的国度里，在我们的政治对立中，所作所为不正是依照同样的原则吗？我们充分运用那无价的言论自由，把自己从一个残酷拒绝给予我们自治权利的政府束缚下解脱出来，不也才只有几年的时间？我们在此刻不也是在竭尽所能压制舆论，让人们噤声，毁灭掉彼此的机遇？我们的政治社会难道不是宗教裁判所，酒馆的闲言碎语难道不是小的控告法庭？我们的报纸不就是笞刑柱、颈手枷？落难的个体在其中受到臭鸡蛋的攻击；我们的委任议会难道不是一个大火刑宣判执行机构，每年不都有政治异见人士被他们控罪、烧死？

那么，我们现在的政策与你们准备谴责的我正在描述的这批人的原则在根本上有什么分别吗？完全没有，区别只是背景不同。今天我们谴责声讨，而不是驱逐赶跑；我们诋毁控诉，而不是鞭打痛斥；我们赶他们下台，而不是送他们上绞刑架；他们过去烧死违规者本人，我们今天不是把他们浑身涂上柏油并粘上羽毛，就是把他们的肖像烧掉，以示严厉惩戒，这种政治迫害是以某种方式保障我们的自由，明确无误地表明我们的国家是一个自由的国度。

然而尽管在这场神圣的战争中所有的异教徒受到狂热的迫害，我们却发现这一新的定居点人口增长却并没有受到阻碍。相反，人口快速增长，让任何不熟悉这一新兴地区非凡生殖力的人感到不可思议。

事实上，人口的惊人增长部分归因于这些居民之间流行的一种奇怪习俗。这一习俗可能传承自古老的斯巴达王国。依照这一习俗，年轻的女孩，无论是爱淘气的顽皮女孩，还是像许多现代社会中的女英雄一样的女孩，都喜欢参与到与自己性别不相称的活动中，常常与男子一起，参与摔跤格斗以及其他一些健身竞技项目。我上面提到的习俗俗称"绑约"。这一有些迷信的仪式年轻的男女都遵行，通常他们的一些庆典仪式就以"绑约"结束。在一些顽固、粗俗的社区，这一习俗依然保留着，执行起来像宗教仪式一样严格。同时，在那些开拓岁月里，这一仪式也是婚姻生活必不可少的前奏。自此以后，男女开始约会，而在今天，我们通常经过这个仪式就走入婚姻。在当时，通过这种方式，青年男女在结婚前开始密切了解相互的长处，而这在哲学家们看来，是幸福结合的坚实基础。所以这个狡猾机灵的民族早早就展示出了做交易的精明，而此后他们一直以此著称，严格地遵行着那句有益的古老民谚，即"不看成色，买下再说"。

因此，我把这一时期杨诺基或扬基人人口数量的空前增长主要归因于这一有远见的习俗。因为通过法庭记录和教区登记验证，一个明确的事实是，哪里"绑约"这一风俗盛行，哪里每年未经法律许可出生或未在教堂内举行过洗礼仪式的健壮孩子出生数量就惊人。博学的马尔萨斯，在他的人口专论中，竟然完全忽略了这一怪异现象，真正让人惊讶。这些私生的孩子丝毫没有受到毁谤。相反，他们长大成为脸形瘦长、身材瘦削、吃苦耐劳的一群人，变成令人嫌恶的捕鲸人、伐木工、渔夫、小商贩以及高大健硕、健康天真的少女。经过共同努力，他们不可思议地把人口拓展到这一片新大陆著名的地区，如楠塔基特、皮斯卡塔韦以及科德角。

第七章

这些怪异的野蛮人如何成为臭名昭著的非法掠地者；他们如何建起空中城堡并企图在荷兰人中间推行神秘的"绑约"习俗。

上一章中，我忠实且毫无成见地陈述了居住在新荷兰东部的怪异民族如何来到这片土地上的事情，这里我还要说说他们某些让我们久有盛名的荷兰先人感到特别厌烦的习性。

这其中最著名的就是他们漫游的习性。他们像以实玛利的儿子一样，秉持这样一种似乎天赐的习性。这一习性刺激着他们不停地把住处从一个地方搬到另一个地方。这样一来，扬基农夫处在不停的迁移过程中，这儿住住那儿留留，开辟出土地由后来者耕种，建起房屋由别人来居住。从某种形式上说，他们可被看作是四处流浪的美洲阿拉伯人。

成年后的扬基农夫第一个想法就是在世间立足，这只意味着他们要开始自己的漫游。为了漫游，他会娶一位体态丰盈的乡村女子。这位女子要全身缀满红丝带、玻璃珠，用仿制的玳瑁梳子，在礼拜日身穿白色长裙，脚着摩洛哥皮革鞋，并且全套掌握制作糖果糕点、调味汁、南瓜饼的秘方。

此后，像小贩一样背上沉重的背包，以此来减轻人生旅程中肩膀的负重，他开始自己真正的游历。他的家人、家具、农具都装到一个有顶棚的车上，自己和妻子的衣服收拾利索放到一个小桶中。做好这些，他肩扛一把斧头，手拉妻子儿女，口中吹着"扬基小调"，跋涉着向茂密的丛林走去。在走入陌生的外邦人居住的土地时，恰如古代的创始人，自信满腔，相信有上帝的护佑，很愉快自己有可以依赖的资源。在荒野中游荡的时候，他会自己建起小木屋，收拾一方土地种玉米、种土豆。上苍眷顾，很快他的木屋周围就会出现一个温馨的农场，上面十几个淡黄色头发的顽童在跑，从他们的个头来看，这些孩子好似伞菌一样突然从地里冒了出来。

但这位永不停歇的投机者天生不会满足于俗世的快乐，驻停前进的脚步。改变才是他酷爱的东西。拓展了土地后，接下来要做的就是建一座与地主身份相当的楼房。荒野之中很快矗立起一座巨大的松木板宫殿，大到可以用来做教区教堂。房屋有大大小小的窗户，但有些摇摇晃晃不很牢固。一有狂风吹来，屋子就会打一阵寒战。

等到这座空中楼阁的外部装饰完成，我们这位探险者不是资金短缺，就是热情耗尽。结果，屋内的房间只会有一半收拾妥当，供一家老小一起居住，其余的房间则被安排用来安置南瓜，或储存胡萝卜、土豆，并用干苹果、桃子做成稀奇古怪的花彩进行装饰。没有上漆的外部时间一久，颜色慢慢变黑。一家人的衣服塞到旧帽子、破衣裳里面，用来填充破落的窗户洞。四面来风不停在这个空中宫殿的四周喧嚣呼号，如很久以前在风神老艾俄洛斯的岩洞中所做的那样，恣意任性嬉闹。

以前，这个人口日渐增多的家庭很温馨地栖居在窄小但惬意的简陋小木屋中，现在这个就在大房子近处的木屋退位变成了牛棚或猪圈。这一场景让人不由想起一则寓言故事。我很惊讶这一故事竟没有被记载下来。故事中一个蜗牛，抱负远大，放弃了自己长期以来体面栖身的陋室，爬进一只龙虾留下的空壳，在此他无疑可以随心随性地居住，成为周围所有辛劳为生的蜗牛嫉妒怨恨的对象，最后却在自己巨大宅邸的一角被冻死。

完全安顿下来，用他自己的话说，"一切变得井井有条"以后，你可能会想他要开始享受当下舒适的生活，读读报纸，侃侃政治，放下生意，像一位有担当的爱国公民一样关注国家大事。但这时他任性不羁的性情又开始发作。他很快对一个不再有任何变革空间的地方厌倦起来，于是卖掉自己的农场、空中楼阁、塞满衣服的窗子以及所有一切，再一次把车子收拾好，肩上扛起斧头，带领一家老小，走去寻找新的土地，再一次伐树，再一次清出玉米地，再一次建起木瓦大房子，再一次把它们卖掉继续去游荡。

这就是紧挨着新荷兰东部边境居住在康涅狄格的那群人。读者诸君很容易就会想到我们安安静静生活的祖先遇到这样一群无忧无虑却并不安分的邻居会是多么难受。如果您无法想象，我想请问您是否知道，如果上天安排一个生活规律、做事条理的荷兰人家碰巧与一个法国人的寄宿公寓为邻会有什么样的苦恼？老实本分的年老主人不再可能在下午坐到长椅上抽袋烟，相反，法国人的寄宿公寓里提琴吱吱啦啦，女人叽叽喳喳，孩子哭哭啼啼，让他备受折磨。夜晚主人无法入眠，因为会有业余歌手面对月亮唱起恐怖的小夜曲，展示自己对于竖笛、高音双簧箫或其他一些音调柔和的乐器不熟练得有多可怕。荷兰人甚至无法把临街的门打开,不然就会有令人讨厌的哈巴狗结队而来,有时它们甚至会进入家庭的圣所——客厅大肆破坏。

如果本书的读者见识过这样的家庭在如此境遇下所遭受的一切,他们可能想象得出我们可敬的祖先与他们活泼善变、居住在康涅狄格的邻居相处所经受的苦恼。

据说这些掠夺者成群结队进入新荷兰的居住点,让所有的荷兰人村落惊慌失措。他们无比健谈,满腔的好奇心,让人难以忍受。在荷兰人的这些村落,人们过去不知道有这样两种让人讨厌的习性,即使他们对这些习性有所了解,也仅是因为这样的习性不好。因为我们的祖先像真正的斯巴达人一样,沉默寡言,远近闻名,他们只会关心自己的事情,而从不知也不会在任何程度上在意其他任何人的事。

这些人爱管闲事,很受女性青睐,也引起了荷兰人的极大戒备。他们活泼活跃,也可以说是一群耍嘴皮子的无赖,却很快让头脑单纯的少女离开她们那些沉闷呆板的荷兰追求者,把并不稳定的感情投到他们的身上。他们把很多陋习带给了荷兰人,还尝试把"绑约"这样的习俗传给荷兰少女,而这些荷兰少女有着女性天性中追求新奇与别样时尚的热情,好似也很情愿接受这样的习俗。但她们那些见多识广、对男性和世事更为了解的母亲,则极力不赞成所有这些奇异的变革。

但这些陌生人最让我们的先人感到混乱的是他们不时会毫无理

由、随随便便成群结队地进入荷兰人的领地,未经许可,盘踞下来,以我们前面述及的方式开发土地。这种随意占有新土地的方式用专业术语来说叫占据,占据者的称谓由此而得。这个让所有大地主闻之生厌的称谓,专指那些先占地,其后找机会让自己的行为合法化的有开拓精神的杰出人物。

所有这些不忿,以及其他越来越多的不满,慢慢聚成如我在上一章中提到的黑暗的阴云,笼罩在平静的新荷兰省上空。但范·特维勒温和的议事会,如我们接下来要看到的那样,大度地承受了这一切,结果导致还不完的信贷。这种被动忍让带来越来越多的屈辱,正如古时那位力大无穷的人,从牛犊一出生就抱着它到处走,等到小牛长成大牛,依然可以抱着它,而毫不自觉已有些吃力。

第八章

本章讲述好望堡如何被围困；大名鼎鼎的沃尔特如何陷入沉思，以及如何逝去的事。

至此，读者诸君一定完全明白我从事的工作是多么艰苦。我需要不厌其烦、细致入微地收集、校对那些久远年代的记录，很多事件即使努力研究，几乎不可能有结果。你需要大量搜集历史资料，把已经被放置了几个世纪，掩藏在岁月污垢下几乎已被完全遗忘的东西找出，你需要整理杂乱的事实，把历史的断肢残片收拾好，小心翼翼尝试着把它们整合起来，以便恢复原来的样子，找到原有的联系。一会儿要像拖动一个残缺不全的雕像一样把一位几乎已被遗忘的英雄的名字拖出来，一会儿要去辨别一半已无法辨认的铭文，一会儿又会偶然发现一份腐朽的手稿，但认真研究后却发现，得到的回报与仔细研究的艰苦付出很少相当。

在这样的情况下，读者又在多大程度上能信赖苦心孤诣的作者呢！除非作者像狡猾的古文物收藏家一样，不时对古代的珍贵文物加一些欺骗性的修饰，或是把分解了的碎片用伪造的外饰装备起来，让真相与掩藏真相的虚构的东西难以区分。在我阅读我的历史家同行的著作，从事自己乏味的研究时，我曾不止一次这样抱怨过。这些同行巧妙地伪装，歪曲了我们这个国家的历史，尤其是关于新荷兰这个伟大省份的历史。任何人只要费心把他们那些充满浪漫色彩、华而不实的无稽之谈与这本美妙的简史做个比较就可以看出来。我的这本精彩的小书大家普遍认为文字朴素认真，有事实根据。

  在史书中写作新荷兰东部边境出现的情况这些部分时，由于不计其数的史家已提到这一部分，并且在自己的史书中对于新荷兰地区淳朴的百姓毫不留情地指责，我遇到的此类苦恼更多。在这些史家中，本雅明·特鲁姆布尔先生傲慢地声称"荷兰人一直是入侵者"。就这一点，我现在不作回应，只把我的史书平稳地叙述下去。我的史书中不仅有证据表明美丽怡人的康涅狄格河谷原本为荷兰人所有，是他们被以不正当的手段赶走，也同样有证据表明此后他们一直受到狡诈的新英格兰史家不实陈述的过分粗暴对待。这儿的叙述我要以自己的不朽声名做证，遵循实事求是、合理公正的原则。即便这本史书能为我们的先人夺回整个新英格兰地区，我也不会编造一丝假话、歪曲任何事实、带有任何偏见，让自己的史书蒙羞。

  在新荷兰建省的早些时候，大名鼎鼎的沃尔特到来之前，新荷兰的管理者买下了康涅狄格周边的土地，并且为便于管理和保护，在康涅狄格河岸上设立了一个有防御工事的要塞。要塞叫作好望堡，位置就在今天美丽的哈特福德市旁边。这个要塞的军事指挥、军事权利、军粮分配都交给了勇武的雅各布·范·克里特，在有些史家那里这个名字是范·克里斯。这是一位勇武的军人，是那种我们在阅兵时经常见到的胃口极好的军人，他们为人所知的就是能把自己杀死的动物都吃掉。范·克里特外表一副军人的模样，如果不是腿与上身不成比例，一定是位巨人，但他上身长，腿却奇短，外形看上去就似一个高个子的身子安在了矮个子的腿上。为了弥补身体的这种烤肉叉结构，他走在路上迈开大步，让人感觉他同巨人杀手杰克一样穿着七里格长的靴子。在许多重大的军演场合，他高高地抬起腿，让他的下属经常感到惊讶，唯恐这个矮个子会自己把自己踩到脚底下。

然而尽管建了这样一个堡垒，任命了这样一位其貌不扬的小个子做指挥，无畏的扬基人如我在上一章中所言还是不断闯入。因为他们了解沃尔特·范·特维勒治下的议事会养成的特点———一片安宁，不为任何事所动。这样，扬基人放肆地侵入新荷兰的领地，就在好望堡的辖区盘踞下来。

面对这种侵犯，上身修长的范·克里特像任何反应迅速、勇敢无畏的军官一样开始行动。他即刻用低地荷兰语对这种无理的入侵表达了抗议，以吓阻扬基人，同时立刻把抗议信抄送新阿姆斯特丹的总督，并写了一封长信痛陈敌人的入侵。做完这些，他命令自己所有的士兵要乐观起来，关上城堡的大门，抽上三袋烟，上床睡觉，心平气和、安安静静地等待结果。这一做法让他的下属很是开心，也无疑让敌人的心里极度恐慌。

话说在这个时候，大名鼎鼎的沃尔特·范·特维勒已在总督任上多年，赞誉满身，官饭也吃了多年。他的年龄和能力，依照伟大的格列佛的说法，足以能让他忝列不朽的先人之中。他每天就是用他那个土耳其烟斗抽烟，周围拱围着他的议事会那帮见识卓著、与他几乎一样严肃的成员。这帮人寂静无声，严肃庄重，智慧超群，议事时小心翼翼，从不轻易做出结论，这些与我在我们这个时代所知道的某些知识渊博的机构旗鼓相当。因此，读到勇武的雅各布·范·克里特的抗议信，范·特维勒总督阁下立刻陷入人们认识他以来最深沉的犹疑中。他宽大的脑袋渐渐低到了胸前，闭着双眼，一只耳朵贴向身体一侧，好似在留意倾听腹中正在进行的议论。了解他的人都知道，那是他思想的决断处、会议室。如果说他的脑袋是参议院，他的腹部就是众议院。一个含混不清、酷似打鼾的声音不时从他那里发出来，但他到底在深思什么，却无从知晓，因为他从未开口对任何大人小孩说过这个话题。与此同时，范·克里特的抗议信静静地躺在桌子上，成了议事会这帮神情严肃的贤人点烟的工具。在他们喷吐出的巨大烟雾中，什么勇敢的雅各布，什么抗议信，什么固若金汤的好望堡，很快就被烟雾遮蔽，被忘掉，恰如现时国会进行中七嘴八舌的讨论和各种决定把一项紧急议题吞掉。

知识渊博的立法者以及贤明审慎的议员们在遇到紧急情况时常常会成为国家的障碍，因为有些时候一个轻松草率的决定比深思熟虑的讨论和犹疑不决更有分量。至少我们目前提到的这个事件是这样的。在大名鼎鼎的沃尔特·范·特维勒每天都在与自己的犹疑做斗争，在竞争中他做出决定的想法日趋削弱的时候，扬基人则越来越深入地推进到他的领地里，并且在好望堡周边形成一股很可怕的势力。他们在这儿建起了强大的匹快格城，其后这个城市被称作威瑟斯菲尔德。这个城市，如果我们能相信著名的历史学家约翰·乔瑟林的说法,"因为有巫师在那里而变得臭名昭著"。匹快格的这些人胆子越来越大,竟至于把本市赖以成名的洋葱地一直拓展到了好望堡守军的鼻子底下。这样一来,老实本分的荷兰人一旦要朝他们的方向望一望,都会泪流不止。

面对如此不白之冤,勇敢的雅各布·范·克里特表达了愤怒。他怒不可遏、情绪激昂,以致浑身发抖。他的这个身躯,怒气发作时还从未这样强烈反应过。他决定加固碉堡,增高防护墙,深挖沟壕,布置安放双排鹿寨加固自己的防区。做好这些英勇的防范措施后,他史无前例地大胆决定,再派一名信使,把自己的危险处境等大量信息送回去。在第二次萨宾战争中永垂不朽的现代英雄从未像勇武的范·克里特一样,在信件的书写方面如此有勇气,在纸面上让自己更加荣耀。

派去送紧急情报的这位信使身体肥胖,身材矮小,为人圆滑。这样的人在路上不易疲劳,骑马皮肤不容易擦破。为了保证把信息快速送到,克里特安排他骑上防地最快的拉马车的马。这匹马四肢修长,骨架硕大,蹄声响亮。它高大威武,矮小的信使只好靠拉着它的尾巴从马屁股爬上它的背。他速度奇快,虽然戍区距离阿姆斯特丹堡有足足一百二十英里,他用了不到一个月的时间就赶到了。

倘若新阿姆斯特丹人还能费心想想自家事务以外的事,这个怪异的陌生人在本市不同寻常的出现一定会使整个城市的人陷入困惑。来者行色匆匆,心事重重,抽着一杆旅行时才会抽的短烟袋。他一路疾驰,穿过城市的泥泞小巷,把荷兰娃娃们在路上做的此后这个城市的儿童借此成名的一个个泥饼全部踏碎。来到总督府前,他恐慌不已，从马上爬下来，上前叫醒头发灰白的看门人。而此时，这位老门神，同他的直系后代、忠实的代表、可敬的法庭传呼员一样，正在自己的岗位上点头瞌睡。他踢踢踏踏地走进议事厅的大门，把正在瞌睡着计划建一个公共市场的议事会成员惊醒。

　　恰在这时，从特维勒总督的座处传出一声清脆的咕哝，或者说一声长鼾。与此同时，一缕烟从他的双唇间吐出，一朵微云在他的斗钵上方升起。议事会的所有人认为他为了定居点的福祉正在沉睡，因此依照既往的惯例，人人沉默不语，以保持安静。突然之间，门被推开，小个子信使大跨步走进议事厅，脚蹬为了回来报信穿上的黑森靴，大步走到屋子的中央。他右手拿着那封带有坏消息的急件，左手紧紧抓着自己灯笼裤的腰带，因为刚才费力下马时，腰带不幸松开。他步履坚定地走向总督，快速但不够明晰地把自己带来的消息说了一遍。但很遗憾他的坏消息来得太晚，再也无法打扰这位极度安静的统治者的平静。尊敬的总督阁下刚刚呼出最后一口气，吐出最后一口烟，他的声音和烟已经一起耗尽。他的平静的灵魂，如荷马曾经描述的那样，已然随着从他的烟斗管里缭绕而起的最后一团烟雾消失了。就这样，大名鼎鼎的沃尔特·范·特维勒，或时常与自己的同代人一起瞌睡的犹疑者沃尔特，现在与他的先人们安眠到了一起。他的继任者是威廉·吉福特。

第三篇

本篇包含暴脾气威廉统治时期的系列大事。

第一章

揭露大盗出版商及其亲信书商的诡计以及他们的巧妙手段。本章还讲述暴脾气威廉的全能天赋,以及人何以学富五车,却让自己一无所成。

如果说我能有完全抓住读者的时候,那就是在这一刻。此时,坚固的城堡面临绝境,勇敢的指挥官处在最危急的关头,一大拨欲壑难填的敌人从四面八方蜂拥而至。多愁善感的读者已准备好为勇敢者所遭受的痛苦一洒同情之泪。理性的读者,把握好基本原则,像拿着两英尺长的尺子丈量金字塔的古文物研究者,冷静地思量这些大事件的规模,确定其影响的范围。而普通读者,出于消遣娱乐,在迷迷糊糊读完前面沉闷乏味的篇什后,希望能有谋杀、奸淫、摧城、放火以及一切能为胜利者欢呼、给征服者荣誉的光荣事件,聊以自娱。

所以,每一位读者都急于要读下去。天性中哪怕有一丝好奇的念头,他一定会情不自禁地翻看接下来的书页。这样,牢牢地抓住读者后,让我不敢有一丝懈怠,我会推出一些个人的可爱观点,或谈谈我自己,使索然无味的叙述丰富多彩,这样,读者对各种各样的事情进行冷静思考时，就不会烦心。所有这些读者诸君可能需要细读一下，不然就得把整部书都放下，这样，后续故事中那些波澜壮阔的事你可能就一无所知了。

这里向读者透露一个文学创作的大秘密。希望灌输宗教、政治或道德信条的有经验的作家确实时常采取这样的权宜之计：把既定的事实编成精彩的故事，以此阐明自己喜爱的信条。这样一来，历史事实与狡黠的猜测混为一谈，不够警惕的万千读者再也不会知道这是个混合物。张嘴读过一个有趣的故事，常常会吞下最极端的观念、最荒唐的理论、最可憎的异端说教。极力鼓噪的现代哲学尤其如此。许多单纯、毫不猜疑的读者吞下这样的书，原本希望获取扎扎实实的知识，但借用一句虔诚的话，如果他发现自己到头来"腹中注满东风"，毫不让人惊讶。

这种权宜之计同样是一种文学技巧。运用这种技巧，一个冷冰冰的事实变成一匹耐心勤勉的驮马，背上被安排负重几大箩筐的卑鄙的无关紧要的猜测。通过这种方式，书出得越来越多，写作得以继续进行，图书生意越来越红火。可想而知，如果每一位作家只能讲述自己知道的事，我们很快就没有什么巨著来读，而大拇指汤姆的书会被看作是巨著。一个人可以把图书馆放在自己的兜里，而整个图书界，写书的、印书的、装书的、买书的，都会一起饿死。如果一个作家能讲述他所思考的任何事情，他没有想到的任何事情，可以推测，可以质疑，可以与自己争论，可以与读者一起笑，嘲笑读者（这点十个作家中有九个会做，自然是偷偷做），可以沉溺于假设，可以用破折号，可以用星号，可以有其他一千种单纯的放纵。

我要说，所有这些同时发生，一本本的书页才会被写满，书商的钱包才会鼓起来，作者饿扁了的肚子才会挺起来。这样才会给读者带来娱乐、教诲，才会给文学创作这个行当带来荣耀，带来书的数量的增加，带来经济效益。

至此，我已经把图书制作的艺术和秘密都交代给了读者，他们除了拿起笔，坐下来，为自己写一本书之外，没有其他可做的了。而与此同时，我没有上述列举的任何优势，我要继续我的史书著述。

威廉·吉福特1634年登上总督的宝座（借用一个喜欢冠冕堂皇辞藻的现代人十分喜欢但有些拗口的词）。他无论在身材、相貌、品性上都与他的那位赫赫有名的前任沃尔特·范·特维勒恰恰相反。他的先人令人尊敬。他的父亲是古城赞丹的一位风车检察官。据说我们的主人公小时候对于这些机器很是好奇，对它们的属性与运作进行过研究。其后他成为总督，处事灵活，这是原因之一。依照词源学家聪明的说法，他的姓氏吉福特（Kieft）是Kyper的误拼，后者意为吵嘴者或吵骂者。这表明他的家族不合群的性格。近两个世纪里，他的家族一直让风城赞丹陷入困境，让此处生产出的酒石与硫黄比其他任何地方十个家庭生产的还要多。威廉·吉福特很好地继承了其家族的这种天分，所以他在总督位置上不到一年，已经被大家熟知为暴脾气威廉。

他是一位活泼、易怒、身材矮小的老绅士。他骨瘦如柴，部分是因为岁月，部分是因为他那个暴躁灵魂的炙烤消耗。他暴躁的灵魂在胸中像热情的闪电，不断刺激他去勇敢地卷入争吵、辩论、不幸事件。我曾听一位对人性有着深刻认识和思考的法官说，如果一个女人随着年龄的增长变得越来越胖,她的寿限就会很不确定,但如果偶尔她会变得憔悴,她会永远活下去。暴脾气威廉的状况同样如此。他身体越来越瘦削,但人却变得越来越精壮。他就像我们不时在纽约街道上可能看到的轻快地四处游走的荷兰人,个头不高,上身穿宽大裙式外套,扣子一个个大如荷马先生笔下的著名人物埃阿斯的盾牌,脑后挂一顶老式三角帽,拄着一根高及下巴的拐杖。他的脸很宽,但面容棱角分明。他的鼻子高耸,任性地弯曲着;面颊似火地岛,被烧成了暗红色,无疑是由于与两只热情的灰色小眼睛为邻的缘故,透过这双眼睛,他那个灼热的灵魂像热带的太阳穿透一副燃烧的眼镜放射出热情的光芒。他的嘴角很奇妙地显出一副焦急的模样,很像急躁的哈巴狗皱皱巴巴的鼻子。总之,他是一位心态乐观、不安分守己、相貌丑陋、身材不高的人,总喜欢没事给自己找事做。

这就是暴脾气威廉的个性。但让他赢得尊重、走上总督宝座的却是他思想里的宝贵财富。年轻的时候,他从海牙的一所知名高校以优异成绩毕业。这所学校以生产杰出学者而出名,其生产效率,除了我们美国那些看上去似乎是通过某种专利机器生产文学学士的大学外,罕有其匹。在这所学校,他对几门理工科的前沿学问进行了精心研究,勇敢地拿起一些不再使用的语言,俘获了一批希腊语名词拉丁语动词,还有一些简洁的谚语警句,自己心满意足展示一下,就像古代打了胜仗的将军展示从占领国得到的战利品。此外,他还自找麻烦,学过一些逻辑。在这方面,他不但熟识了一些概念,至少从名称上,他了解了三段论、二难推理等种种概念,而他更为自豪的是了解了一些玄学的知识。在研究玄学方面，他曾一度冒险，钻得很深，差点就在一个模糊学问的泥沼中窒息。受此影响，他再也没能从这个可怕的危险中完全恢复过来。坦率地说，像许多深入涉猎这门深奥难懂学问的人一样，他被一些自己无法理解的抽象的推断，一些他无法意识到的人为的区分搞混了大脑，乃至此后终生面对任何简单的问题，他都再不能清楚地思考。我必须承认，这从某种程度上说是一种不幸。因为只要争辩起来，而他特别喜欢与人争辩，在逻辑推论与玄学套话之间，他很快就把自己和自己的话题拉进矛盾重重、疑惑丛生的迷雾中，然后就会面红耳赤，怪怨对手没有被自己轻松说服。

学习知识与游泳一样，在表面很招摇地嬉戏折腾的人，比那些千辛万苦沉到水底寻找珍宝的采珠者，制造的声音与水花更大，也能吸引更多人的注意。威廉·吉福特因"多才多艺"受到同胞们的赞叹和仰慕，他在海牙表现突出，博得虚名，这同在北京只学会了汉语拼音的一半就声名大噪的知识渊博的修士一样。总之，他被一致认为是一位"全才"。在现在这个时代，我认识许多全才，虽然坦白说，我从未见过一位，从普普通通的生活来看，是名副其实的。但从政府管理的目的来看，有点良好的判断和常识比有些能写诗或创设理论等炫耀的才能更重要。

所以，听起来很奇怪，卓越的威廉多才多艺反倒成了他的障碍。如果他的学问再少一些，很可能他会成为一位更了不起的总督。他特别喜欢做一些哲学、政治实验。他的头脑中装满了古代共和国、寡头政治、贵族政治、君主政治的零星碎片，以及对于梭伦、吕库古、卡龙达斯的法律、柏拉图的虚幻共和国、查士丁尼的法典以及其他千百种令人尊敬的古人管理制度的残存记忆。他一直喜欢把他们中的这个或那个用到实处。因此，在这些矛盾的措施选择中，他在任上把小小的新荷兰省的管理搞得百结纠缠，让他的继任，即使有六七位，也难解开。

这个忙乱的小个子甫一被幸运之风吹上总督的大位，就立即召集议事会，就本省的事务发表了一通神采飞扬的讲话。人人都知道一位总督、一位总统甚至一位皇帝发布演讲、信息、圣谕是多好的击溃自己敌手的机会。因为在这样的文告中，发言权都在他们的手中。可以确定，威风凛凛的威廉·吉福特不会让这样的大好机会从他手里溜走。他要借机向大家展示一下所有有才干的立法者都具有的口才。据记载，在开始讲话之前，他从衣兜里掏出一块红棉布手绢，像伟大的演说家通常会做的那样，很响地擤了一下鼻子。我相信通常这是要传递一个很响的信号，要听众注意。但对于暴脾气威廉来说，这有一个更为传统的根由。他曾经读过著名的煽动者该犹斯·格拉齐的怪异策略。每次对罗马民众慷慨陈词，格拉齐都会用一个演讲用的长笛或定音笛调整下自己的嗓音。"这个，"机智的威廉说，"是一个不折不扣的优雅形象的说话方式，它告诉大家，他前面擤过鼻涕了。"

前奏表演过后，威廉开始讲话，他首先谦虚一番，认为自己少才无能，完全不配得到加于自己的荣誉，自己很是羞愧，没有能力履行自己新的岗位上的大任。简单地说，他把自己说得一无是处。许多出席议事会的淳朴百姓，意识不到这是在这样的场合总是会用到的谦辞，感觉心神不安，乃至于非常生气，怪怨他为何清楚自己无才，还要接受这样的职位。

威廉接下来用一种非常古典、深奥博学、不着边际的方式继续讲下去。他很浮夸地讲述了古希腊的各界政府、罗马人与迦太基人的战争、许多异域帝国的兴衰。所有这些，出席议事会的人除了了解自己的曾孙还没有出生外，一无所知。这样，以博学多识的演讲者的方式让听众相信自己满腹经纶之后，他最后涉及了讲话中不很重要的部分，即本省的形势。到此，他很快在自己的胸中激起对扬基人的愤恨，让人觉得有些可怕。他把扬基人比作踏平罗马的高卢人，在欧洲美丽的平原上肆意蹂躏的哥特人与汪达尔人。他没有忘记用令人深感耻辱的话说，扬基人如何傲慢无礼地侵入新荷兰的领土，如何前所未有、厚颜无耻地建起新普利茅斯城，如何在好望堡的墙根或者说泥巴炮台下种上一片片威瑟斯菲尔德洋葱。

巧妙地把自己可怕的故事推到一个高潮后，他得意地看了看，然后像是意识到其重要性一样点了点头，宣布自己已经采取措施，把这些入侵彻底终止。他说他将被迫使用一种最近发明的恐怖战争机器。这种机器效力惊人，但如果必要就可正当使用。总之一句话，他决定征服扬基人——用通告的方式。

为达到目的，他准备了一个长篇的通告，命令、要求、吩咐前述入侵者即刻从上述领土上迁走、离开、撤退，不然就会遭受该有的惩罚、没收财产、各种处罚等痛苦。他向议事会保证，这份通告可以让敌人马上从国家的土地上消失。他以自己作为一位勇敢的总督的名义发誓，通告发布后的两个月内，扬基人在新荷兰省所建任何城市中的任何一块石头都不会在另一块石头上存在。

他讲完话，议事会一时沉默。不知道是因为对他宏大计划的赞叹还是因为他的高谈阔论让他们昏昏欲睡，当时的历史书没有提。但他们最后一起打呼噜，表示默许，这就够了。通告马上以适当的形式发了出去，上面有新荷兰省硕大的印章，就如荞麦面饼那么大，上面还附了一个很宽的红色带板。发泄完自己的怒气，吉福特总督如释重负。他宣布议事会无限期休会，然后戴上自己的三角帽，穿上自己窄小的灯芯绒衣服，骑上一匹高大瘦弱的战马，跑到他的乡下寓所去了。这个寓所在一个清香幽静的湿地里，现在叫作荷兰街，但更多人叫这儿作"狗的痛苦"。

在这儿，他像罗马皇帝努马一样，从立法的辛劳中解脱出来，开始接受执政的训导，不过不是听从仙女艾格丽雅，而是听从躺在他怀里的他的光荣的妻子。他的妻子属于那种特殊的女性。她们在大洪水之后被派到地球上来，作为对人类罪行的惩罚。人们通常把她们叫作"世故的女人"。事实上，作为一位史家，我不得不让大家知道一种氛围。这种氛围在当时是一个大秘密，其后，这个谣言不再是新阿姆斯特丹大部分茶桌上的话题。但如许多重大的机密一样，随着岁月的流逝，这个秘密也泄露出来。这就是伟大的暴脾气威廉，虽然是这个世界上最有力的矮个男人，但在家中却服服帖帖接受一个物种的管制。这种统治，亚里士多德没有提到过，柏拉图也没有。简单地说，这种统治是自然中最纯洁、最纯粹的专制，被熟称为"衬裙政府"。这种绝对的统治，虽然在今天非常普遍，在过去却非常稀有，诚实的苏格拉底在家政中的溃败也许是古代记录在案的唯一例子。但伟大的吉福特，避开一些朋友的所有讥笑讽刺。这些朋友随时会拿男人的痛处开玩笑，声称这种专制是他自己选举的，是他自己通过选择甘愿服从。同时他们会说，他在一本古代作家那里发现的一句座右铭是："欲要统治，先学会服从。"

第二章

本章记录一位全才统治者宏伟的计划,用通告与敌斗争的艺术,以及勇敢的雅各布·范·克里特如何在好望堡遭到粗暴的羞辱。

用通告击败扬基人,再也没有比这个更全面、更迅速有效的了。更妙的是,这种措施比任何措施都更为经济。同时,这种退敌之策,既仁慈,又温和平静。这种策略有十分之九的可能成功,但也有十分之一的可能不成功。但不幸的是,常常是十分之一的不可能出现。这份通告各方面都很完美,结构精致,文笔细腻,盖章醒目,外形讲究。所有的一切都是为了保证让扬基人望之生畏。但说起来令人气愤,扬基人对待这份通告极为蔑视,他们用一种难以形容的态度很不合宜地处理了这份通告。这样一来,这第一份开战一样的通告以一种羞辱性的方式结束。我得到的可靠信息是,其后的许多通告也遇到了同样的命运。

过了很长时间,威廉·吉福特的议事会全体成员经过一致努力才说服他,让他相信他的退敌之策无果而终。威廉不相信这个,每到有人胆敢质疑通告的效力,他就会火冒三丈,誓言通告虽然效果来得慢,但一旦起作用,很快就能把这些贪婪的入侵者从新荷兰的土地上清除出去。但时间，这个哲学与政治实验的测试仪，最终让伟大的吉福特相信他的通告无果而终。虽然他在焦灼状态中一直等了四年，但他离他希望实现的目标却比以往任何时候都更远了。他东部不安分的对手侵占土地越来越肆无忌惮。他们在靠近好望堡的地方建起了一个叫作哈特福德的繁荣定居点。而且他们在荷兰王国至高无上君主的领地开始建一个叫作纽黑文的定居点。与此同时，匹快格的洋葱地依然是范·克里特带领的守军的眼中钉。看到自己的退敌之策毫无作用，伟大的吉福特，像许多了不起的医学实践者一样，认为问题不是出在药身上，而是出在处方给出的剂量上面，于是决定增加一倍的剂量再试。

1638 年，在他到任后的第四年，他发出了第二份通告，对敌人强烈批评。这份通告，用词比前一份更为严厉，句子更长，措辞铿锵，所有词都不少于五个音节。这事实上是一种断绝来往的法令。它禁止上述扬基人入侵者与所提好望堡驻防者之间的所有商业往来和其他关系，命令、指挥、通知自己治下所有可信赖、忠实、可爱的省民不要再为扬基人提供杜松子酒、姜饼或酸面包皮，不要再买他们的遛蹄马、患麻疹的猪肉、苹果白兰地、扬基朗姆酒、苹果汁、苹果蜜饯、洋葱或木碗，要把这些扬基人饿死、消灭在新荷兰省的土地上。

又过了十二个月。在这期间，第二份通告受到了同样的处理，结局同第一份一样。在自己任期即将结束的时候，勇敢的雅各布·范·克里特派出每年一次的送信者，信中依然是他的申诉和请求。不知道是信使的行动有系统的规律，还是驻守地距离政府驻地太远，范·

克里特的信使每次送信都需要一年的时间。有人说他的这些信使走得太慢。但这些信使，我注意到，都是从守军中选出的最矮最胖的人，至少他们不可能在路上累倒。由于他们很胖，加之矮小呼吸短促，通常每天走十五英里，然后躺下来休息一周。但所有这些都是猜测。我更愿意相信这可能是由于荷兰这个可敬的国家里一个古老的信条。这个信条一直影响着荷兰人所有的公共活动，他们的信条是：做事从容不迫。

英勇的雅各布·范·克里特在信中郑重表明，自从他给上一任总督——赫赫有名的沃尔特·范·特维勒发申请，已经有几年过去了。在这期间，他手下的守军人数减少了八分之一，因为有两位很英勇、很肥胖的士兵，由于自己过多食用从瓦西河（清水河）中抓到的鲑鱼而偶然丧命。他还说敌人持续进犯，毫不在意城堡以及里面士兵的存在。他们擅自占地，在好望堡周围建立了定居点。如此一来，很快他发现自己被敌人围住，封锁在城堡里，完全听从敌人的摆布。

在他的所有苦恼中，我发现记录下来的这一条最骇人听闻，这可以表明这些野蛮入侵者的暴行有多么残忍。"与此同时，住在哈特福德的敌人不但以不正当的手段违背国与国之间的法律，把康涅狄格的土地掠走占为己有，而且阻止我们的人在自己购买的已经翻开的土地上耕种。他们夜晚在荷兰人耕好准备播种的土地上种上玉米。他们满怀敌意地用棍棒、犁板把在自己主人土地上耕作的至尊荣耀公司的雇员打折了腿，而且用棍子把爱沃特·达科林斯的脑袋上砸了一个洞，鲜血顺着他的身子汩汩向下流。"

然更令人震惊的是——

"那些住在哈特福德的人卖掉了一头属于尊贵的西印度公司的猪,谎称猪吃了他们地里的草,而他们对土地没有一英尺的继承权。他们为猪标价五先令,要求当地的负责人给他们五先令赔偿损失。负责人拒绝了他们的请求,因为自家的猪(通常大家会这样认为)可以进入自己主人的土地,不能算是侵入。"

收到这个令人难过的消息,所有新荷兰省的人都愤怒不已。这个消息即使最愚钝的人也能看出点什么。通常最普通的民众需要别人在屁股后面踢上一脚才能把他们休眠的尊严唤醒,但这个消息却触动了普通民众最迟钝的感觉。我了解我的深刻的同胞,他们会默不作声,忍受一千种对自己权利的侵害,只是因为他们的感觉不够敏锐。但一旦不幸降临到身边,整个国家就会陷入一片混乱。这些开悟了的荷兰人,虽然他们不会在意东面邻居的侵犯,把整个战争的冲击留给他们笔头上强硬的总督,但现在每个人都感觉自己的脑袋像达科林斯被打破的脑袋一样被打开了。他们同情那头本国猪的不幸。这头猪被抓走、卖掉让他们无法忘记,在每个人的心中都咕咕哝哝,唤起同情。

总督与议事会,在民众抗议声的煽动下,开始认真仔细考虑如何应对。通告最终成为不光彩的事。有人提议给扬基人纳贡,就如我们为了与巴巴里地区的小小强国媾和,主动提出来要去做的那样,或像印第安人为魔鬼献祭一样。也有人提议把土地买回来,但遭到反对,因为这就等于承认了他们对占领土地的所有权。同往常出现这种情况时一样,很多条措施提出来,讨论,然后被否决掉。最后议事会不得不采纳那个最普通最明显的办法。这个办法他们明明知道，却给忽略掉。因为异常敏锐的政治家，永远都在透过望远镜看东西。这让他们看到远处无法得到的东西，却让他们无法看到伸手可及，所有满意用上天赐给他们的肉眼看东西的普通民众都清楚的东西。如我所言，这个学识渊博的议事会在寻找空心南瓜灯时，偶然想到他们最该采取的措施。那就是征召一支军队，派他们去为好望堡的守军解围、增援守军。这个措施马上付诸实施，不到十二个月，一支包括一名军士十二名士兵的远征队伍就准备好出发了。为了这次远征，他们在今天被称为鲍灵格林的公共广场上接受了检阅。但就在这个当口，英勇的雅各布·范·克里特突然回来，让整个城市一片惊愕。范·克里特头发蓬乱，走在一对衣衫褴褛的士兵前头。他带回来的令人难过的消息是，他被击败，固若金汤的好望堡要塞被凶猛的扬基人占领。

这个要塞的灾难，对所有军队指挥官都是一个重要警示。它既不是被风暴摧毁，也不是里面的人被饥饿打垮。没有经受过炮弹地雷的冲击；没有被热弹击中引起弹药库爆炸，营房没有被摧毁；守军没有被炸开的弹壳杀死。事实上，占领这个地方所使用的计谋与其说是怪异，倒不如说是奏效。这样的机会一旦出现，计谋付诸实施，就从不会失手。为了我们卓越先人的功绩，我还要很高兴地说这种计谋，虽然人们可以怀疑守军警觉不够，却让勇猛的范·克里特与他的守军完全免受责备。

原来狡猾的扬基人掌握了守军的活动规律，瞅准良机，在一个闷热的中午悄悄进入城堡。当时警惕的守卫者刚刚饱餐一顿，抽足了烟，一个个在自己的哨位上大声地打着鼾睡觉，根本没有想到会发生这种灾难性的事。敌人野蛮地抓住了雅各布·范·克里特及其强健的属下的脖子,把他们押到城堡的门口,分头把他们放走。临走时在每个人的屁股上踢上一脚,就像查理十二世在纳瓦战役后释放大屁股的俄罗斯人时所做的那样。他们特地在范·克里特的屁股上踢了两脚,以示区别。

敌人随即在要塞安排了一队强大的守军。守军包括二十名身材细长、拳头硬棒的扬基人。他们帽子上装饰着威瑟斯菲尔德洋葱,以作帽徽羽饰;使用很长但已生锈的鸟枪作快枪;储备下玉米糊、呆鱼、猪肉以及糖浆;把一个大南瓜挂在一根旗杆的顶端,以作旗子,这时自由帽还没有流行起来。

第三章

　　由于好望堡之事，暴脾气威廉可怕的愤怒，新阿姆斯特丹人的巨大悲伤；暴脾气威廉如何用一个号手、一根旗杆、一个风车加固新阿姆斯特丹城防，以及斯托菲尔·布林克霍夫的战功。

　　听到好望堡这个令人恼火的消息，暴脾气威廉胸中的怒火难以用语言形容。整整三个小时，这个小个子怒不可遏，竟至说不出话来。也许要说的话体积太大让他吐不出来。十几个庞大、不规则、有九个角的荷兰咒语几乎让他哽咽，一时堵住了他的喉咙。有人在他背上轻拍了几次，很幸运地把他从窒息中救了过来。他的嘴里吐出一两个蒲式耳的巨大诅咒，每一个都如"电闪雷鸣"，轰轰作响。站在旁边的人都大为惊讶，不知道这样一个弱小的身体竟能爆发出如此巨大的语言能量。连续发出第一批排炮之后，此后三天他继续攻击：诅咒扬基人、男人、女人、孩子、肉体与灵魂。他骂他们是一群盗贼、无赖、流氓、强盗、空谈家、混账。他还用了其他一千个骂名，但对后人不幸的是，史书上没有特别提及。最后，他发誓自己不再管这样一群爱侵占、喜"绑约"、喜揣测、爱提问、爱交换、吃南瓜、抹糖浆、开木板、浇果汁、善骑马、玩概念的人。他们可以待在好望堡,在那儿烂掉,而他不会试着把他们赶走,那样会玷污了他的手。为了证明这点,他命令新征召的部队进驻冬季营房,虽然时令还不到仲夏。吉福特总督忠实地履行着自己的承诺,而他的对手忠实地守着好望堡。就这样,美丽的康涅狄格河,连同它穿过的美丽河谷,以及河中的鲑鱼、鲱鱼与其他各种鱼都落到了得胜的扬基人手中,一直到今天。愿他们一切都好!

这些悲伤的事件让新阿姆斯特丹市意气消沉。扬基人这个名字在我们先人中间变得很是恐怖,正如古罗马人谈起高卢人心存恐怖一样。新荷兰省的所有贤德老妇人,没有读过汉密尔顿小姐关于教育的理论,把扬基人的名字当作唬人的怪物,吓唬不守规矩的顽童就范。

新荷兰省所有人的目光这时都转向了他们的总督。他们想知道在这个黑暗危机的时刻他会做什么来保护公众的幸福。城中反应热烈的人群,尤其是老妇人,恐惧万分。她们害怕康涅狄格这些可怕的家伙不满足于征服好望堡,接下来会肆无忌惮地向新阿姆斯特丹进发,完全征服新阿姆斯特丹。前面已经暗示过,总督夫人是家中的"当家人",所以这些老妇人,通过总督夫人,在公共事务中有很大的影响力,让整个新荷兰省一直以来是"女人当权"。她们决定要采取措施有效加固城防。

这时,在新阿姆斯特丹市正好住着一位名叫安东尼·范·考利尔的荷兰号手。这位号手天性乐观,身材肥胖,浅色的面容,显得可爱,以中气十足、一脸大胡子为人所知。据说,他可以用小号发出有力的鼻音,听者无不受其影响,听来好似万支风笛在鼻子里一起奏鸣。杰出的吉福特把他从众人中选出,认为他是新阿姆斯特丹最合适的捍卫者，最适于戍守城堡。毫无疑问，在战时，他的小号会像圣骑士艾斯托弗的小号，或更像阿勒克托的牛角一样有效，具有攻击性。看到总督快乐地打着响指捻着自己的手，民众的心情也放松下来。而这时，他的强壮号手趾高气扬地在城垛上来回走动，面对整个世界，无所畏惧地吹响了自己的喇叭，就如在大西洋彼岸勇武十足的编辑敢于羞辱所有的公国、强权一样。

这样坚固地戍守城堡，威廉还不满意，他进一步加固城防，用假炮做成了一个可怕的炮台，在炮台的中央竖起一个大大的旗杆，旗帜在城市的上空高高飘扬。此外，其中的一个堡垒上还建了一个巨大的风车。这最后一项，可以肯定是固防艺术中的创新。但如我以前所说，威廉·吉福特喜欢创造实验，声名远扬。传说证实他特别喜欢机械发明，比如建造新奇的烟囱，走在马前面的马车。尤其是建造风车，对于这种机器，他在自己的家乡赞丹时，就有一种特别的偏爱。

这位小个子总督所有这些科学上的异想天开受到他的拥护者的极力夸赞，认为这是他全才的明证。但也不缺乏很不友善的发牢骚的人，指责他把脑筋用来做无聊的追求，把时间用到建烟囱和风车上，认为他应该把心思用到管理本省的更重要的事务上。有一两次他们甚至过分地暗示，他的头脑受到这些实验的影响，他认为管理政府真的像管理风车一样，只需要有风就行。这就是这位有见识的统治者所受到的偏激对待和中伤。

尽管暴脾气威廉已经采取所有措施让城市处于守势，但新阿姆斯特丹的市民不断感到震惊，一直悲观。小心翼翼的命运，看起来总是在关键时刻，会扔出希望的骨头让人们咬啮，让挨饿的精灵可以活下去。命运这次让新荷兰省的武装在另一个地方获得了胜利，让绝望而提心吊胆的荷兰人心情快乐起来。不然，真不知道他们的痛苦要经历多长时间。"因为难过，"基督世界的七个维护者中学识渊博的史家说，"是绝望的伙伴，而绝望，则是自暴自弃的诱因。"

康涅狄格的强盗数次侵袭，带来重大的隐患。在这其中，我要特地提一下在长岛东部的一个荷兰人定居点。这个地方，因其贝壳类动物特别美味，被称作牡蛎湾。康涅狄格的强盗侵袭这个地方，就是打到了本省最敏感的地方，这让新阿姆斯特丹人极度焦虑不安。

高明的生理学家都知道一个无可争议的事实：情感的大道通过喉咙。把这些原则拿来解释我已经引用过的对肥胖的市议会议员的批评也是一个道理。这个道理也并不是不为世人所知。所以我们看到，要想赢得百万人心，最可靠的做法就是让他们吃好。如果一个人自己掏腰包吃饭，他才不会去奉承他人、取悦他人、为他人服务。这可以解释为什么经常请客的有钱人会有那么多真诚忠实的朋友。就是遵循这个原则，我们见多识广的党派领袖慷慨奖励物质，笼络党徒的热爱，用牛肉大餐、烤牛肉招待谄媚的民众以骗取他们的赞成票。我知道我们这个城市中有很多人在社会上地位显赫，夺取了自己开悟的同城市民的大部分善意，得到称颂可以说只是因为"他让我们吃好，酒也不错"。

一直以来，心与胃亲密结盟。结果自然是影响到了胃，自然就会影响到心。另外一个同样无可辩驳的事实是，给胃提供的所有营养中，没有什么比贝壳类海洋生物更让人愉快的了。这种生物，自然学家称为牡蛎，但通俗的叫法是生蚝。讲究饮食的荷兰人一直以来对这种食物抱着极大的崇敬。不知从什么时候,就在这个吃得很好的城市的每一条街、每一个巷、每一个胡同建庙供奉它。所以可以想象,夺走牡蛎湾这样一个盛产自己美味的地方,新阿姆斯特丹的居民一定忍无可忍。攻击他们的尊严可以被原谅,甚至于杀死几个市民,他们会让事情悄然过去,但是如果攻击影响到了新阿姆斯特丹这座伟大城市的食物柜,威胁到肥胖的镇长的胃,事情就太过严重,不可能不遭到报复。所有的议事会成员意见统一,侵略者应该即刻被武装赶出牡蛎湾及其周边地区。于是一队人马,在一位叫斯托菲尔·布林克霍夫,或叫布林克护弗(斯托菲尔 Stoffel,意为打破头者)的指挥官的带领下被派出去执行这个任务。之所以派此人,是因为他战功卓著,在整个新荷兰地区以耍短棍熟练而出名。他的名声响还因为他是个大块头,身材堪与被矮小的华威的盖伊杀死的著名丹麦捍卫者巨人科尔布兰德相比。

斯托菲尔·布林克霍夫是一个言语不多、行动迅捷的人。他是那种直来直去,直接向前冲,毫不夸耀地执行命令的军官。他的行军速度并不是特别快。他稳步前进,穿过尼尼微、巴比伦、杰里科、帕乔格,伟大的城市匹快格,以及其他城市。这些古代著名城市的名字被扬基人用一些无法理解的巫术奇怪地移植到了长岛上。布林克霍夫就这样一直来到靠近牡蛎湾的地方。

在这儿他与一群吵吵闹闹的勇敢的战士遭遇。带头的是普里泽夫德·费什、哈巴库克·纳特尔、李特恩·斯特朗、泽鲁巴伯·菲斯克、乔纳森·杜立特尔以及迪特闵德·考克。听到这些名字,斯托菲尔完全相信所有英联邦提名议会的成员都被释放出来阻击他。但待他发现这些身材可怕的人只是定居点"选举出来的人",随身除了自己的嘴以外没有带任何武器,出来见他不为别的只为与他辩论,他毫不费力地击溃了他们,完全摧毁了他们的定居点。他没有像更有经验的将军所做的那样在现场停下来记述自己的胜利,在摘取自己胜利桂冠的同时,让敌人从指间溜走,勇敢的斯托菲尔什么也没想,只想要完成自己的使命,把扬基人从岛上完全赶走。他履行这个使命的方式同他以前赶牛的方式一样。扬基人在他前面逃跑,他提着裤子跟在他们后面艰难地追,如果不是扬基人求饶并答应进奉,他一定会把他们赶下海。

  这个胜利的消息对于新阿姆斯特丹的市民是一剂及时的滋补药。更让他们高兴的是,总督决定让他们看一个盛大的场景。这种场景在古代就有,总督在海牙还是个学童时就知道了,现在这些记述又都在他的记忆中晃动。总督下命令庆祝斯托菲尔·布林克霍夫的巨大胜利。布林克霍夫骑在纳拉甘西特马上胜利进城。五个人举着五个像罗马雄鹰的南瓜走在他的前面。这五个南瓜代表的是敌人。作为战利品以及扬基人贡品的十车牡蛎,五百蒲式耳威瑟斯菲尔德洋葱,一百公担鳕鱼,两大桶糖蜜以及许多其他的珍宝被展示出来。同时,三个因伪造曼哈顿纸币被抓获的臭名昭著的人被牵着走在队伍的前头以彰显英雄的胜利。那位号手,城市的维护者安东尼·范·考利尔吹起军乐,随他的军乐一起演奏的是遴选出来的一群男孩与黑人组成的乐队。他们用拨浪鼓、蚌壳等民族乐器进行了演奏。演出让游行场面生动活泼。市民们满心欢喜地分享着战利品。人人虔诚地喝着新英格兰朗姆酒,直到大醉,以此向总督表达敬意。在这个慷慨热情的时刻，学识渊博的威廉·吉福特想起来古人的一个传统做法——在公共场所建雕像向他们凯旋的将军致敬。于是他通过一个亲民的法令，准许每一位餐馆老板把勇敢无畏的斯托菲尔的头像画到自己的酒馆招牌上。

第四章

　　思辨"繁荣昌盛时追求快乐"是愚蠢的观点；南部边境的各种麻烦；暴脾气威廉如何通过一个神秘的词用他的巨大学问几乎毁掉新荷兰省；杨·杨森·艾尔本登的远航以及他惊人的收获。

　　幸运女神像一个贵妇，定期会记下人类的借贷。如果我们能看一眼她的记账簿，我们应能发现整体上来说这个世界上善恶基本相当。虽然我们可以长时间在繁荣中陶醉，但悔恨着还账的时间最终会到来。幸运事实上是一个恼人的悍妇，而且是一个无情的债主。虽然她可以给她喜欢的人放长贷，让他们做幸运的宠儿，然而迟早她会像有经验的收税员一样要求你销账，眼泪汪汪地还清欠她的账。"因为，"善良的老波伊提乌在他的《哲学的安慰》一书中说，"因为没有人可以随意留住她，她的离开会让人非常难过，她最喜欢的不过是对即将到来的麻烦与灾难的准确预报。"
　　没有什么比看到自己的同胞在繁荣时期欣喜若狂、沉溺于安定与自信更让我瞧不起的了。我蔑视他们，因为他们的做法愚蠢，需要反思。对一位有理性的聪明人来说，繁荣时期恰恰应该是焦虑与恐惧的时刻。因为众所周知，依照万事循环的规律，幸福总是短暂的。一个人被反复无常的命运吹得越高,他与之相对的忧思一定会更少。被灾难压倒的人,很少再有机会遭遇新的灾难。因为一个在山脚的人,不会有在山顶跌倒摔死的危险。

这是智慧的精髓。从中我们知道我们应该痛苦过活。与此同时,我们会发现那个宝贵的秘密,即"一切都是虚空,也是烦恼"。依照这个信条,聪明的人从来都是人类社会中最不快乐的人。因为他们相信天才的一个确定无疑的标志就是无由烦恼。因为所有人在遭受不幸时都会痛苦,而只有哲人能在繁荣时期找到理由难过。

依照我刚刚提出的原则,我们发现在大名鼎鼎的范·特维勒治下,新荷兰殖民地在令人震惊的平静中繁荣发展。现在到了为以前的繁荣还账,把安逸享受欠下的债偿还的时候。外敌从不同的地区对新荷兰进行侵扰。新阿姆斯特丹市虽然仍在兴起中,却不断接到警报。它的勇敢的指挥官小个子暴脾气威廉正应了那句通俗但意味深长的话,"成了一位烦恼无穷的人"。

一方面,他要考虑击退残酷的敌人扬基人,我们发现他突然又受到另一个地方其他侵袭者的骚扰。一个流浪的瑞典人定居点,在一个名叫彼得·密涅维茨的人带领下,宣称效忠于瑞典的克里斯蒂娜女王那个难以对付的女中豪杰。他们安顿下来,在南河(或特拉华河)上建起了要塞。但新荷兰政府认为这个地方是在新荷兰的领地上。这批人何时来此,历史上并没有详细记载,也没有记载他们是否真的主张要这片土地。由于这个瑞典人的殖民地其后会极大影响不只是荷兰人的利益,也会影响世界的变化,这后一点更让人难过。

不论这个四处流动的瑞典人殖民地最初如何占据了荷兰人的领

地,可以确定的是,1638年,他们在此建立了一个要塞,而密涅维茨,依照他同时代人的随意做法,宣布自己是所有周边地区的总督,并把此地命名为新瑞典。这个消息一传到暴脾气威廉的耳朵里,他马上像一位英勇的首领一样勃然大怒。他即刻召集全体议事会,强烈痛斥瑞典人。他的讲话是本省历史上听说过的自从令人难忘的"薄裤"与"韧裤"争执发生以来最长的讲话。最初的怒火发泄完以后,他运用自己最喜欢的通告策略,给刚登上总督宝座的彼得·密涅维茨发了一个措辞严厉的通告,告诉他,所有南河及其周边地区,从来就是荷兰殖民者的领地,"建有城堡,印有荷兰人的血迹"。

后面这个血淋淋的句子,传递出的想法是可能有一场可怕的战争、流血冲突。但让我们心情轻松的是,这里提到的只是五六个荷兰人在企图友好地建立一个定居点、推动文明的过程中被印第安人杀死的事。通过这一点我们可以看出,虽然威廉·吉福特个头不高,却喜欢夸大其词,倾向于用通常被矮小大人物开发出来的值得称道的修辞手法——夸张。这种修辞格在许多与吉福特同类的人中作用无限,美化了许多妄自尊大、夸夸其谈的行政长官。在这儿我也忍不住要说我可爱的同胞多么感激这个夸张修辞格。这个修辞格支撑起一个个最伟大的人物——政治家、演说家、平民、神学家。他们凭借说大话、吹功绩、讲空洞的道理漂浮在社会的上层,恰如无知的泳者借助吹起的气囊浮在水面。

发给密涅维茨的这个通告最后命令这位自封的总督及他手下的一帮瑞典冒险家马上离开新荷兰,否则可能招致新荷兰政府极端不高兴,引来不可避免的报复。但这个"强大的退敌之策"看上去与前面措辞强硬发给扬基人的几封通告一样，没有一点效果。瑞典人坚定地固守在他们占据的地区，一直到现在还是如此。

威廉·吉福特竟然能容忍瑞典人的傲慢固执，这看上去与他勇武的性格不很相符。但我们发现这个时候，这位小个子总督手头满是要处理的事务。烦恼接二连三持续不断地跳了出来。

对于效率高的管理者，有过一种描述。讲他们通过精明的管理，总是能设法做到把一百块铁同时放到铁砧上，而每一块都需要马上进行锤炼。这些管理者总是会有各种临时的变通手段和权宜之计，草草处理公共事务，粗糙应付国家大事，结果就是补上一个洞，戳开九个洞。什么东西拿着顺手就先拿过来堵漏补缺，正如我们前面提到的扬基人用破布堵上破窗户洞。暴脾气威廉就是这样一类管理者。如果他的权力能与他的热情一样充溢，或他的热情能受到一点谨慎的节制，毫无疑问他会成为有史以来同类身材的总督中最伟大的总督，自然巴拉塔里亚岛上的那位威名赫赫的总督除外。

威廉·吉福特策略的一大缺陷在于，虽然在危机时刻没有人比他更急于站出来，但他总想保护国家的钱财，所以会忍受敌人把自己的头打破。换句话说，他无论采取何种措施保护公共安全，总希望少花一些钱，结果就总是策略无效。所有这些的根源要追溯到遥远的过去他在海牙接受的高级教育。在海牙，他学了个一知半解。其后，他就一直是文献索引的检验者，不停地读书，浅尝辄止，从来没有在任何学科上进行过深入研究。这样一来，各类作者思想的浮渣就一直在他的颅骨中发酵。在对这样一些书的扉页研究中，他不幸被一个神秘的政治词语绊倒。这个词语，依照他惯有的灵巧，立刻纳入他的伟大管理计划中。但这给淳朴的新荷兰省带来无法挽回的伤害和错觉，对所有实验性统治者造成永远的误导。

我遍览迦勒底人的法术、犹太人的神秘哲学、阿拉伯人的通灵术、波斯人的魔法、英格兰人的咒语、扬基人的巫术、印第安人的巫师仪式，以便查找这个小个子是在哪里第一次看到这个可怕的词语，但徒劳无功。传说由族长亚伯拉罕所写的著名神秘古卷《创造之书》中没有这个词。学识渊博的拉比西蒙·约卡德斯记录下来的含有犹太神秘哲学秘密的文献《佐哈儿》的书页中也没有给我的探询一点线索。我费尽心力研究流浪的犹太人本雅明所写的《七十二圣音》，虽然这本书让大卫的榆树在二十四小时之内做了十天的旅行，但对我却没有一点帮助。我也没能找到这个词与 Tetragrammaton，或言神圣的四字母词神名，有哪怕一丝关联。Tetragrammaton 这个词是犹太神秘哲学中最深奥的词，是一个令人尊敬、无法言喻、难以形容的谜。组成它的字母 Jod-He-Vau-He 曾被异教徒盗用，创造出他们自己的伟大的名字 Jao 或叫 Jove。简单来说，我所从事的所有神秘哲学、神力、妖术、魔术、占星术的研究，从毕达哥拉斯学派的神秘三角图形到布雷斯洛以及邦茨嬷嬷的深奥著作，都没有发现这个词词源的哪怕一点残存。我也没有发现有任何词能足够强大到削弱这个词的威力。

不再给读者卖关子了，引起暴脾气威廉特别注意的词，用德语字母来拼，有一种特别黑暗不祥的意思，如果恰当地翻译成英语，正是 economy（经济）。这个护身符一般的词语，由于经常使用不断被人提及，在我们的眼中已经不再那么可怕，但在巫术的秘法中，却有着可怕的能量。

如果在国家大会上拼出这个词,马上就会有不再说实话,蒙蔽学问,拉动所有冷静的管理者的钱包,让他们用扣子扣紧裤子口袋的效果。这个词的视觉效果也一点不差,会让视网膜收缩,克里斯丁眼镜模糊,玻璃晶体有黏性,水液吸气,巩膜硬结,眼角膜凸出,结果会使视觉器官失去效力和明晰度,而不幸的病人变成近视眼,或用通俗的英语讲,半盲,病人只看到眼前的一片而无法望远,把远处的一切认成自己最熟悉的物体。"所以,"引用雄辩的波克的话说,"鼻子前面的烟斗规模上要比五百码以外的一棵橡树大。"这就是"经济"一词的即时作用,而最后的效果可能更让人吃惊。有这个词的神奇影响,七十四门炮战舰缩小为护卫舰,护卫舰变成单桅帆船,单桅帆船变成小炮艇。由埃涅阿斯率领,在保护他们的维纳斯指挥下毫不设防的舰队会变为海妖,潜水保护自己,因此强大的美国海军,通过"经济"这个神秘的词,会缩小为小船,在磨坊池塘里栖身。

这个强大的词,作为政治试金石,马上就可以解释暴脾气威廉的整个管理体系中为什么有通告、抗议、空洞的威胁、风车、号手,以及纸上谈兵。我们可以从1642年他在盛怒之下召集起来的一支军队中去看下"经济"的作用。这支军队包括两艘单桅帆船,三十名士兵。杨·杨森·艾尔本登先生为舰队司令,整支军队的总指挥。这支令人生威的远航舰队,只能与美国海军初建时一些勇武的巡洋舰相比,只在纽约湾周边巡行或上行到长岛海湾。它的主要目的是为了把马里兰人从属于新荷兰省但最近被他们占领的斯基吉尔河赶走。似乎在这一时期，我们这个年轻的殖民地令人羡慕，受到多个雄心勃勃的国家垂涎。换句话说，此时荷兰省地域广阔，新荷兰省人在这儿的部分土地上安居乐业，而更大的一片土地则不断有争议。

舰队司令杨·杨森·艾尔本登是一个勇武之人，他对敌人的性格特点一点也不感到吃惊。这帮敌人强大，持有火枪，他们吃玉米饼、鲜肉，

喝冰镇薄荷酒、白兰地棕榈酒，特别擅长拳击、咬人、挖凿、涂焦油、装饰羽毛，以及其他很多运动技能。这些技能他们都是从他们的德国远亲以及模范弗吉尼亚人那里学来的，而在外貌上，他们与后者极为相似。尽管他们有这些惊人的表现，舰队司令还是无所畏惧地带着他的舰队进入了斯基吉尔河，一路到达目的地，没有遇到一点风险或抵抗。

在这儿，他拿出思虑周全的吉福特此前放在他口袋里的一篇铿锵有力的讲稿，用荷兰语对敌人进行攻击。在其中，他很礼貌地在开始把他们称为一帮懒惰、笨拙、喝特拉姆酒、斗鸡、赛马、驱赶奴隶、心系酒馆、安息日休息、白黑混血、自命不凡的人，结束时命令他们立刻从这个地方撤出去。对此，敌人用通俗的英语（对瑞典人来说这很自然）很简洁地回答，他们"想看到他先去——死"。

这个回答杨·杨森·艾尔本登没有料到，威廉·吉福特也完全没有料到。发现自己完全没有准备回答这个有些敌意的可怕的拒绝，艾尔本登，像现代英国远航舰队的杰出舰队司令所做的那样，决定自己最明智的航路是回家把这儿的进展向总督汇报。于是他返回了新阿姆斯特丹。在新阿姆斯特丹，人们像欢迎所有的指挥官一样隆

重地迎接了他，因为他完成了一次危险的航行，花费不多，且没有损失国家的一兵一卒。他被大家一致称为国家的拯救者（这个称呼可以随意地安到所有伟人的头上），他的两艘单桅帆船，现在完成了使命，被放在（干船坞）今天叫作奥尔巴尼盆地的一个小海湾里，悄悄在污泥中烂掉。为了让后人永远记住艾尔本登的名字，大家捐款在营房（Flattenbarrack）山顶用木瓦为他建了一个壮观的纪念碑。这个纪念碑在山上矗立了整整三年，最后倒下，摔成碎片，被当作木材烧掉。

第五章

本章讲述暴脾气威廉如何在本省推行多种无用的法令,如何成为律师与法警的守护神。他如何设法拯救大众摆脱一大恶习,如何因令人厌烦几乎被熏死。人们如何在他的指导下觉悟越来越高,生活越来越不快乐,以及其他精读之下就能发现的各种事情。

时间的洪流奔腾而下,其间高尚知识的残渣剩余,从远古时代开始,就被一些籍籍无名但勤勉踏实,时常在文献的河岸走动之人认真捞起。在这些捞起的残渣剩余中,我们可以发现下面这则洛克里斯的立法者卡龙达斯的法令。为了保护国家的成法不被学识渊博的"国家成员"亦即为求人望参加政府选举的人添加修改,他规定,任何提出新法者,都应该在提出新法的时候,把绞索套到自己的脖子上。这样,一旦他的提议被否决,他就会被处以绞刑。就此无人再提新法。

这个有益的规定效果明显,在两百多年的时间里,洛克里斯的刑法中只有一处细微的修正。所有律师因为无事可做,都被饿死。结果,洛克里斯人由于没有太多好的法律的保护,没有一大批讼棍、治安官员为他们辩护,反倒生活得亲切和谐。他们幸福快乐,在整个希腊历史中他们很少被提及。因为众所周知，只有那些不够幸运、吵吵闹闹、粗野放纵的民族才会在世界上制造出不和谐的声音。

如果在自己"全才学问"的追求中，暴脾气威廉能愉快地接触过善良的卡龙达斯的这个警示，那该是多么好的事。但事与愿违，他认识到一个立法者正确的策略是加强立法，以此保护财产、保护人、维护道德秩序。通过设置禁区、使用弹簧枪的方式把人置于包围中，把甚至是个人私生活中甜蜜隐私的部分都用即时设立的保护措施围绕起来，借此保护财产、人和道德标准。不过这样一来，人就几乎不能转身，转身就可能有遭遇邪恶的保护者的危险。威廉就这样持续不断地制定事无巨细的法则，任何冒失行为，哪怕是鸡毛蒜皮的小事，都有相应的处罚措施。到最后，律令多如牛毛，难以牢记，恰如现代立法者所制定的律条，一直只是僵死的文字，只待个案适用，或为诱使无辜的犯规者，才会偶尔复活启用。

小规模的法庭随之出现。在这儿法律的执行充满智慧公正，毫不逊色于今时市议员组成的正义之店——威严的特别法庭。在这些小法庭上，原告常常受宠，因为他们是正义之店的客户，把生意带到了店里。有钱人的违法行为可被视而不见，唯恐伤及朋友之间的感情。这些法庭让邪恶披上贫穷并不光彩的旧衣服，悄悄潜行，不受惩罚，但机警的市政官员从不会因此受到责难。

我们可以把死刑的引进大概定在这个时间。当时就在今天白厅台阶，炮台稍靠东一点的地方，在水边支起了一个巨大的绞刑架。附近另有一个绞架，形状怪异、做工粗拙、难以描画，但由于这个刑具完全是威廉·吉福特自己的发明，所以心灵手巧的他对此很是看重。

这个绞架在高度上丝毫不逊《圣经》历史上最为知名的哈曼的绞架。但这个发明最使人赞叹的是，受刑者不是依照传统的做法把脖子吊起，而是把腰带吊起来，一直吊一个小时，让人犯在天地之间摇摆挣扎。这让通常会参观这些现场的广大市民既感到乐趣无限，又无疑受到极大的教诲。

难以置信，身材矮小的总督看到胆小的流浪者、壮实的乞讨者屁股吊起，在空中晃晃悠悠，做出古怪而滑稽可爱的动作，会感到多么好

笑。在这样的场合，威廉快乐无比，有很多令人愉快的想象。他把受刑者叫作他娇养的狮子，他的野禽，他的高空飞翔的鸟，他的振翅飞翔的鹰，他的苍鹰，他的稻草人，还有他的绞刑架上的鸟。最后这个聪明的叫法，虽然最初仅适用于以这种古怪的方式在空中翱翔的杰出人物，其后便变成行话，普及所有受到法律严惩的人。更有甚者，这种惩罚，如果我们可以把功劳归到认真的词源学家那里，为最早的一种挽具或叫捆扎带提供了灵感，用这种带子，我们的先人把他们各式各样的裤子系紧。最近几年这种风气重新开始流行，一直到今天，人们仍然穿着这样的裤子。这种东西的名字今天依然是从最初的来源来的。通常被称为一对吊带（gallowses）。我听说人们更常叫它们作悬吊带（suspenders）。

这些就是威廉·吉福特在刑法方面所做的令人赞叹的改进。他在民法方面所做的改进也同样令人震惊，但非常遗憾，我的著述不允许我都做太过详细的描述，因为他们一定要用很多文字才能述说清楚。我们这样说吧，很短的时间里，人们就开始享有数不清的法律，

人人开始切身感受到法律的益处。很快人们发现需要有一批人来阐释这些法律或把这些法律搞混。于是各种专门以打官司骗人的律师开始出现，在他们的保护关怀下，整个城市很快陷入一片争吵。

我在这里不希望世人认为我在暗暗贬低法律职业或从事这项职业的高尚的人。我很清楚我们这个古老的城市里有无数值得尊敬的先生从事这项崇高的职业。他们没有利欲熏心，追逐肮脏的收益，或为一己之私扬名立万。他们没有任何其他动机，只是一种热情，希望正义得彰，把自己慷慨无私地献给保护同城公民的利益。我宁愿把自己这支可靠的笔丢进火焰里，永远封上自己的墨水瓶（这是一个耽于幻想的作家能给予自己的最严厉的惩罚），也不愿自己对这群真正与人为善的市民群体有丝毫的冒犯。相反，我指的是那帮卑劣的跟踪者。在这个最近变得越来越邪恶的时代，这样的人越来越多。他们就像胆小的康沃尔骑士寄生在崇高的骑士规则之外一样寄生在法律的外围，打着法律的旗号，对社会进行劫掠。他们依靠狡辩、诡诈、瞒哄，使自己兴旺发达，恰如害虫，哪里最腐败，他们就在哪里泛滥。

没有什么比欲望的满足能更快激起人的恶毒热情。如果没有这一群群讼棍寄生在法庭，法庭从来都不会一直为一些鸡毛蒜皮、大伤脑筋、好不光彩的诉讼所占据。这些人玩弄社会地位比他们更低、知识比他们更少的人，激怒他们，让他们投入诉讼。对这些社会底层无知的人来说，贫穷好像还不足以让生活更悲惨，他们总是随时准备通过艰难地打官司让生活更为难过。这些法律界的讼棍就是医学界的江湖郎中。他们激起病人的病症就是为了给病人治病赚取钱财，而为了得到更多的报酬，他们会延缓疾病的治愈。讼棍与医生，一个破坏宪法，另一个掏尽别人的腰包。同样我们可以看到，经过庸医治疗的病人，此后会一直吃药，用一贯正确的药方毒害自己。一个在这样的经验主义医者支持下的无知者一旦与法律有牵连，其后他会永远卷入与邻人的纠纷，慢慢赢了官司，穷了本家。我这里一不注意离开了话题，读者诸君一定会原谅。我无法不对我们这个美好的城市中这件太过普遍的恶心事做一个冷静、毫无偏见的陈述。就是因为有了这些讼棍的影响，我很不幸地花了不少钱。在一次诉讼中，我得到不公正的对待，被判败诉，几乎要把我毁掉。另一次诉讼，法庭虽然判我胜诉，却彻底毁灭了我。

　　暴脾气威廉颁布的多如牛毛的律令，无疑形成了一套可以与梭伦、吕库古或桑丘·潘萨相媲美的行为准则，但它们很少被传到今天，对后人来说，这是无法弥补的损失。这些律令中最重要的一条是在一个不够吉祥的时间出台的。这条律令禁止所有人抽烟。威廉通过数学计算证明，抽烟不仅极大消耗公众兜里的钱，也会难以置信地浪费时间。而浪费时间，就会鼓励人慵懒，也自然会给人们的道德带来致命祸患。倒霉的吉福特！如果他生活在今天这个开明、诽谤盛行的时代，只要他把媒体无比宝贵的自由转为己用，他的律令一定更能打动千千万万民众的心。

　　他的禁烟条令一出，引发民众极大的骚动，但其程度也只在严肃的宪法许可的范围内。一帮喜好争论的市民甚至斗胆集结，围拢到矮小的总督家的房子周围，像围攻城堡的军队一样，驻扎下来。他们一个一个开始抽烟，意志坚决，以此清楚表明他们要用这种邪恶难闻的黑色烟草味呛刺总督，逼迫他退让。不一会儿，总督家富丽堂皇的宅邸就被笼罩在了一片浑浊的雾气中。这位势力强大的矮个子，差点在自己的窝里被窒息而死。他自己想想，发现还从未有过古代杰出人物以如此并不光彩的方式结束生命的记载（老普林尼之死是唯一与此有点相似的例子）。他只好向这群暴民妥协，答应他们的要求，条件是他们要即刻熄灭自己的烟斗，饶他一死。

这次停战的结果就是，虽然他允许继续吸烟，但他却废除了沃尔特·范·特维勒时代流行的长烟斗，在当时，这种烟斗意味着举止上的安逸、平静与清醒。代替长烟斗的是一种很小的不起眼的短烟斗，只有两英寸长。他认为这种烟斗可以放在嘴角，别在帽圈，不会妨碍做事。但请注意，读者诸君，那些可怕的后果！这些可恶的小烟斗里冒出的烟，不停升腾，在鼻子周围形成一团雾，渗入小脑，使小脑陷入一团迷雾，把脑子里面自然的水分蒸干，使人像他们杰出的矮个子总督一样，身形瘦瘦巴巴，脾气暴躁。更有甚者，从一个身材结实的民族，他们像淳朴、用短烟斗抽烟的荷兰农民一样，变成一群尖下巴、烟嗓子、脸皮厚的人。

事实上，善于观察的斯托伊文森特手稿的作者已经说过，在威廉·吉福特执政期间，新阿姆斯特丹居民的性情经历了一种根本的改变，结果就是他们变得爱管闲事，好争论。边境发生的劫掠，他喜欢实验革新的不当爱好，让小个子总督的脾气持续变坏，让自己的议事会一直处在心惊胆战的状态中。议事会对全体民众而言，恰如酵母或面肥对一批食物，他们让整个社会产生发酵。全体公民对于整个城市来说，就如大脑之于身体。他们经受的令人不快的混乱对新阿姆斯特丹来说会是灾难性的。因为，在某些因恐慌与疑惑造成的偶发事件中，他们让新阿姆斯特丹的大街小巷变形扭曲，状况糟糕，让整个城市变得丑陋。

但最糟糕的是，就在这时候，这些此后被称为主权人民的人，像巴兰的驴子，开始变得比骑在自己身上的主人更有觉悟，展现出一种不可思议想要自治的愿望。这是暴脾气威廉"全能成就"的又一个后果。在他钻进古代的垃圾堆所从事的一些有害的研究中，他特别羡慕古代斯巴达人的公众圆桌制度。古代斯巴达人就在这些圆桌上讨论公共话题与感兴趣的问题。这些公共平台就在哲人的学校中，在这儿他们深入探讨政治、道德等话题，进行各种争论。在这里，长者可以学到智慧的根本原理，少年则学着长大成人。"没有什么，"聪明的吉福特合上书说，"没有什么比全民教育对于一个国家的管理更为重要的了。一个好的政府，其根基必须在百姓的头脑中。"这话绝对正确。但暴脾气威廉一向刚愎自用。他想得正确的时候，去做一定做错。在目前这种情况下，他寝食难安，一直到走到新阿姆斯特丹普通民众的中间参与争吵，讨论社会问题。这件事，让他疑惑不已。诚实的荷兰市民，虽然事实上有点爱争论、喜欢斗嘴，但由于经常走到一处，狂饮烈性酒，猛吸烟，蒙蔽了大脑，听五六圣贤高谈阔论，很快变得聪明异常。正如民众在政治觉悟时总是会有的那样，他们开始对政府非常不满。运用变得异常迅捷的观察力，他们发现自己所犯下的一个可怕错误就是沉溺于想象自己是造物创造的最幸福的人，幸运的是，有人让他们相信，尽管情况相反，他们是一群非常不快乐、遭受蒙骗、最终堕落的人。

很快，新阿姆斯特丹那些喜欢说长道短的人自发形成一个在政治上鼓噪的小集团。他们每日聚到一处，对公共事务发牢骚，让自己显得很卑鄙。在各个时代，都有狂热分子抛弃掉更温和更平静的宗教之路，欢呼雀跃围到狂热、嘶吼的集会上。现在，人们以同样的热情，蜂拥至这样一些不快乐的集会上。人天生就不满足、贪婪，可以想象出各种理由难过，像愚笨的修士，我们痛打自己的肩膀，而且看起来特别醉心于听自己的抱怨声。这不是似是而非的说法。日常经验会表明这些细致观察的正确。如果一个人自我想象经受了灾难，呻吟不止，要想给他安慰，让他振作起来，不啻是在演一出闹剧。没有什么比让一个处在幸福巅峰的人变得悲惨可怜更为容易的了，正如拉一个人到教堂的尖顶是一件难以完成的事，但一个小孩子就可以在那里把一个大人推翻。

在我提到的贤人聚集的大会上，睿智的读者马上就会意识到这是今天非常普遍称作群众大会的贤达人士集会最初的萌芽。所有的懒汉闲人以及"地主乡绅"都在这样的集会上找到了归宿。这些人像松散地挂在社会背上的破衣服，随时会被集会上的任何风声吹个东倒西歪。补鞋匠放下摊位不管，匆匆赶到集会大讲特讲政治经济；铁匠抛掉自己的手艺，让炉火自生自灭，而他们自己则在集会上吹风打气，煽动起派系斗争的火焰；甚至于那些裁缝，虽然只是割个碎片，打下补丁，干的是下九流的活计，但他们忘记了去丈量自己的尺寸，转而来参加集会，衡量起政府的作为。现在只需要五六份报纸，五六个爱国的编辑，就可以把公众的觉悟点亮，让整个新荷兰省喧嚣起来。

我还需要提下，这些大众集会一直在一个很出名的小酒馆举行。这样的地方总会是最适宜的政治活动温床，里面处处温和的溪流，让各种派系强大、生长。据说古日耳曼人有一种对待重大问题的方式。他们先在醉酒的状态下，商讨重大问题，其后在清醒的状态下，对这个问题重新考虑。这种方式让人羡慕。精明的美国民众，不喜欢在一个问题上意见不一，在醉酒的时候就做出决定，并付诸实施。通过这种方式，一大批冷静沉闷的揣测被摈弃掉。但普遍认为，人在醉酒时会看到重影，所以很自然的结论是，人在醉酒时看到的是清醒的邻人看到东西的两倍多。

第六章

显示党派分立的重要性，以及暴脾气威廉让民众开悟后，他自己所陷入的痛苦的困惑。

有一段时间里，新阿姆斯特丹杰出的政治家们虽然有了拯救国家的宏伟计划，但深受内部不同意见、古怪的舆论矛盾困扰。所以他们经常为了很简单的党派分立问题吵得不可开交，让自己陷入一片混乱。老练的政治家都明白一个事实，政治，如同自然科学，同样需要清楚的分类以及命名。依照这种方式，不同层次的爱国者，依照直系与旁系，观点同与异，进行适当的区分与命名。所以在世界的不同地方形成过不同的通用名称：教皇派与皇帝派；圆颅党与骑士党；鸡蛋大端党与鸡蛋小端党；辉格党与托利党；贵族党与民主党；共和派与雅各宾派；联邦党人与反联邦党人，以及某个叫作贵德的杂合党派。这最后一个党派似乎是前面提到的两个党派杂合产生的。这就如马和驴子杂合生下骡子。像骡子一样，这个党派无法繁衍，只适宜做苦工，注定要既当爹又当妈，在棍棒的驱打下辛苦劳作。

这种区分的最大好处显而易见。有多少执着努力辛苦劳作的爱国者，知识受到政治词汇的限制，如果不是被安排到某个党派里，就从不知道自己头脑里想的是什么，也从不知道如何去思考某一个问题。所以他们会遵从直觉判断，这样让整个群体常常陷入意见一致。这点，许多优秀的作家已经清楚地证明，对于一个共和团体的繁荣是毁灭性的。我就常常见到美国本意良好的建国英雄，大为困惑，冒着右倾的危险，不知道要不要对有些人和措施发表自己的见解。直到突然想到辉格党和托利党这块旧的试金石，才消除了自己的困惑。这两个名称与今天党派的密切关系，就如歌革与玛各粗糙的塑像对于在会馆的资助下大吃海龟的伦敦杰出的市议员一样。在任何情况下，主权人民都在利用两党的分立，把这当作一副眼镜。透过这副眼镜，他们惊奇地发现自己能看到比自己鼻子更远的地方，能把老鹰与手锯、猫头鹰与美洲鹫区分开来。

《圣经》中写得好，"马知其主，驴识主槽"。倘若主权人民被套上挽具，稳稳地轭在一处，就会看到他们如何有序和谐地埋头向前，遵从赶车主人的意志，在泥泞不堪的路上艰难跋涉，后面拉着党派纷争肮脏的粪车。看到这一幕，多么令人愉快。我知道国会的许多爱国者，忠诚于自己的党派，无论在何时，都会与党患难与共，但如果党派的称呼没有一个宽泛的定义，这些人就常常纯粹出于无知或良心与直觉的支配，走入对手的行列，与对手为伍，宣扬的观点与自己的党派对立。

所以明智的新阿姆斯特丹人，经历过一段时间的困惑混乱之后，最终回归荷兰人淳朴的本性，冷静地分为两个党派，即方头派与圆臀派。前者意指其成员颅骨不够圆，而这被看作是绝顶天才的标志。

后者指其成员缺乏真正的勇气，或"圆臀"。此后人们就用这个术语称呼此派的成员。我敢说，今天我们这个伟大城市里的任何两个党派的所有政治家都不可能说出比上述两个党派的分歧点更重要更本质的东西了。

实事求是地讲，这些名称—我不屑于再说什么其他的东西——不是像过去的"薄裤"与"韧裤"之分一样只是奇思幻想心血来潮的产物。他们的源头可以追溯到某些荷兰哲学家深奥科学的推理。简言之，这两个名称是人相学家拉瓦特宣扬的精妙体系里的信条与基本原则。拉瓦特郑重其事地认为智力高低常在鼻子长短，缺陷多少深藏唇弧眉弓。研究头骨学的高尔博士，在头颅突出的地方找到了善与恶、激情与习性的大本营与据点。他认定无赖笨蛋拥有天才的头颅。阿姆斯特丹学院的解剖学教授佩特鲁斯·坎珀博士研究的线筋膜，通过调节上下颚的相对位置，控制一切。所有这些都表明古代的一些说法，比如猫头鹰是最聪明的动物，大饼脸表明一个人天赋异禀、美艳动人，都正确无误。最后，我们看看希金博特姆教授的臀部学。这个学说指出了人的屁股之所在与智力之所在之间令人讶异的密切关系。这种观点通过所有年龄段老师开展的实验得到验证。老师们发现，在使学术认知敏锐方面，后天的努力不可思议地有效。他们同时发现，把知识灌输进头脑最快速有效的方法就是把知识用锤头砸进屁股里。

就这样，新阿姆斯特丹居民中觉悟了的那部分人舒舒服服进入各种不同的党派，为了共同的利益，竭尽所能。他们分别聚集到不同的啤酒馆里，喷云吐雾，相互表达着难以调节的敌意，这既支持了国家的发展,也让酒馆主人赚了个盆满钵满。有些派别在情绪上比其他派别激进,开始用荷兰语中能找到的许多难听话以及诽谤性的恶语互泼污水。每一个党徒都虔诚地认为自己侮辱政治对手的人格,消耗其钱财都是为了国家。但无论党派之间意见有多么不同,在一点上两党观点一致,那就是对政府吹毛求疵。对于政府采取的每条措施,无论其真确与否,都会横加指责。由于总督独立行使权力,又非通过民选,他的决定不会倾向于哪个党派,所以这两个党派对于总督的措施是否有效,总督治下新荷兰省是否繁荣昌盛,都不感兴趣。

"郁闷的威廉·吉福特!"斯托伊文森特手稿的贤明作者这样感叹道。威廉·吉福特命中注定要一面与太过精明不会掉入陷阱的外敌争斗,一面还要统治太过聪明难以管理的民众。他对抗敌人的所有远征都遭受挫折,化为泡影,而他所有保民安定的措施则受到民众的百般指责。他曾提议征召一支能战的部队,加固城防,但民众,也就是说,那些游手好闲、没有什么好怕的人立刻警惕起来,大声叫嚷自己的利益受到威胁,说一支常备军就是一大群蝗虫,会把所有人的口袋掏空;说他们是政府手中的铁棍;说政府握有军队,不可避免会膨胀,变成专制统治。他常常把准备工作一推再推,直到危急关头,才匆匆召集几个散漫的闲人,而这种做法遭到嘲讽,民众认为其软弱无能,把公众的尊严与安定视为儿戏,把大众的钱花在毫无意义的事情上。他也曾采取通告这一经济的退敌之策,却遭到扬基人的嘲笑。他也曾希望以不予来往的方式退敌,但自己的属下不理睬,并反其道而行之。无论他向哪个方向走,他都会受到五六位卑鄙的酒馆政客组成的"许多可尊敬的集体"递交的请愿书的围攻，为这些请愿书分心费神。所有这些请愿书他都读过，更糟糕的是，所有的请愿书他都会着手处理。结果，他的措施慢慢改变，没有一项得到过很好的推行。他倾听民众的不同声音，努力做好一切，事实却是什么都没做成。

但我并不是说他会和蔼地接受这些请愿与干扰。因为这样的说法与他的暴躁脾气格格不入。相反，在他的整个生命历程中，从来都是谁给他提建议，他就跟谁急。但我曾经说过，一个情绪急躁的矮个子，像小船上支了张大帆，很容易就会倾覆或被吹离航道。这在吉福特总督身上得到很好的体现。虽然他的脾气暴躁如老萝卜，头脑里永远都是疾风骤雨，但从来都会听进最后一条吹进耳朵里的建议。幸运的是，他的权力并不是谄媚的民众给的，当时的民众还没有提名自己行政首脑的大权。但他们，像一群名副其实的暴民，想尽各种办法参与到公众事务中，不停责难自己的总督，高谈阔论，发请愿书刺激他、责备他，指出他的过错，让他有火发不出，像一小帮节日的骑马师，在操纵一匹不很走运、奔放不羁的乘用马。所以威廉·吉福特在整个当政期间，可以说整日不是忧心忡忡，就是从头忙到脚。

第七章

边境战争的种种骇人故事；康涅狄格强盗明目张胆的暴行；东部近邻联盟会的崛起；暴脾气威廉的衰落。

意志坚定的史家常常处在危险、意外、不幸之中。有一种危险，虽然我异常敏锐，对我的同类有满满的善意，却可能无法逃脱。在我用好奇的手虔诚的心在旧时腐朽的遗存中梳理搜寻时，我可能会经历顽强的力士参孙所遭遇的事。这位力士在拨弄一具狮子的遗骸时，惹来一群蜜蜂，围着他的耳朵嗡嗡乱叮。所以我意识到，如此详细地把杨诺基，或叫扬基人的劣迹讲出来，十有八九会冒犯他们那些不够理智的子孙带有成见的情感。他们肯定会飞出来，在我这颗不幸的秃脑门上嗡嗡作响。而我可能需要阿喀琉斯或愤怒的奥兰多的坚韧的护甲保护自己免受他们的叮咬。如果真的发生这样的事，我会真的非常难过，不是为自己遗憾冒犯了他人，而是为这个伪善无情的时代执迷不悟的堕落，我说什么，他们都会气恼。善良、诚实、易怒的先生们，如果你们的曾祖曾经以卑鄙的手段对待我的曾祖，看在上帝的分上，你们说我能忍得住吗？我很真诚地说，对不起，我一千次地希望你们先人的行为能好上一千倍。但在我记录历史上的这些神圣事件时,我不会一丝一毫歪曲这些清清楚楚的事实,尽管我敢肯定我的整本书可能会被康涅狄格的那些普普通通的猜字游戏者买去烧掉。请允许我告诉您,我的主人们!这正是我们这些公正无私的史家被派到地球上的使命之一。我们来此是为了申雪冤屈,匡扶正义,惩罚犯罪者。所以,一个民族可以无礼地对待自己的邻居,一时间里免受惩罚,但早早晚晚,会有史家站起,炙烤他们的良心以做回应。所以你们的祖先,我相信,在对新荷兰省可敬的百姓拳打脚踢,让他们不幸的小个子总督无计可施时,一定不会想到有一天像我这样的史家会站起来还击他们,让他们为自己的恶行加倍偿还。唉!一说到这件事就让我血脉偾张!我的头脑中有一个伟大的想法,那就是把你们的祖先,在我的每一张纸上,切成肉末,做我的晚餐!但我对他们的后代怀有深厚的感情,我忍住。我相信,如果你们认识到我完全有这样的能力,我可以用自己的笔,一挥而就,让你们的祖先统统消失,你们就知道你们该赞誉我的公正与宽宏大量。现在恢复平静,冷静公正地继续我的历史旅程。

  古代非常熟悉神话故事的智者说,在罗马主神殿的门口,有两个大大的酒桶,一个装满了祝福,另一个装满了灾祸。看来后者一定是被人安上了一个龙头,酒水淹没了不幸的新荷兰省。除了各种让暴脾气威廉恼火的事,东部的邻居对边境的不断侵扰掠夺对本就脾气火暴的威廉无疑是火上浇油。在早期的记录中我们仍然可以找到很多这类事情的记述。因为前线的指挥官在表明自己的警惕性与军人风范时从不马马虎虎,他们不断派人向后方传递各种抱怨,恰如忠实的奴仆不停跑到客厅,把厨房里发生的口角和鸡毛蒜皮向主人汇报。

富有激情的小个子总督听到所有这些英雄壮举，总是怒不可遏。而他的属下也都喜欢听这些故事，并且很轻易就相信这些前线的传言，一如目前我的同城乡亲会每天读报纸上满篇的滑稽故事，相信英国人从海上入侵，法国人在岸上扣了货物，西班牙人在应许之地路易斯安那侵权等等。所有这一切都证明我前言非虚，那就是觉悟了的民众喜欢生活在悲惨的境地中。

但我绝不是在说我们可敬的先人愿意沉浸在毫无根据的恐慌中，相反，他们每日都遭受残酷的折磨。从民族尊严与荣耀的信条看，每一件都足以给他们理由，把整个世界变得敌对混乱。

从记录下来的一大堆苦涩的冤案中，我这里选出几个最为残暴的案例，请读者诸君判断，我的先人有没有正当理由勇敢回击。

1641年6月24日。几个哈特福德人纯粹出于仇恨或偏见，把一头猪从公有地上抓走，其后，把它饿死在猪圈里。

7月26日。前面提到的英国人又一次把西印度公司的几头猪从希科优克赶走，送到哈特福德；他们每天都会用自己能想到的方式责骂、抽打、痛击当地人。

1642年5月20日。哈特福德的英国人粗暴地割断受人尊敬的公司一匹马的绳子，将其偷走，这匹马当时正拴在公用地上。

1643年5月9日。几匹在公司的土地上吃草、属于公司的马被几个康涅狄格或哈特福德人劫走，牧马人遭到这群人斧头棍棒的毒打。

　　16日。他们又把属于公司的一头小猪卖掉。这头猪此前在公司的土地上吃草。

　　哦！你们这些强盗！这桩桩暴行哪一件不会让贤明的吉福特勃然大怒！一封封信，一次次抗议，一遍遍通告；糟糕的拉丁语、更烂的英语、粗俗的荷兰语在这些不屈不挠的扬基人身上都用尽了，但仍无济于事。在威廉·吉福特统治时期，除了他的拥护者——坚定的号手范·考利尔之外，只有这二十四个字母坚守岗位，成了他可以调遣的常备军。号手安东尼在勇敢的威廉热血沸腾、怒不可遏时，并不总是躲在他的主人身后，而是像公共安全的忠实卫士与战士，每一条新的消息传到，一定会在城墙上用悲惨的音调吹起他的小号，让全城人陷入极大的恐慌，让他们一年四季每时每刻不得安宁。这也使人们对他无比崇敬，他们给他钱花、溺爱他，就像我们付钱纵容让我们不得安宁吵吵嚷嚷的编辑一样。

　　东部的情况现在变得比以往任何时候都更为恶劣。我请大家注意，一直以来新荷兰省主要受到其东部近邻，住在康涅狄格的人，尤其是住在哈特福德的人的骚扰。从旧时的一些记载来看，哈特福德一直是这些强悍匪徒的据点。他们从这个地方动身，大胆侵入新荷兰省，把恐惧和破坏带到我们可敬祖先的粮仓、鸡窝、猪圈里。

　　到了1643年，居住在东部地区马萨诸塞、康涅狄格、新普利茅斯、纽黑文等定居点的殖民者聚集到一起，召开了一次重要的会议。会上他们好多天里吵吵嚷嚷，恰似一窝蜜蜂在嗡嗡叫着开政治大会，最终他们结成一个强大的联盟，名为新英格兰联合殖民地。通过这一联盟，他们承诺在任何危险和攻击面前相互支持，在抗击周围野蛮人（其中无疑包括生活在曼哈托斯离他们最近的我们的先人）的所有攻击与防守时相互协作。为使联盟更强大、更协调，每年召开一次大会，大会代表从各省选出。

收到这个强大联盟成立的消息，暴怒的威廉大为惊恐。以往收到令人失望的消息时他会跳起来，但这次平生第一次听到这样的消息他没有跳。依照一位可敬的历史记录者的观察，新阿姆斯特丹贤明的行政人员都特别注意到了这点。事实上，威廉当时在头脑中把自己在海牙读过的所有关于联盟、联合会的书籍都过了一遍，他发现东部的这个联盟完全是模仿了著名的近邻联盟会。在古希腊，各个邦国通过这样一个联盟实力大增，地位达到最高峰。想到这里，威廉心跳加快，开始为自己曼哈托斯帝国的安危担忧起来。

他坚持认为这个联盟的所有目的就是把荷兰人赶出自己美丽的家园。如果有人怀疑他的推测是否站得住脚，他总是会勃然大怒。老实说，我不认为他的这个怀疑完全没有根据。因为就在这个联盟第一次于波士顿召开的年度大会（吉福特总督称其为真正古典联盟的德尔弗斯）上，就有很多针对荷兰人的措辞严厉的控告。他们指责荷兰人在同印第安人从事的非法交易中交易"枪、弹药、烈性酒，这种交易极其卑鄙，对于殖民者非常有害"。但其后，他们自己总是把这些卑鄙的武器卖给印第安人，过后自己先发制人，结果伤害的只有这些非基督教的野蛮人。

这个强大联盟的崛起对于踌躇满志的暴脾气威廉是一个致命打

击。许多人注意到，从那天起，威廉再也没有高昂起头，看上去一直垂头丧气。所以此后他的统治并没有给史家提供充足的素材。我们发现这个联盟继续扩大势力，威胁要征服强大但毫无防备的新荷兰省。与此同时，威廉·吉福特则持续不断发送通告抗议，向敌人开火，恰如意志坚定的小个子船长，多次转舵，发射短炮，袭击水龙卷，意图将其打散，但结果却似发射了多发空弹，毫无效果。

这位满腹经纶、贤明达观却倒霉透顶的小个子总督记录在案的最后一份文件是写给近邻联盟会的一封长信。信中他道出了心中的苦闷，责骂纽黑文或红山人不讲礼貌，蔑视他对他们侵占荷兰至高无上的君主疆域的抗议。这封信是书信体的范例，其间简练的格言、古典的隐喻，应有尽有。我的史书只允许我把下面这些深奥的段落摘记在这里："自然，当我们听到新哈特福德的定居者指责我们，这就像是听到《伊索寓言》中的狼指责小羊，或大声告诫邻居的那位小孩呼喊妈妈与邻居对骂'哦，妈妈，骂她吧，不然她会先骂你的'。从上面这些话中我们受教，我们毫不意外收到我们写给纽黑文居民的抗议信这样的反馈：雄鹰总是瞧不起小甲虫。然尽管如此，我们依然要通过正义的武装以及正当的手段毫不畏惧地坚决捍卫自己的权利，并且会毫不迟疑地执行上级给我们的明确指示。"为了表示这最后一句并不是空口威胁，他在信的结尾勇敢地向整个联盟提出抗议，指责他们擅自入侵，干涉别人的事务，因为他们举行会议的地点纽黑文，或称红山，他声称就是新荷兰省的领土。

正史中关于暴脾气威廉当政的记录到此为止。其后，新荷兰省麻烦不断，困难重重，陷入一个混乱时期。威廉似乎在这一段完全被忽略，从严谨历史的指缝中永远溜走。事实上由于这样那样我无法知晓的原因，史家们也似乎要合力让他的大名湮没无闻。为此，他们一个个甚至从不提及他的功绩。虽然这些胆小鬼邪恶的共谋让我失望，但我很怀疑追随这种观点的史家中是否有一两个人会大胆站出来，质疑我记录在此的这些已经确定无可争辩的事实，让他们冒险一试吧。因为我敢拿性命保证我的记录里没有一丝诽谤煽动成分，没有与这部纯净无瑕的历史任何相悖之处，我已尽我所能将所能叙述之事尽书纸上，但我绝没有对其中任何一位人物取得的辉煌名声进行一丝诋毁，就算这些事迹的数量像圣人高康大那么多。而据真实可靠的历史记录，高康大的神奇成就写满了整整七十万公斤的纸张。

声名显赫的吉福特执政晚期的经历模糊不清。对此我甚为关切，因为他是一位伟大的小个子。他是把通告退敌之策介绍到新荷兰的第一位执政者，他用号手、风车保卫国家。他开启了经济、仁慈的战争模式，自此以后，这种模式复兴，受到极大欢迎。如果这种模式发挥最佳效果，不知道该省去多少钱财麻烦，免去多少流血冲突，减少多少炸药发现、鱼雷发明。他的一切值得我们彻底了解。

在早期的殖民省中，确实有些诗人。其中新荷兰省就有很多，他们利用暴脾气威廉神秘隐退的素材，虚构出了很多故事，说他像罗慕路斯一样升到了天上，变成一颗闪闪发光的小星星，位置就在巨蟹座左边的大螯上。另一些诗人想象力同样丰富，宣称他的结局就像古代贤王亚瑟。古代的吟游诗人言之凿凿，亚瑟王后来被带到了一个美丽的仙境，一直到现在还凡尘不染、活力十足地生活在那里，并将会在未来的某一天回来把可怜的古英格兰从那些卑鄙无耻、傲慢无礼、诡辩骗人的内阁成员手中解救出来，把圆桌骑士辉煌壮丽的时代人们尊奉的勇敢、荣耀、纯洁正直重新带回人间。

但所有这些只是令人愉快的幻想，是做梦的无赖诗人编织的幻象，我相信明智的读者绝不会相信。我自己也不会轻易相信一位古代真实身份可疑的史家的说法。这位史家断言，有着奇思妙想的威廉自己建的一个风车被风吹到，他自己被风车砸死。后来又有一位作家言之凿凿威廉死于一场奇妙的实验。这个实验他尝试多年，始终未能成功。他爬到自家阁楼的窗子上，想在燕子尾巴上洒上一些盐水把它们抓住，但没有成功，就此摔下，折断脖子而死。

最可信的一个传说，我也愿意相信这个说法，是以一种非常隐晦的方式传下来的。依照这个说法，边境烦忧不止，朝内阴谋不停，威廉头脑中的规划源源不断，各种纪念会、请愿书、抗议信，各种主权人民可敬的会议上提出的好计良策，连同自己执拗的议事会一定与他的每一条意见相左且总是做出错误选择，我要说所有这些，把威廉的头脑变得熔炉一般发烫，让他一刻不消停，直到最后，他脑汁绞尽，就像抽烟很凶的荷兰人家传了三代的烟斗，终于灰飞烟灭。脾气急躁、颇有雅量的暴脾气威廉以这样一种方式身形销毁，像一盏光亮微弱的油灯，慢慢油尽灯熄。所以当冷酷无情的死神将他的最后一点光亮扑灭时，他已经几乎形骸无存。

第四篇

本篇叙述彼得·斯托伊文森特统治初期的情况,以及他与东部近邻联盟会的冲突。

第一章

本章表明伟人之死并不是如此令人悲痛的事;彼得·斯托伊文森特如何以出众智慧赢得巨大声名。

如我一般思想深邃的哲人,乐于透彻参悟世事,而普通民众常常止于一知半解。一个简单明了的事实是,伟人之死,无足轻重。虽然我们自视甚高,尽管我们能引来百万民众的空口称赞,但毫无疑问我们中最杰出的人事实上也只占据了这个世界微不足道的部分,而即使这微小的空间也在空出来时很快被填补上。文辞典雅的普林尼曾说:"人生来来去去,所为何事?世界就是戏台,场景、演员不停变换。"哲人言之凿凿,莫过于此,但我只是不明白,如此睿智警言何以存世既久,而世人从未放在心上。一代代圣贤,前赴后继;英雄凯旋,步出战车,让位于后来英雄;最得意的君主结局也不外"他与父辈长眠,其继位者取代其统治全国"。

窃以为,世人很少在意自己的损失,如果由世人自便,他们会很快忘记损失,不再难过。虽然常有人形象地说,伟人去世,举国痛哭流涕,但十之八九,除了一些食不果腹的作家用凄哀的笔触描绘,当此悲痛之时,流泪的只是个别人。承担这份哀恸的只有史家、传记作者与诗人。这些郁郁寡欢的侍从，像英格兰的送葬人，在葬礼上扮演主角，让国人发出其从未发出过的哀叹，让举国为其从未想过要流下的眼泪淹没。此时爱国作家在散文、无韵诗、有韵诗中哭泣哀号，收集公众悲伤的泪水，汇成哀悼的卷册，就似放入一个泪瓶，而他的同胞很可能仍在吃吃喝喝，弹琴舞蹈，全然不知有人在以他们的名义沉痛哀悼，就像在讼案中被原告当成了对头的某甲某乙，而他们也乐得在不同场合坐实这样的讼告。那些曾荡平多国的英雄，战绩赫赫，功耀千秋，如果没有史家垂青，

仁慈地将其声名传颂后代，可能会被遗忘在自己功勋的垃圾堆里。虽然英勇的威廉•吉福特手中握着整个殖民地的命运，为其担忧，为其奔忙，为其焦虑，但我很是怀疑，他的万代名声会不是因为这本可靠的史书。

他的逝世并未在新阿姆斯特丹市及其周边地区引起什么震动。诗人们愿意让我们相信，英雄不幸离世，会有山摇地动，星辰陨落，岩石（那些硬心肠的流浪者）化为泪水，树木默哀垂头，但在吉福特去世时，这些都没有出现。太阳晚上上床休息，像往常一样睡一个长觉，第二天起床，笑容灿烂，如同它过去未来的每一年的每一个月的每一天一样。每一个善良的新阿姆斯特丹人都说吉福特总督是个忙忙碌碌、生龙活虎、爱吵爱闹的小个子总督，说他是"新阿姆斯特丹的缔造者"，说他是"上帝最高贵的作品"，说"他是一个男人，归根结底，他们再也找不到他这样的人"。此外，还有各种感人至深，所有伟人去世后都会得到的市井评论。之后，大伙就抽起烟，把威廉忘在了脑后，彼得•斯托伊文森特接替了威廉的职位。

彼得·斯托伊文森特是新荷兰省的最后一位总督，像大名鼎鼎的沃尔特·范·特维勒一样，他也是所有新荷兰省总督中最出色的一位。沃尔特超越了他的所有前任，而彼得，或像那些旧时喜欢把名字依照自己的习惯称呼的荷兰市民所称叫皮埃特，可以说后无来者。如果不是命运女神克洛索、拉克西斯、阿特洛波斯，这些强势、完美、无情的神仙老姑娘们决意要让这里的所有人走入无法摆脱的困扰，他注定是天地选来挽救这个省份的绝望命运的人。

仅仅称他为英雄对他其实是最大的不公。他事实上是众多英雄的集合体。他身材瘦削，但身体强壮，就像英勇无敌，痛击小个子特洛伊人的埃阿斯一样；他的双肩壮硕，就算分担阿特拉斯双肩擎天重任的赫拉克勒斯都愿意把自己的护甲（他的狮子皮护甲）给他。他更像普鲁塔克笔下的科里奥兰纳斯，不仅臂力惊人，而且声如洪钟，听起来就似发自一个水桶。如同科里奥兰纳斯，彼得对于主权人民的权利不屑一顾。他这强硬的一面足以让自己的政敌心惊胆战。除了这孔武有力的外表，彼得更有一个令人意想不到的优点。我惊讶荷马与维吉尔在描述自己的英雄时，竟然都没有为他们添上这样精彩的一笔。荷马的《伊利亚特》，维吉尔的《埃涅阿斯纪》，也可以把卢肯的《法萨利亚》算在内，其中英雄战伤、疤痕无数，但与彼得相比，都显得微不足道。彼得的优势是一条令人触目惊心的木腿。这是他在为国英勇而战所得的唯一奖励。但他为此自豪，常常自称把这条木腿看得比其他所有的胳膊腿都更重。事实上，正因为他看重自己的这条腿，所以他大胆地用银器把这条腿装饰镶嵌起来，以致在不同的历史和传说中都说他有一条银腿。

如同易怒的勇士阿喀琉斯，彼得时常情绪冲动，这也经常让他身边的支持者和助手非常不愉快。他马上就会察觉到他们的反应，然后就会依照他仿效的伟大的彼得大帝的做法，拿自己的手杖在他们的肩上点一点。

但我最欣赏的是他与著名的查理曼大帝的众多相似之处。虽然我无法证明他曾经读过柏拉图、亚里士多德、霍布斯、培根、阿尔杰农·西德尼或者托马斯·潘恩的书，但他在行政策略中不时表现出的机敏和睿智，让人很难相信这是一个不懂希腊语，从未研读过古人书籍的人。的确，我不得不承认，他对于尝试有一种非理智的厌恶，喜欢以最简单明了的方式治理他的省份。虽然古往今来的哲人思想给予他帮助，也让他困惑，但比起他那位学识渊博的前任吉福特，他治下的新荷兰省一直井然有序。我必须同样承认，他仅制定了为数不多的法律，却使这些律令得到严格公正的推行。我说不清楚，但社会公正在他的治下整体上来说得以实现。看起来每年都会颁行的无数法令条例，却容易日日被人们忽略忘记。

他的确与他的两位前任完全不同，既不像"犹疑者沃尔特"那样平静迟钝，也不像"暴脾气威廉"那样焦躁烦乱。他是一个行事决断、与众不同的人，或者更确切地说，总督从不征求或接受他人的建议。面对任何困难危险，凡事全靠一己之力决断，一如古代英雄，只手独闯千难万险。简单来说，除了总是认为自己正确，他可以说拥有一位优秀的政治家所有的天赋，因为没有人能否认他总是依照自己的想法行事，如果他自认是正确的事，他会坚持不懈让其正确。多么优良的品质！因为对于一位统治者来说，比起在正确的事情上犹豫不决、反复无常，能坚持自己的错误、持之以恒一定让他们更有尊严。这点确定无疑。我慷慨地将这一准则公之于众，为的是让在风中瑟瑟战栗，不知向何处去的大大小小的立法者，找准方向。依照自己意愿行事的统治者一定能让自己快乐，而考虑照顾他人幻想与希望的统治者，会有谁也无法讨好的危险。静静立着的时钟，坚定地指向一个方向，每天的二十四小时里一定有两次是准确的，而其他人则可能会持续犯错。

彼得这种有雅量的美德自然逃不过新荷兰百姓的敏锐观察。相反，他们高度赞扬新总督的特立独行、敏捷多识，一致称他为"硬派皮埃特"或曰"老顽固彼得"。在他看来，这无疑是对他的赞美。

尊敬的读者，如果我的所有前述仍无法让您认识彼得·斯托伊文森特这样一位强硬顽强、勇敢无畏、洞明世事、精力充沛、神采奕奕、胆识过人、宽宏大量、固执到底的"开国"老总督，那你的理解力还真是令人不敢恭维。

我的文笔欠佳，无法描画出这位最杰出的总督的所有特点。他于1647年5月29日开始执政。这天狂风大作，足以在史书上留下浓墨重彩的一笔，流传下来的说法，称那天为"暴风雨星期五"。由于他注重个人形象，看重自己的职务，因此上任当日就举行了盛大的就职典礼。大名鼎鼎的沃尔特·范·特维勒那张很讲究、专为这种场合准备的橡木椅子派上了用场，恰如苏格兰的朔内（Schone）为君主加冕精心准备了座椅、宝石一样。

我不得不说，当时天气风暴将至，加之又是被称作"绞刑日"的周五，这些不由使一些年长开悟的居民忧心忡忡，带来种种无端恐惧。几位粗通占星算命说、深解其中奥秘、在本地颇有些名声的老妇人直接断言，所有这些可怕征兆预示着本届政府将带来灾难。可叹这一预言得到应验。古代先贤、统治者重视通过梦境、幻觉、飞鸟、落石、鹅叫所得到的超自然的暗示，今时通晓神谕的老女巫（愚以为，她们是古代占卜文化的传承者）认真记录解读星坠、月食、狗吠、烛光明灭。所有这一切都毫无疑义地证明，预言也是智慧的体现。可以肯定的是，斯托伊文森特总督就在这样一个动荡不安的时期接任总督一职。此时，外有强敌环伺，内有无政府主义者与顽固的反对派肆无忌惮。荷兰君主的权威，虽然建基在荷兰人宽厚的不侵犯他人的愚蠢想法底线上，虽然有着经济基础，有言论、抗议书、通告、旗杆、号手、风车的保护，却动荡、飘摇、东倒西歪、摇摇欲坠，并最终被英国侵略者推倒在尘土中，一如高大壮丽由木板瓦搭起的高塔终有一天会在轻快的西北风吹送下在我们面前轰然倒塌。

第二章

本章讲述老顽固彼得如何在内忧外患中开始履职，以及他在对付近邻联盟会时，犯下的一个让他后悔的错误。

伟大的彼得在当政道路上迈出的最初几步，就展现出无限智慧，尽管这些事并没有引起曼哈托斯居民的赞叹，也没有让他们感到担忧。彼得发现自己不断遭到对立派的阻挠，他的那个议事会，成员大都在威廉当政时养成了些不太合理的思维习惯，只为自己的利益说话，他们提出的高明建议也让彼得烦恼不已。为此，他当政后立即决定终止这些恼人的杂音，一朝立起权威，马上把暴脾气威廉爱争论的内阁中所有爱管闲事的阁员踢出了议事会。他从那些身体肥胖、爱打瞌睡，在犹疑者沃尔特宽松的统治下繁荣起来一直蛰伏着的有声望的家族中选择了一些阁僚取而代之。他为这群人配备上充足的长烟斗，时常让他们用公款大吃大喝，劝他们为了国家的利益只管抽烟、吃饭、睡觉。与此同时，他把政府的所有重担扛到自己的肩上。对于这样一个安排，他的所有阁僚都开心地咕哝一声，以示认可。

不仅如此，他还令人讶异地拆掉了他那位博学多识前任的精巧发明和保卫城市的应急措施,拆掉了威廉竖起的像高大的巨人一样护卫着新阿姆斯特丹城墙的大旗杆与风车,把所有炮台里的假炮扯了个稀巴烂,将威廉专利发明——把无所事事的游手好闲者从臀部吊起的绞架——连根拔起。一句话,他把赞丹的那位不朽圣贤的整个哲学、经济、风车系统完全颠倒过来。

老实的新阿姆斯特丹人开始为他们英勇无敌的号手安东尼的命运担心。这位号手在过去曾因胡子漂亮、吹得一手小号而受到城里女人们的青睐。老顽固彼得命人把他带到自己的面前,从头到脚打量着,面上的表情可以把除了一位铜号手之外的任何东西镇住。

"请问你是谁?做什么?"他问。

"长官,"另一位毫不吃惊地答道,"从名字说,我叫安东尼·范·考利尔;从出身说,我是我妈的儿子;以职业看,我是战士、卫士,守卫新阿姆斯特丹这座伟大城市。"

"那我倒奇怪,"彼得·斯托伊文森特道,"你一个市井无赖,如何受到众人赞誉景仰?"

"报告长官,"号手道,"像许多先辈们一样,我只不过吹吹小号而已。"

"哦,是吗?"总督问道,"何不吹来让我们欣赏下。"

于是,安东尼把小号放到嘴里,吹起一段冲锋号。初始音调铿锵,震颤人心,节奏欢欣,只要在一英里之内,足以让人心跳到嗓子眼。此时的彼得,像一匹久经沙场但此刻在和平时期的平原上驰骋玩耍的战马,偶然听到军乐奏起,支起耳朵,喷鼻撩蹄,兴奋激昂,他那颗勇武的灵魂听到这激越的号声,顿感欣悦无比。对于他,真的可以说像传记中所描述的著名的英格兰圣乔治一样,"在这个世界上,听到战鼓声,看到士兵挥舞钢刀所带来的愉悦,胜过一切"。

彼得再次审视这位结实的范·考利尔,目光更温和了些。发现这位肥胖矮小的人天性快乐,言语机敏,决断干脆,气量无比,他立马对他表现出无比的欣赏,将他从繁重的戍城报警岗位调离,此后让他一直待在自己身边,让他成为自己最喜爱、最信赖的特使以及心腹。此后,考利尔不再用可怕的号音扰乱城市,而是接受总督的命令,在总督用餐时,像过去繁荣的骑士时代的游方艺人一样,专一吹号取悦总督。在所有公共场合,为了让人民保持一种高贵勇武的精神,他也会吹奏军乐,让大众快乐。总督还做了许多或好或糟的调整和变革。所有这些因时间关系,我无法详细尽述。我只能说,他很快就设法使本省人民感到他是这儿的主人。他对主权人民加以严苛管理,让所有百姓无论在家在外都不敢谈论政事。这样一来,派别分歧、政党不和几乎被遗忘,许多生意兴隆一时的酒馆饭店生意尽毁。

事实上,本省的公共事务这时处在紧要关头,也需要极强的警觉和敏锐。强大的近邻联盟会曾给倒霉的吉福特带来无数烦恼,如今他们仍在继续扩充军力,意图把东部所有的公国强权都团结起来。就在斯托伊文森特总督到任的第二年,一个代表罗德岛大种植园主的庞大代表团从普罗维登斯(这一城市以尘土飞扬的街道和美女闻名)出发,谋求能加入近邻联盟。

下面是目前仍然留存的当时申请加入这一杰出人士团体的申请信:

威廉·哥廷顿先生与罗德岛帕特里奇海军上校谨向盟会主事书面提交下列请求——我们代表罗德岛提出这一请求,我罗德岛居民愿与其他新英格兰殖民地联盟,永结牢固睦邻友好联盟,抵御外敌,共进共退,在一切为双边安全福祉的正义事业上相互协商,互相帮助。

威廉·哥廷顿
亚历赞大·帕特里奇

我承认一看到这份可怕的文件,就不禁为自己可爱家乡的安全忧心。尽管"亚历山大"这个名字被错拼为"亚历赞大",但这个名字在每一个时代都代表战争。虽然他温和的姓氏"帕特里奇"在某种程度上让这个名字变得温和,但整个名字仍然像猩红的颜色,恰如同吹响了战争的号角。而且,从信的风格以及这位高贵的亚历赞大·帕特里奇海军上校在拼写自己名字时像任何军人一样对于正字法的忽视,我们可以想象这位罗德岛的强悍军人恰如埃阿斯再世,臂力惊人,身材魁梧,但在其他方面(毫无蔑视之意),又似一位曾接受过学识渊博的色雷斯人教育的治安警察。亚里士多德曾严词诋毁色雷斯人,让我们确信,他们连四个数都数不出来。

但无论这个著名的联盟是否会构成威胁,彼得·斯托伊文森特绝不会让这样的不确定形势以及模棱两可的状况一直持续下去。他最喜欢的就是直面危险,把威胁置于自己的掌握之中。所以他决定把所有新荷兰省边境上的这些小规模掠夺行为做个了断。他给近邻联盟会写了两三封言辞直截了当的信。信中没有糟糕的拉丁语表述，也没有使用狼、羊、甲虫、飞蝇等措辞修饰，但其效果却比他那位学富五车的前任所有煞费苦心写就的书信、抗议书、通告加到一起都好。在他的急切提议下，近邻联盟贤明的议事会同意平息民怨，最终解决边界问题，从而实现新荷兰省与近邻联盟两强之间的永久和平与稳定。为此，斯托伊文森特总督委派两位使者前往近邻联盟议事会与议事会主事谈判。就此一项条约在哈特福德市正式签署。收到和平条约签署的消息，整个新阿姆斯特丹市欣喜若狂。健壮的范·考利尔吹起小号，欢快的号音整整一天从阿姆斯特丹要塞的城墙上不断传来。入夜，整个城市除了总督家门前点起的一个大油桶，还点起二百五十支牛油蜡烛，灯火通明，民众狂欢庆祝。

至此，我敬爱单纯的读者，也一定会像伟大善良的彼得一样，为这一主张取得成功而暗喜。彼得欣喜自己再也不用为马被偷、头打破、猪被扣以及其他令人难过、令边境战争蒙羞的惨事所困扰。但如果读者耽于这样的期待，这只能像读本书的过程中很多次已经证明的那样再一次证明，读者对于国事一无所知。读者的这种无知让人难过，迫使我在下一章中要深入论述一下，提请读者注意。在其中，我要说明彼得·斯托伊文森特已经犯下了一个极大的政治错误。协约换来的和平实际上危及了新荷兰省的安宁。

第三章

包含各种关于战争与和谈的理性思考,表明和平条约为国之大患。

诗人哲学家卢克莱修认为,战争是人的本初状态。在他看来,人原本就是凶猛的野兽,一直与自己的同类处于敌对状态,只是社会化使人的残暴收敛,得到改善。学识渊博的霍布斯持有相同的观点。许多圣明的哲人也认可并支持这样的观点。

在我来说,我非常欣赏这些赞美人性、很有价值的推测。这些推测判断精妙,让作者读者都成了野兽。但在战争这一问题上,我希望一分为二地看问题,相信贺拉斯的话,那就是虽然战争也许是我们的先祖原本最喜欢的娱乐、最费力的营生,但像其他许多好的习惯一样,战争这个习性虽然没有很好改善,但人类却通过改良教化使其得到改善,让其变得更有效率,在向现代哲学的制高点完美状态靠近的同时,使战争的规模同样得到扩大。

人与人最初的冲突纯然依靠体能,并不借助任何兵器。胳膊就是盾牌,拳头即是狼牙棒,打个头破血流就是遭遇中的大灾难。其后,这种只依赖体能的打斗被粗糙的石头棍棒战斗所取代。战争显现出血腥的一面。随着人类改良的进步，人的各种能力提高，知觉变得更加敏锐，人杀害同类的技能也迅速变得更为精妙老到。人发明出千种防御进攻武器，头盔、胸甲、圆盾、长剑、飞镖、标枪，让人防止受伤的同时还能发起攻击。再往后，在人精明博爱的发明中，人类的防御能力、杀伤能力得以扩升。带火的箭、弩炮、投石机、石弩，让战争变得既恐怖又显得崇高，通过增加战争的破坏力，增强了赢得战争的荣誉感。然而人仍不满足，虽然装备的武器看起来已经到达毁灭性发明的极限，造成的杀伤与人类复仇的欲望几乎相当，人类仍在更深入地探究残忍的奥秘。他狂热地钻进地球深处，在有毒的矿物与致命的毒盐中辛苦劳作，发现了尖端武器火药，让世界燃烧起来。最后，还有通过宣战进行战争的可怕手段，看上去让战争恶魔无处不在、无所不能。

人只依赖自己的手，但这很重要！这事实上表明人类智慧的力量，证明将人与低等动物区别开来的理性天赋多么强大。未开化的野兽仅仅满足于上苍赋予它们的本能。愤怒的公牛会像它的祖先一样用牛角顶撞；狮子、豹子、老虎只懂得用利爪獠牙血腥地发泄愤怒。就连灵活的蛇也只会同大洪水前它的先人一样，喷吐一样的毒液，运用同样的花招。只有人类，天生一副发明头脑，做出一个又一个发现，不断增强、扩大自己的破坏力，妄取原本属于神的巨大武器，让创造发明助自己诛杀同类。

随着战争手段的发展，维护和平的手法也在同步发展。但我在这个真正说理的章节的前半部分已经毫无目的地长篇大论一番，下面我不再追溯历史上维护和平的手段，以免我那些耐心但不会去深入探讨的读者疲倦。我只想说，在我们这个奇迹与发明的时代，我们既发现了宣战是最恐怖的战争引擎，也发现了通过长久和谈维护和平的手段。而后者与前者相比，精妙不差分毫。

因此，和约，或更准确地说，和谈，依照经验丰富，对这些事务有透彻了解的政治家们的理解，已不再是包容差异、确定权益、建立公平和善交流机构的尝试，而是成为势力双方互相讹诈、相互欺骗的角逐。和约就是运用和平手段、政治内阁的欺骗行为攫取好处的狡猾阴谋，若非如此，一国只有通过武力才能攫取这些好处。这就如明目张胆拦路抢劫的劫匪改了路数，变成善良友好的让人尊敬的公民，把以前公开使用暴力抢劫的财产，改为通过欺骗邻居得到一样。

事实上，只有当和谈在进行、条约尚未签订的时候，两个国家才可以说真正处于友好和睦状态。这时，许多条条框框尚未达成一致，双边的意愿没有规定约束，唤醒人的本性中对于权力强词夺理的猜忌还没有具体限制，双边都希望谈判对自己有利，都期待能从对方身上获益。这样一来，两国间大方友好，恰似两个流氓在讨价还价。高官们互致最高敬意，互换充满爱意的书信，言辞交流中甜言蜜语，外交中暗送秋波、卖弄风情、互相抚慰等小伎俩全部用上，目的只是要努力使双方都快乐。因此可以自相矛盾地说，两国之间有一点误解就会达到最好的相互理解，只有当彼此没有什么和约的时候，才是两国关系在世界上最友好的时候。

我是一个普普通通的人，更是一位最直截了当、不会装腔作势的史家，所以我不会马上把上述政治发现的功劳归为己有。事实上，很长时间以来，一些开明的内阁已经在悄悄实践这样的策略。这个策略，连同各种其他知名的理论，都是从一位杰出的绅士所写的一本普通的书中偷偷抄袭来的。这位先生曾为国会议员，深得国会几任领袖的无比信任。这个原则中所含有的神奇智慧在最近几年延长谈判时间、终止谈判的做法中得到了展示。所以在任命大使的时候有一些圆滑的技巧，比如找一些爱挑剔的人，他们擅长拖延、诡辩、曲解，精于颠倒黑白；或者就找个不靠谱的政客，届时他所犯下的愚蠢错误和误解都可以成为拒绝接受和约的借口。所以也才有我们政府在派遣两位大使时非常喜欢采用的很知名的手段。往往派出的两个人都有自己的个人意愿要考虑，个性迥然，都有各自的利益要盘算，要他们两位达成和谐一致，就如同要只有一位情妇的两个男人、只有一根骨头的两条狗、只有一条裤子的两个裸身流氓达成和谐一致一样难。所以这种意见不一一直妨碍谈判，让谈判拖延下去，结果谈判得以顺利进行下去，因为谈判永远没有可能结束。除了时间，这些拖延阻碍不会带来什么损失，而依照我揭示的道理来看，在谈判中浪费时间其实也是在争取时间。现代政治经济的秘密中就是有这么多令人愉快的悖论。

到这里，所有我提出的道理已然众所认同，这让我都不好意思再浪费读者的时间谈论他们已经很多次直面的问题。但我急切要他们关注的是这样一个命题，那就是和谈虽然是所有国家交往中最和谐的事，但和约却是一个巨大的政治毒瘤，一颗战争的种子。

在我的一生中，我见过的任何一个个人之间的特殊契约都会引起嫉妒、争执，甚至常常使人与人之间彻底决裂。我从未听说有哪两个国家之间签署的条约没有让两国的关系陷入困境，麻烦重重。有多少多年和平共处、同舟共济的相邻国家，就因为签署了一些倒霉的边境栅栏、河流划界、牲畜越界等问题的协议，一下变得相互猜疑指责，进而反目成仇。又有多少怀有善意的国家，原本可以一直温和相处，却在错误的时间为巩固睦邻友好关系签署条约，只落得要为违反了条约或曲解了条约而打起架来。

和约充其量只是在利益需要时才会去遵守。结果事实上受约束的只有弱势一方，或换句话说，和约根本就没有什么约束力。如果战争无利可图，没有哪个国家愿随意发动对另一个国家的战争，所以不需要和约去约束一个国家使用暴力。根据我所见证过的国家正义行为，我很怀疑如果战争有利可图，是否有什么条约能牢不可破，不会被战争的利剑穿透。而且我相信和约中十之有九，恰恰就是发动战争的借口。

因此我可以明智地断定，虽然一个国家最好的政策是不停与邻国谈判，但假如被哄骗着签订了条约，则是犯下了最愚蠢的错误。因为随之而来的就是条约不履行，违背条约，然后是抗议，抗议带来争执，随之是反击报复，接下来是相互指控，最后是开战。概言之，谈判犹如求爱，此时蜜语甜言，百般承诺，温情相顾，深情拥抱，待到婚姻大礼行过，相互敌视开始。到此结束这一虽有教益却深奥难懂的一章。

第四章

彼得·斯托伊文森特如何遭到对手东部英国强盗们的强力诋毁，以及他为此采取的行动。

我辛苦努力的读者中，很少有知觉像甲虫一样迟钝的人。如果他们在我上一章的推论中，不太感到迷惑，毫无疑问，马上就会意识到伟大的彼得在与其东部邻居签署和约的同时，也在政治上犯下了一个严重的错误，表现得有点异端。由于这一份不幸的协议，其后招致无可指责的斯托伊文森特与邪恶的近邻联盟会之间关于边界越境、争执、再谈判、吵嘴等小小的麻烦。在所有这些事件中，我以一位公正的史家的名义断言，不对的一方总是近邻联盟会。所有这些事给原本友善朴实的曼纳哈塔（或称曼哈托斯，但更常见的名字是曼哈顿）市民原本平静的生活带来不小的干扰。但事实上这些事本质上和实际上下流卑鄙，像我这样的史家，不愿把时间花在记录王朝的兴衰、世界的变革上，不愿浪费宝贵的笔墨记录这些事。

虽然我不屑于记录这些琐碎的事，但我已刻上深深皱纹的眉与颤抖的手告诉我，时间有多么宝贵。读者一定想当然地认为彼得一直在准备这些大规模的流血战斗，认为我很快要讲述，东部边境那些臭名昭著的康涅狄格强盗们一直在制造小范围的肮脏可耻的投诉、欺骗，小范围的冲突、蚕食、混乱、劫掠。但就如神圣无畏的吉诃德先生这面骑士精神的镜子一样，我要把这些微不足道的冲突留给未来的史家"桑丘·潘萨"，而我要保留精力与笔墨，记录更为高尚的人取得的成就。

伟大的彼得这时断定，他在东部的工作已经完毕，接下来他只需尽心为自己深爱的曼哈托斯的内部繁荣而努力就可。虽然为人谦逊，彼得还是不禁炫耀自己最终关上了雅努斯神殿的大门，如果所有的统治者都不追求流芳百世，这扇门再也不会被打开。但这位贤明总督的得意很快就烟消云散，因为刚签过和约，纸上墨迹未干，奸诈无礼的近邻联盟会就开始寻找新的借口，煽动起不和谐的火焰。

接下来记述的事情，卑鄙无耻，厚颜至极，让我在记述的时候不禁感到反胃。1651 年，近邻联盟会议事会无端指责灵魂高洁、心性刚毅的彼得，指责他曾通过派送各种礼物，做出种种承诺，煽动纳拉甘西特的莫哈克人与佩克特的印第安人偷袭和屠杀英国殖民定居点的人。因为，这个议事会不怀好意地说："这些印第安人从不同的地方迂回着围住英国殖民地。他们似乎在曼哈托斯对抗英国人的荷兰人那里喝多了烈性酒，或他们是从荷兰人那里得到了酒。他们在荷兰人那里身心都得到了极大的鼓舞。"为了支持自己无理的指控，他们调查了几个印第安人。而这些印第安人都发誓证明事实确凿，好像他们像这些有信仰的强盗所做的一样做过这样的事。而为了保证他们能说实话，聪明的议事会明白"酒后吐真言"这句老话，预先把这些人灌了个烂醉。

我的先人在当时曾受到无赖扬基佬的多次伤害。曾祖父的牛轭和他最好的赛马被偷；在一次边境战争中，曾祖父被打肿了双眼，打破了鼻子；爷爷还是个孩子时，出门放猪，曾遭绑架，被康涅狄格一位身材高大的小学校长严酷鞭打。尽管遭受了这许多伤害，但我会原谅并忘记所有这些不义行为。我甚至可以容忍他们明目张胆打破爱沃特·达科林斯的头，踢勇敢的雅各布·范·克里特的屁股，把他与他的那队衣着褴褛的士兵从要塞赶走，把荷兰人的猪抓走，把荷兰人鸡窝里的鸡蛋掏个干净，而不受任何惩罚。但对现代史上这样一位最勇敢、最无可指责的英雄进行攻击，放肆、邪恶、罕有其匹，让我无法接受，一下就让史家失去耐心，让我这样一位荷兰人忍无可忍。

哦，我的读者，这是荒谬的！我向您发誓这一指控是荒谬的。如果您对我的文字有一点尊重，如果我在这本书中一直坚持的对真实坚定不移、无可怀疑的追求对您产生应有的影响，您就不会相信这样的诋毁。我以我的人格与信誉向你们保证，英勇的彼得·斯托伊文森特与这一邪恶的阴谋无关。不仅如此，他宁愿把自己的右臂甚或他的木腿放到慢慢燃烧、永恒存在的火焰中烧毁，也不会想尽办法，甚至公开宣战而去摧毁敌人。让那些以这种诋毁阴谋玷污他坦率名声的卑劣之徒去死吧！

彼得·斯托伊文森特也许从未听说过游侠骑士，但他拥有一颗像亚瑟王圆桌旁骑士的真正骑士灵魂。他天性勇敢，虽举止粗犷，但其间发散出高贵、仁慈、坚毅。这些品性一起毋庸置疑地显现出他那颗果敢的灵魂。事实上，他是自然之手匆忙之间雕琢出的骑士英雄，虽未经进一步精细雕琢，但已经是自然女神神功创造的奇迹了。

但无须用什么花哨的语言（这是我特意要在历史写作中避免犯的错误），伟大的彼得绝对拥有骑士精神所颂扬的七大高贵品德。虽然他从未读过什么书来提高自律、修养，但我坚信自然女神一定把这些品质埋藏在了他心灵的某个角落。在这里，这些精神与他其他的坚毅品质一起生根发芽，如许许多多甜美的野花，在顽石利岩间绽放、盛开。这就是老顽固彼得的灵魂。如果我对这一高贵灵魂的倾慕在此时改变了我的叙述风格，改变了辛苦记述历史事件时史家应有的冷静、庄重，我请大家原谅。虽然我只是一位身材矮小、头发灰白的荷兰老头，生命已然快要走到尽头，但我仍然保有一些年轻人在思考古代贤哲的美德与成就之时眼中会迸发出的激情。请善良的圣尼古拉斯保佑！请善良的圣尼古拉斯多多保佑！保佑我躲过令人恐惧的冷漠的侵蚀。这种冷漠已经封冻了世人的同情心，如同一个粗暴的幽魂，守在心灵的门槛，拒绝一切温和，让热情一闪现就即刻瘫倒。

这卑鄙无耻的诋毁一传到彼得·斯托伊文森特的耳中，他即刻采取手段维护自己的声誉。这种方式，就好似他本人已经亲自接受吉诃德先生的教诲多年。他立刻派遣自己英勇的号兵兼侍卫安东尼·范·考利尔，命他日夜兼程，前去近邻联盟会传信，表达自己对他们听信这些未开化的异教徒对于一位基督信仰者、绅士、战士人格诋毁的义愤，并宣布，对于这一针对他的奸诈残忍的阴谋，谁做证这是真的，谁就是在撒弥天大谎。为了证明自己，他向近邻联盟会议事会主席以及他所有的同事发出挑战，或者如果他们愿意，也可以推出他们强大的维护者，那位来自罗德岛的无敌战士亚历赞大·

帕特里奇海军上校。他愿意与他们一对一决斗，从而以自己的勇武证明自己的清白。

安东尼·范·考利尔以适当的礼仪传达了这一挑战后，就在整个议事会成员面前吹起挑战的号角，结束的时候他来到帕特里奇海军上校的面前，砰然一响，奏出一个恐怖的鼻音。闻听此音，帕特里奇惊慌失措，几近灵魂出窍。做完这些，考利尔骑上他常骑的那头高大的弗兰德斯母马，欢快地向着曼哈托斯前进。他一路途经哈特福德、匹快格、米德尔顿，以及其他一些边境小镇，高声吹奏着自己的小号。康涅狄格的美丽山谷河岸都回响着他充满了战斗激情的号声。他还偶尔停下，吃吃这些地方的南瓜派，与当地的乡民跳跳舞，与当地的美丽姑娘来一次"绑约"，他那令人心魂激荡的乐器让这些姑娘无比快乐。

但近邻联盟会的议事会成员都是些深谋远虑的人，他们无意与性格坚毅的彼得这样一位激情澎湃的英雄为敌。相反，他们给了彼得一个极为谦逊温和、非常耐人寻味的回复。在其中，他们让彼得相信，彼得的罪行已经得到几位贤人以及可敬的印第安人的证实，这让他们很满意。在结尾，他们用了这样一段非常亲切的话语：

虽然你处否认这一野蛮指控，但在证据面前，否定无足轻重，所以我们仍坚持要求您满足我们的要求，保证我们的安全。陈述完毕。

您的，

寻求正义者

我知道一些东部和其他地区的史学家对此事有着完全不同的记述，他们似乎继承下了自己的祖先对于勇敢的彼得的敌意，但愿这份遗产能对他们有益。我极为鄙视这些文献的强盗，他们只是对露骨的偏见和毫无根据的传说做了些修修补补。他们宣称彼得·斯托伊文森特请求为此成立专门委员会对他提起控诉，并彻查此事，但当专门委员会被指定后，他却拒绝接受他们的调查。这件事部分真确。发现近邻联盟议事会对自己提出的挑战置若罔闻，彼得确实曾勇敢地主动提出把自己的案子交由一个公正的法庭严格调查。但他希望看到的是一个威严的审判庭，里面有文质彬彬的绅士，有联盟殖民地的总督以及联盟殖民地和新荷兰省的贵族。在这样一个法庭上接受同侪们以配得上他的身份与地位的方式进行审问。然而，我不说了，他们派到曼哈托斯的竟然是两个身体瘦弱、充满饥渴的讼棍。这两位骑着纳拉甘西特马来到曼哈托斯，屁股下坐着马鞍包，腋下夹着绿色公文包，就好似要从一个乡村法庭走到另一个乡村法庭，只为找个案子混口饭吃。

骑士般的彼得完全可以不理会这些狡猾的无赖。他们为了要做成案子，四处打探，寻找那些片面的证据。他们不停地盘问、烦扰单纯的印第安人和年长的妇女，直到这些人在他们的诘问中话语前后矛盾，发誓否认自己了解的事实真相，正如在我们正义的法庭上每天都在发生的事情一样。这样，在他们感觉这次差事有了满意的收获后，他们带着自己塞满了闻所未闻的流言蜚语、荒唐故事、无端邪说的公文包与马鞍袋回到了近邻联盟议事会。对于他们所做的这一切，伟大的彼得毫不在意。但我敢说，如果他们敢在暴脾气威廉身上玩同样的把戏，威廉一定会把他们送上自己发明的绞架，吊到空中。

东部近邻联盟议事会在派出的代表回来后召开了一次隆重的会议，但经过对此事长时间的考虑，会议没有达成一致意见，即将休会。就在这一关键时刻，一位身材矮小、爱管闲事、坚持不懈的人物站了出来。他是那种通过鼓动所有人，希望扛起爱国主义的牌子，直到把政治的火炉变得火花四溅、万分火热的人。这种人十分精明，知道大家现在陷入混乱状态，人人除了自己的事情以外什么都要管，所以要得到民众的支持，没有比现在更好的时机。这个喜欢派别纷争的小魔鬼，也可以被称作杰出的政治家，因为他们凭借中伤自己的政敌稳固了自己在议事会的地位。我可以说，他认定这是一个合适的时机，可以打击自己的对手，使自己在新荷兰边界居住的选民中更受欢迎。因为这些居住在新荷兰边界的人，是除了苏格兰边界的贵族外，基督教世界里最大的侵入他人地界的人。所以，如同隐修士彼得再世，这位政客站出来，煽动要对彼得·斯托伊文森特及他深爱的城市发动圣战。

他的这个演讲，依照过去当地的传统，持续了三天。在演讲中，他把荷兰人形容成一群毫无信仰的异端，说荷兰人既不相信巫术，也不相信马蹄铁能带来好运的极大效应，说他们为了利益而不是心灵的自由快乐离开自己的祖国。总之，荷兰人是食人的种族，因为他们周六从不吃鳕鱼，吃猪肉的时候不加糖浆，更不愿吃南瓜。

这个演讲取得了既定的效果。因为议事会的成员被法警唤醒后，揉揉眼睛，然后宣称即刻对这些不信基督的反南瓜主义者宣战是审慎正义的。但大部分人认为有必要对这一对策的实施做准备，因此，在接下来的几个周日，这位小个子演讲者对提出的议题又在布道坛上做了认真的宣讲，真诚地摆到每一位虔诚、信奉并实践温和、慈善、原谅别人带给你伤害的基督徒面前供他们考虑。这是在我们国家第一次听到"教会的鼓"出于政治目的而敲响。事实证明这一做法效果良好。此后，这一做法在我们国家频繁采用。狡猾的政治家常常身披宗教外衣，表面上看似虔诚万分，内心却满是政治图谋。精神信仰与俗世追求怪异地杂合一处，恰如药房架子上放置的毒药与解药。他们塞给单纯信众的不是虔诚的布道，而常常是政治宣传手册。这些贴着圣书虔诚文本标签的政治材料就这样被强推到民众的心中。

第五章

新阿姆斯特丹人如何在武装上强大起来；拥有一支强大军队能带来的可怕灾难；彼得·斯托伊文森特加固城防的措施，以及彼得如何成为炮台的创始者。

尽管如我所述，近邻联盟会在事关荷兰人的诉讼中格外慎重，处理事情的整个过程低调神秘，一如贤明的英国内阁在他们的一次倒霉的秘密远征时所做的那样。但彼得十分警惕，关注着他们每一步计划的准确信息，恰如法国王室关注我刚提到的英国人的所有大动作。他依照自己掌握的情报做出回应，让自己死对头的所有阴谋全部落空。

我知道许多人会怪怨这位固执的老总督行事草率，因为他在没有搞清楚是否必要的情况下就匆忙出钱加固城防，小心谨慎地等着敌人杀到城下。但他们应该记得，彼得·斯托伊文森特并没有洞察力，能一窥现代政治的堂奥，而且他对于陈旧过时的条条框框有着莫名其妙的执念。在这其中，他坚信一个国家要获得他国的敬重，必需先要自强；一个国家应把和平安定建立在自己国力的强大上，而不是依赖邻国的正直与善意。因此他尽心尽力实施自己的计划，要让新荷兰省与新阿姆斯特丹市有更好的防御。

暴脾气威廉时代遗留下来的精巧设计并不多。其中有一项是民兵法，维护公共安全牢不可破的堡垒。依照民兵法，新阿姆斯特丹的居民每年两次要被强制服兵役，所带的武器，随心就可以。征召后，他们就在勇敢的裁缝与女帽制造商的指挥下操练。这些指挥虽然在平时是世界上最温和、最谦逊的小个子，但在练兵场与军事法庭上，他们头戴三角帽，身佩宝剑，变成了魔头。在这些定期成为战士的指挥官指导下，勇敢的民兵队很快掌握并精通了火药的用法。他们学会了向右看齐，向左转，不眨眼拆下未装填火药的明火枪，不吵不嚷整整齐齐转弯，并且可以风雨无阻、毫不畏惧地从城市的一端行军到另一端。到最后，他们勇武异常，可以不用偏头就能打出空包弹，能够在听到最大的鸟枪鸣放时，不用捂耳朵，不会太慌乱。他们甚至可以在夏日的行军中经受疲劳以及各种困难，而不会有人掉队，让队伍变得稀稀拉拉。

事实上，这群天性平和的老百姓并不喜爱战争。农闲的时候，他们往往设法把自己学到的所有军事知识全部忘掉。如此一来，当他们重新走上训练场，他们几乎不再分得清哪是枪托，哪是枪口，并且总是左右肩混淆。但后面的这一错误很快得以避免，他们很精明地在自己的左胳膊上用粉笔做了记号。但无论他们如何犯错，如何笨拙，睿智的吉福特认为都无关紧要，因为他清楚地认识到，对于这些民兵来说，打一次仗胜过练一百次兵。因为就算他们中的三分之二会牺牲在敌人的枪下，只要剩下的三分之一不做逃兵，就能成为最富经验的老兵。

伟大的斯托伊文森特对自己精明的前任巧妙的实验与管理并不是特别认可。在这其中，民兵制度更是让他嗤之以鼻。人们常听他开玩笑说（他时常喜欢开个玩笑）吉福特总督并没有可依赖的人。然而，由于现实紧迫，他不得不退而求其次，采用现有的方式护卫城市，并适时安排了一次大阅兵与操练。哦，你们看！玛尔斯，贝罗娜，所有的司战天神，无论职位大小，都下凡来到了这里！参加检阅的民团兵不是兵，将不是将，各种武器，长的猎枪，短的铳，各式各样大小火枪，有的没有刺刀，有的没有保险，有的没有弹匣，许许多多既没有保险，也没有弹匣、枪管。子弹盒、短皮带、牛角火药桶、剑、小斧、短刀、铁棍、扫帚，所有武器杂乱无章混在一处，就如独立战争爆发时大陆军中的一支队伍。

刚毅的彼得看着这支衣衫不整的军团可怜的样子，就似人见了鬼一样。但他清楚地知道，他只能让最赔本的生意产出最大的收益。于是他决定让他的民兵英雄们加强训练。让他们反复实地操练后，他命令横笛吹出急行军的号令，自己则拖着自己的腿，带领队伍在新阿姆斯特丹的街道上、近郊的田里反复行军，直到士兵们的短腿酸痛，肥胖的身躯汗水淋漓。但这还不够，老总督的尚武精神在横笛之声中蓬勃昂扬，他决心考验一下士兵们的勇气，让他们品尝一下真正上战场的苦楚。于是，在日落时分，他让部队在离城数英里远、以前叫作邦克山的一座小山上安营扎寨，希望借此严肃军纪，第二天继续在野外艰苦训练。但夜间一场暴雨不期而至，水流从天而降，落到了宿营地，这支原本就无法稳定的强大军队在暴雨来临之前就奇妙地消散。因此第二天一早，当太阳神把晨光洒向这座山的时候，除了彼得·斯托伊文森特和他的号手范·考利尔，昨晚在此扎营的所有士兵都已不见。

如果没有彼得·斯托伊文森特的胆识，这次军队的逃散一定会让人震惊。彼得认为这不过就是件小事，虽然此后他更加瞧不起这种民兵组织形式。他开始留意精心挑选优秀的士兵组成卫戍部队。他付钱给这些士兵，并夸赞说他们至少有必要的军人品质：不怕雨。

机警的斯托伊文森特接下来要关注的就是增强新阿姆斯特丹的军力，加固新阿姆斯特丹的城防。为此，他在曼纳哈塔岛的所有河与河之间建起了一条坚固的屏障，长度足有半英里！依照老一辈居民的说法，这一杰出的工程堪与中国的万里长城、大不列颠抵御苏格兰人入侵建起的罗马墙以及浮士德博士提议要借助魔鬼之力建造的环绕德国的铜墙相媲美。

建造这堵墙所用的材料虽然描述不同，但从多数人的观点看，我愿意相信是用优质的松树为原料建起的尖桩篱栅。这既可以保护城市免遭外敌的突袭，也可以防止附近印第安人的侵扰。

有些记载的确把这一堵墙的建造归于稍晚一些时候，但这些都是完全错误的。因为在斯托伊文森特手稿的一份书写于其统治中期的备忘录中，特别提到了这座墙，赞其坚固精巧，堪为杰作，受到附近所有野蛮人的羡慕。而且备忘录中还提到了一次走失的牛群夜闯这座高墙，引起全城震惊的事件。这次事件，让新阿姆斯特丹的所有人陷入极大恐慌，其感受就如古时罗马人遭到高卢人的突袭，费城勇敢的市民在独立战争期间突然发现一队空木桶在特拉华河上漂流而下一样。

但总督的机警更好地表现在他在阿姆斯特丹要塞外围又建起的一处用来保护水道和海岸线的防御工事。对这一防御工事,我曾做过最为艰苦细致的研究,确信其没有依照完整防御系统最早的发明者埃夫拉尔·德·巴乐达科的方式进行设计,也没有借鉴马洛斯的荷兰防御方案、法国人安托万·维尔发明的防御法、弗兰德人史蒂文·德·布鲁、波兰人亚当·德·特里塔克或意大利人萨迪他们的设计方案。

他既没有学习帕甘人的三层防御设计、沃邦人的三层防御体系、谢特人的三层防御体系、赫赫有名的荷兰人克霍恩的三层防御体系(这一防御体系全部用来防御低地与沼泽),也没有借鉴博洛尼亚的弗朗西斯科·马奇设计的一百六十种防御方法。

这个防御工事没有依照阿列恩·曼奈森·梅里特的设计,以多边形构成,有一个内切圆;也不是依照布伦德尔的昂贵体系设计,有四个长长的炮台;也不像丹那·罗塞蒂的设计一样反向建堡垒;不像聪明的圣朱利安一样,设计有掩体暗道;也不像安东尼·德赫伯特建议的那样,设计为角形剖面,有许多碉堡。这最后一位曾是符腾姆贝格公爵的手下,是被称为"狡猾的杰里"的热罗姆·波拿巴的第二任妻子、第一位王后的祖父。

这座防御工事没有依照波西米亚人齐兹卡的天才发明设计棱堡;也没有采用 1480 年阿西米特·巴萨在奥特朗托所用的那样的防御设计;与维罗纳的圣米切利所建议的防御工事不同;也不像斯特拉斯堡的荷兰高级工程师斯贝希所做的那样,处理成三角形;与我们前面章节中所记述的过去在我们这座名城建起后又拆掉的木头棱堡也不一样。事实上，斯托伊文森特总督，像著名的蒙塔朗贝尔一样，对于棱堡根本不屑一顾，但他同蒙塔朗贝尔一样把嵌角形换成了多边形。

他没有用像如今矗立在魁北克的米特拉炮塔那样的结构；也没有像他那位赞丹的杰出前任所做的那样建起旗杆风车，没有设计圆形蜂窝塔，或有两层重型火炮，上面一层大口径装填炮的炮台，这种炮台正是现在用来防御这座毫无防御的城市所建造的。

读者也许会感到惊讶，有如此多的防御体系可供选择，斯托伊文森特总督却没有找到一个适合他的防御工事。只消了解一个简单的事实，就能把这个解释清楚。虽然防御体系众多，但很遗憾，它们都是总督这个时代之前很久远的发明。至于其他的原因，那就是他根本没有考虑这些体系，它们就像一个从未出生或永远不会出生的孩子。事实上，很有可能如果这些体系都摆在他的面前供他选择，依照他的脾气，那个让他被称作老顽固的脾性，他可能依然会在所有的方案中选择遵循自己计划的方案。总之，他不会采用任何过去、现在、未来的方案，他同样不屑去模仿那些自己从未听说过的先人，或他根本不认识的同代人，或他那些他自己连想都没有想过的尚未出生的继承者。他丰富的知识让他明白，最简单的方法往往最有效也最能迅速见效。因此，他赶工用泥巴在海边建了一座庞大的矮防护墙，墙上结结实实地插着蛤蜊壳，就像当时荷兰人在火炉上插满蛤蜊壳一样。

这些在当时并不令人称赞的堡垒，随着时间的推移慢慢长满了怡人的青草三叶草。高高的路堤被枝繁叶茂的悬铃木遮盖住，其间鸟儿雀跃，空气中回响着它们欢快的鸣唱。每到下午，年长的市民到这儿的树荫下抽抽烟，看金色的夕阳西下，思考自己平静走向人生终点的日子；少男少女则会在这些他们最喜欢的地方一次一次月下漫步，彼此不时倾诉爱的誓言，看圣洁的月亮女神把银光洒下，在静静的海湾里轻轻荡漾，照亮滑行的三帆船的白帆。这就是著名的步行道——炮台最初的样子。这个看起来为了战争而修筑的工事，建成后却奉献给了和平时期的甜蜜快乐。这儿是这个衰落时代人们最喜欢的步行道，老弱残疾者有益健康的胜地，风尘仆仆的商人周日的消遣去处，许多孩子赌气跑出家门寻找的景致，市民的乐园，纽约的点缀，美丽的曼纳哈塔岛的骄傲。

第六章

东部邻国人民如何突然遭受邪恶的折磨,以及他们为此采取的明智的根治措施。

勇敢的彼得为新阿姆斯特丹带来了暂时安定,防止它遭受任何突袭。做完这一切,他舒心地吸了一下鼻烟,打了个响指,并不把近邻联盟会议事会,以及他们的维护者强悍的亚历赞大·帕特里奇太放在眼里。如果不是近邻联盟会这个时候突然遇到了大麻烦,成员之间产生了极不友好的纷争,就像古时在希腊爱吵架的勇士阵营中激起的纷争一样,彼得与近邻联盟会之间这场纷争如何发展还很难说。

如我在上一章所述,东部这个强大的联盟已经下定决心对新荷兰省采取敌对行动,强势的殖民地纽黑文,强盛的匹快格城(又名威瑟斯菲尔德,以盛产洋葱与巫师而出名),贸易重镇哈特福德,以及所有其他强大的边境城镇均大声吵嚷,擦亮锈迹斑斑的鸟枪,准备对新荷兰省开战。他们认为这场战争能轻松获胜,自己可以从富庶的荷兰小村庄里得到丰厚的战利品。但是这兴奋的喧嚷却因为马萨诸塞殖民地的一个做法沉寂了下来。马萨诸塞人敬重勇敢的老彼得的胆识，相信他的坦诚以及在为自己辩白时的豪情，所以他们不愿相信彼得会采取极不正当强加给他的那些无耻的阴谋。他们用我永远赞赏的豪爽，宣布近邻联盟议事会的任何决定都不应该约束马萨诸塞议会，逼迫马萨诸塞议会发动其认为是非正义的战争。

这一拒绝参战的决定让马萨诸塞殖民地与其他联合殖民地之间的关系变得紧张起来，争执随之而起，很可能会导致联盟的解体。但近邻联盟会大议事会明白，如果联盟失去马萨诸塞这样一个重要成员，就无法独立存在下去。因此，大议事会只好暂时放弃针对曼哈托斯发动战争的图谋。这个由几个强悍、自以为是、并不协和的部分组成的著名联盟，由一个羸弱的一般性政府松散地维系着团结在一起，其势力与影响力仅限于此。然而即便如此，康涅狄格那些好战的城镇也没有理由去怪怨自己的战争热情被浇了一盆冷水。因为，我相信，虽然近邻联盟的联合势力最终会胜过曼哈托斯强壮的战士，但在眼下，勇猛的彼得以及他忠实的追随者会用匹快格人自己的洋葱把他们的那些胃口太大的勇士消灭，并给其他那些边境城镇一些冲击。我保证这样一来，他们就不会再有胃口在其后的一百年里侵犯新荷兰的土地，哪怕是一个鸡窝。

事实上还有一件事把东部那些善良人的注意力从要开战的想法上转移开。因为就在这个时候，东部受到恶魔进犯，面临极大侵扰。人们发现形形色色魔鬼的门徒潜藏在他们的定居点里。他们不假思索，把这些人视为间谍，危险的敌人。这不是讲寓言故事，据悉，就在这个节骨眼上，不幸的"东部国家"让一大群流氓巫师惹来大麻烦，闹得人心惶惶。这群巫师运用怪异的手段欺骗民众，使民众痛苦不堪。尽管有明文严法规定禁止所有"以魔法或相似手段与魔鬼沟通或联合",但使用黑魔法从事犯罪的活动不断增加,令人震惊。如果不是这一事实得到证明,让人们毫不怀疑,人们的信念几乎都要被改变。

最让人讶异的是,这种长久以来一直让哲学家、占星学家、炼金术士以及其他圣人尽心深入研究而不得其精妙的恐怖艺术,却被这里的一群无知少识、年老体弱、令人生厌的老妇人所掌握。这群老巫婆脑子里除了自己骑乘的扫帚根本不知道其他的什么。她们从哪儿获得的这些可憎的知识,古代法师的著作,埃及人的鬼神学,塞西亚人的箭卜术(以箭占卜),德国人的光谱分析,波斯人的魔法术,拉普兰人的魔法,或是多姆·丹尼尔黑暗神秘洞穴中的档案,这仍是一个让博学之士或聪明之人倍感疑惑的问题,尤其是她们中的大多数完全不熟悉那些神秘的字母符号。

一旦警报拉响,很容易就会陷入慌乱的民众不会长时间等着有人找证据验证此事。拿黄热病来说,一旦盛传黄热病爆发,马上各种头痛、消化不良、坏脾气发作,都被看作可怕的流行病。当下的情况也是如此。任何人只要胆汁过多或出现腰疼的症状,就一定会被认为是被住在附近的不祥老妇人施了魔法,中了她们的诅咒。这种众人厌恶的事不会长时间里无人关注。很快,这件事引起定居点里那些冷静沉着的人的极大愤慨,尤其是那些从前在贵格会与再洗礼教派转化过程中积极参与,显现出极大仁慈的人更是义愤。近邻联盟会公开禁止如此致命而危险的罪行,开始严格监控那些邪恶的女巫。这些人可以轻松认出,因为她们有魔鬼的标签,黑猫、笤帚,哭泣时只会滴三滴泪,而且只从左眼流下。

被指控的女巫数量之多,令人难以置信。"对她们每一个人,"学识渊博,写下《新英格兰史》这部优秀著作的科顿·马瑟牧师说,"我们都证据充分,这里任何有理性的人都不会质疑对她们的指控,换作在其他国家,这样做会是不可理喻的。"

事实上,那位可信而且有见识的史学家约翰·乔瑟林在这方面为我们提供了无可置疑的证据。他说:"没有人乞求政府这样做,但是这儿的巫师太多了。这些大腹便便的巫师还有其他一些人,让这儿产生了许多古怪的幽灵。你能相信这样的故事吗?一艘女人掌舵的小船,漂在海上,一艘大船和一匹枣红大马站在桅杆旁,大船行驶在一个小海湾中,随后突然消失。"

但是,比这群人的数量和他们实施魔法的工具更值得注意的是他们那邪恶的死不回头。虽然人们或郑重或劝导或温情地给予了她们忠告,要求她们坦白罪行,不然就可能因为宗教目的甚至是娱乐大众而被烧死,但她们仍固执地认为自己无辜。这份令人难以置信的偏执本身就该受到立即惩罚,也是她们与魔鬼为伍的有力佐证(如果需要佐证),因为偏执就是魔鬼本身。但是他们的法官公正仁慈,决定不在没有任何充分证据的情况下处罚任何人。这并不是因为法官们需要什么证据以满足自己的看法,因为,像所有公正有经验的法官一样,在进入审判程序前,他们决心已下,对于犯人是否犯罪已经了然于心。但他们仍有必要做些什么让民众信服,让那些以后会犯事,现在来窥视法官会如何处理的人平静下来。简言之,要让所有人满意。哦,所有人,所有人!所有人明白世上的所有人都永远在制造数不清的麻烦。因此，所有杰出的法官，如我本人在这部真实、细致、让人满意的史书中所做的一样，不得不依照要求细查、甄别，让那些从一开始就清清楚楚、已经在他们的头脑中做出判定的证据大白于天下。所以完全可以说，女巫们被烧死是为了当时安慰民众，而审判她们，则是为了满足所有后来人的要求。

因此，看到无论劝诫、充足的道理还是友善的请求对这些铁了心的女巫们不起作用，法官们只好采取更为严厉的拷问。等到从她们严严实实的口中把真相全部掏出，就判定她们承受自己坦白的所犯邪恶罪行应有的火刑。有些女巫甚至偏执到底，受刑不过而死，到死都坚持自己无辜。但这些人被视为是完全中了邪，魔鬼附身，她们的那些虔诚的追随者，站在旁边围观，只痛惜自己没能更年长些，经受大火的炙烤，消失在熊熊火焰中。

传说，以弗所有一次瘟疫流行，阿波罗尼俄斯指出一位衣衫褴褛的老乞丐是造成这次瘟疫的魔鬼，而这位老乞丐也现出恶魔本身，变成一只毛发粗糙的狗，于是人们用乱石打死它才驱走瘟疫。用同样的方式，依照同样明智的措施，东部的人有效地制止了这个日益壮大的恶魔。所有女巫或被烧死，或被驱逐，或被吓破了胆。很快，整个新英格兰地区再也找不到任何丑陋的老妇人。这无疑可以解释为什么那里的年轻女人都特别漂亮。这些地方淳朴的民众逐渐从诅咒中恢复过来，不过还是有人会患上抽筋、各种疼痛等病症，但人们认为这些不过是风湿病、坐骨神经痛和腰疼等并不严重的症状。这样，新英格兰地区善良的民众放弃对神秘科学的研究，把注意力转向贸易伎俩，很快就成为做生意赚钱的行家里手。但从他们的品格中仍然可以看到旧时潜移默化的影响。在他们中间，巫师不断地以各种身份出现，变成了医师、法律专家、神学家。这些人机敏、聪慧、思想深邃，具有鲜明的巫术特征。据说，每当月球上有石头陨落人间，一定有大部分落到新英格兰！

第七章

记述一位英勇的指挥官如何声名鹊起,威名远扬,表明人如同气囊,可以凭空被吹捧,得到大名高位。

在描述这些动荡不安的时期时,那位不知名的斯托伊文森特手稿作者,用了热烈的呼语来赞颂圣尼古拉斯。他把近邻联盟会议事会突然出现的莫名不和以及新荷兰省东部邻国流行的邪恶巫术都归功于圣尼古拉斯的护佑。正是由于圣尼古拉斯的护佑,针对荷兰人的敌对阴谋一时受挫,圣尼古拉斯最喜欢的新阿姆斯特丹市得以避开迫近的危险与致命的战争。黑暗与邪恶的迷信盘桓在东部邻国美丽的山谷之上。康涅狄格河美丽的河岸上不再有欢快的乡村音乐。可怕的鬼魂、不祥的幽灵在空中闪现。游来荡去的魂灵出没在每一条乡间小溪与幽谷中。无人的僻静处总能听到不知从哪里发出的怪声。所有边境城镇都忙于探查、处罚带来这些恐怖景象的通灵老妇人,新荷兰省及其居民被他们完全忘掉。

看到东部邻居当下没有什么好担忧的,伟大的彼得因此把自己那份值得称道的警觉转到关注南部的瑞典人上面,决意要阻止瑞典人对新荷兰省的侵扰。有心的读者会记得,在暴脾气威廉统治的末期，这些流氓海盗已经开始变得十分讨厌。他们无视那位强悍的小个子总督的通告，让无畏的杨·杨森·艾尔本登完全陷入困境。

然而，如我们已经看到的那样，彼得·斯托伊文森特是一位习性与思路完全不同的总督。他毫不犹豫地发布命令，征召一支部队驻守在南部边境，并统一由雅各布·冯·普芬伯格准将统一指挥。这位杰出的战士在威廉·吉福特统治时期得到重用。如果历史记载属实，英勇的范·克里特与他那个破衣烂衫的军团被扬基人毫无人道地赶出好望堡时，这位普芬伯格是当时的副总指挥。由于有这样一个"难忘的经历"，加之他的某一个无法言说的隐私部位受伤比其他士兵严重，此后他被公认为"建立过功勋的"英雄。他确实得到暴脾气威廉的无比信任，并成为其挚友。威廉常常与他一坐几个小时，饶有兴致地听他讲述那些出奇制胜的战斗经历。他从未在这些战斗中赢过。在另外一些殊死战斗中，他做过逃兵。有人曾有一次听吉福特总督说，如果普芬伯格准将生活在古代，他毫无疑问会得到阿喀琉斯的铠甲，不仅仅是像埃阿斯一样成为战场上的勇武狂暴战士，也会成为阿喀琉斯中军帐里的尤利西斯，能言善道。但由于新阿姆斯特丹没有人知道这儿提到的任何一位古代英雄，所以完全没有人否认这样的说法。

淳朴的苏格拉底想起自己的"妻管严"经历，曾比喻说，上天在一些人出生之时赋予他们金子般的思想，有些人得到了银子般的思想，而其他人则被慷慨赠予了黄铜废铁般的思想。如今，伟大的普芬伯格将军无疑是属于这最后一类。从他充分展现出来的才能，我愿意相信有时并不那么公平的老天一定把足以装备十二位普通黄铜匠的黄铜这种宝贵材料都馈赠给了这位将军。但最令人敬佩的是，普芬伯格设法把自己的所有黄铜烂铁冒充黄金给了威廉·吉福特，而后者对于金币毫无鉴赏力，把这些破铜烂铁当作了纯金。雅各布·范·克里特在好望堡失守后，便如同一位身经百战的将军退役，其后便生活在荣耀的光环下。而强势的"黄铜上尉"得到提拔，接替了他的位置。他把这位置看得很重，总是自诩"新荷兰省三军最高指挥官"，尽管实事求是地讲，他的三军，或只是陆军，只是由少数几位制服不齐备、偷鸡酗酒的流浪汉组成。

　　这就是彼得·斯托伊文森特任命的守卫南部边境的战士的特点，读者也许并不是没有兴趣瞥一眼这位将军本人。他个子不高，虽然是个结实的大块头。他的块头大也并不是因为他肥胖，而是因为他腹部鼓胀。由于他自命不凡，自己把自己吹胀起来，因此身材如同老艾俄洛斯无比慷慨地赠予流浪的战士尤利西斯一阵大风时吹起的一个风袋一样。

　　他的衣着也正反映了他的性格，身体外的黄铜红铜几乎与上苍在他思想内储存的黄铜相当。他的上衣横着斜着嵌着条条铜丝，用一条猩红色的饰带绑在了身上。饰带的材质和大小就似一条渔网，无疑是为了防止他那颗勇敢的心挣脱出他的胸膛。他的头、胡须上都打上了厚厚的粉，中间现出一张充满活力的脸，光亮似一个红红的火炉。他的一双大眼睛无神地眨巴着，像龙虾的眼睛一样向外突出，坦荡的灵魂似乎随时要从这里跳出来。

　　可敬的读者，我向你发誓，如果我的描述与这位伟大的将军本人不符，我愿意给出我财产的一半（眼下我的财产尚不足以支付我房东的房钱）请人研究他全身戎装的样子。他身着戎装时，脚蹬及膝长靴，饰带直到下巴，领子立起至耳根，络腮胡子，头戴宽檐三角帽，腰系十英尺宽的皮带，上悬一条长度骇人的战刀。

他这副装扮四处炫耀时，看上去同威名远播的英国摩尔家族的勇士一样神情坚定，似乎也要像他们一样，全副武装，昂首阔步冲去温特利山谷屠龙：

你见过他这副装束

他看来如此勇猛，如此高大；

你可能会把他当作

那埃及的豪猪。

他让一切东西恐惧，猫、狗，所有一切都怕他，

每一头牛、每一匹马、每一头猪都怕他；

它们惊恐，四散而逃，因为它们把他当作

什么异域的豪猪。

虽然这位著名的将军天赋异禀，才能出众，但我必须承认他绝对不该是英勇的老顽固彼得会提拔来统帅自己军队的人。但事实上，在那个时候，新荷兰省并不像现在一样将才众多。像许许多多的辛辛那提人一样，新荷兰省每一个小村里的人管理的是卷心菜，而不是士兵，发号施令的地点是玉米地，而不是战场。他们放弃从军的义务，从事的是更实用但无法获得声名的和平时期的技艺。所以他

们把桂冠与橄榄枝混合一处，原本可以做将军的成了地主，该是上校的成为马车夫，为你钉马掌的也许该是位勇敢的"志愿军上尉"。伟大的斯托伊文森特也从未有机会像当今的统治者一样做出选择。英国那班报纸的社论编纂者也没有在提到这个时期的历史时说到可以用雇佣兵。这一阶层可以由政府雇佣，既可以充当号手、战士，也可以充当保镖。因此，这位令人敬畏的冯·普芬伯格将军能被任命指挥新征召的部队，主要原因是没有人与他竞争这个职位，部分原因是如果提拔一位比他年轻的人，有违军队的传统。伟大的彼得无论如何都不会做这样的事。

这位勇猛无比的"黄铜上尉"一接到进军命令，马上就指挥自己的军队顽强地向南部边境进发。军队穿过荒野沙漠，越过无法逾越的高山，走过激流密林，征服了大片无人居住的乡野，并灭杀无数不很友善，联合起来阻挡他们向前的蚱蜢、蟾蜍和蚂蚁。这后面一项伟大成就，彪炳史册，只有老色诺芬与他的一万希腊士兵那次著名的大撤退堪与之相提并论。到达目的地后，他在南河（又称特拉华河）上建起了一座威严壮观的多面城堡，名为卡斯米尔要塞（FortCasimer），以向总督最喜欢穿的那条硫黄色南瓜裤表达敬意。后面我们会发现这座要塞会发生十分重要而且有趣的事件，所以值得关注。后来这座要塞被命名为新阿姆斯戴尔（NieuwAmstel），是如今繁华的纽卡斯尔（NewCastle）镇的起源地。纽卡斯尔这个名字被错误地换成NoCastle（没有城堡之意）。在这之前此地从未有过任何城堡或类似城堡的建筑。

对于荷兰人的威胁举动，瑞典人并没有坐视不管。相反，新瑞典此时的总督杨·普林茨对此提出严正抗议，把这次的军事行动称为是对自己管辖权的侵犯。但是勇敢的冯·普芬伯格早在暴脾气威廉统治时期就已经对这类通告抗议了如指掌，自然不会被这样的文字战争吓到。他的要塞工事完成后，谁都能从其中窥出他迅速膨胀的野心。他每天要在要塞内外大踏步地走上十几次，检视前面后面，这面那面。然后他会身着戎装，在矮小的防卫土墙上趾高气扬地来回走动几个小时，就像一只爱慕虚荣的雄鸽在自己的笼子顶上来回蹦跳。总之，这个军事要塞很小，也需要保护，这位卑微的指挥官手下只有几十个衣衫不整的士兵，但他穿上新制服，自高自大，如果读者不能用好奇的目光发现这一点，我会很失望，因为我无法对于普芬伯格将军的威风给你们做任何其他准确的描述。

皮尔斯·福莱斯特令人愉快的传奇故事中记载，一位年轻人曾由亚历山大大帝赠予骑士称号，原因是他常常无法自制地跑到附近的森林，用力击打树木，所以亚历山大大帝的所有朝臣都相信他是地球上最强大最勇敢的绅士。伟大的冯·普芬伯格将军也会以相似的方式释放自己的怒气。这种怒气就像风一样，很轻易就无法遏制地在新入伍的士兵中迸发出来，让他们为了鸡毛蒜皮的事吵架，甚而至于斗殴打破头。在这样的时候，当普芬伯格发现自己勇武之火无法遏制，常常会刻意冲到田里，抽出自己整整长七十厘米的宝刀，疯狂地四面乱杀，砍掉一排排卷心菜的头，伐倒密密麻麻被他视为高大瑞典人的向日葵。如果碰巧看到一窝大南瓜挺着个大肚子在晒太阳，他就会咆哮："卑鄙的扬基人，我终于抓到你们了！"一面喊着，一面手起刀落，把不幸的南瓜从下巴到腰腹一劈两半。通过这种战争式的屠杀，他的怒气逐渐得以消解。回到要塞时，常常信念更足，感觉自己就是军威的奇迹。

冯·普芬伯格将军的另一个雄心勃勃的目标是希望外人能看到自己军纪严明。他深知纪律是所有军事行动的保证，所以严格军纪，要求所有士兵列队行进时都要脚尖向外，昂首挺胸，所有穿在身上的衬衫，褶边的宽度都有规定。

有一天，这位将军正在虔诚地研读《圣经》（虔诚的埃涅阿斯本人在外在信仰方面无法超越他），偶然读到押沙龙及其悲惨的结局。这位将军不幸在这一时刻下达军令，要求卫戍区所有官兵把头发都剪成平头。正巧他的军官中有一位老先生，这位强悍的老兵漫长的一生一直珍视自己的一头蓬松的头发。他的头发很像纽芬兰狗的粗毛，发梢辫成夸张的辫子，看起来就像是平底煎锅的把儿。由于辫子贴着头皮辫好，这让他的双眼和嘴半开虚掩着，眉毛被拉到了前额顶端。很显然，任谁有这样一头好看的头发，都会憎恶、反抗这样一项剪发的军令。力士参孙看待自己的头发也不会比这位老先生来得更神圣。所以一接到将军的命令，这位老兵暴怒异常，破口大骂。他发誓谁敢乱动他的辫子，他就敲碎谁的脑袋。他把辫子编得更紧，并在要塞内甩着辫子到处走，就像鳄鱼凶狠地摔着自己的尾巴。

这位老先生的鳗鱼皮辫子即刻成为要塞要处理的最重要的事。总指挥官普芬伯格是一位开明的军官，不会意识不到要塞守军的纪律，新荷兰省军队服从命令听从指挥，整个新荷兰省的安全，乃至荷兰王国最高国家元首各公国统领的尊严与幸福，最重要的是，伟大的冯·普芬伯格将军的脸面,都专横地要求把这根顽固的辫子剪掉。所以具有爱国精神的普芬伯格做出决定,老先生必须当着所有守军将士的面公开把自己引以为荣的头发剪掉。老人坚决不从。于是这位已成为杰出人物的将军大为光火,下令把这位抗命者抓起来,并成立军事法庭以哗变、叛逃以及其他在战争条例中能找到的胡言乱语对其进行审判,最终宣判其"违反军令,留着三英尺长的鳗鱼皮辫子"。接下来多次传讯、审判、申诉、宣判。全国上下为了一条不走运的辫子群情哗然。众所周知,偏远前线哨所的指挥有权依照自己的意愿采取行动。毫无疑问,如果不是这位老兵在懊恼、屈辱中幸运地发烧病倒,并负罪辞掉所有职务,保全了自己心爱的头发,对他最轻的处罚应该不是绞刑就是枪毙。生命的最后一刻,老兵要求下葬时,把他的鳗鱼皮辫子从棺材板上的节空中伸出来,他把自己的顽固坚持到了最后。

这件闹得沸沸扬扬的事为将军赢得不少赞誉。人们赞誉他军纪严明。但据传此后他夜间常做噩梦,经常看到可怕的访客。每到这时,这位老先生的鬼魂就一直站在他的床边,直挺挺恰如一个水泵,而那条大辫子则耀武扬威地翘起来,宛如水泵的手柄。

第五篇

本篇讲述老顽固彼得统治的第二个时期,他在特拉华河上的大捷。

第一章

描绘彼得总督的尚武形象;冯·普芬伯格如何举行盛宴,并为此吃了不少拳脚,却未捞到半点好处。

最可敬谦恭的读者,至此我已经向你们展现了勇武的斯托伊文森特如何在妄想的和平中治理新荷兰省。本省虽然祥和宁静,但这死寂中可怕的战备正在进行。此时战鼓擂响,铜号发出尖厉的音符,充满敌意的武器铿铿锵锵,预示着可怕的灾难即将来临。这位英勇的斗士从舒适安逸,从绚丽的幻梦和纸醉金迷中猛醒过来。曾几何时,"歌舞升平",在美妙的乐曲中,他得以在辛劳后寻求甜蜜的慰藉。此刻,他不再斜倚在佳人诱人的膝上,为自己的心上人编织花环;他不再在自己光亮夺人的长剑上缠绕鲜花,也不再在慵懒绵长的夏日,吟唱情歌倾诉相思散漫度日。男子气概已被唤起,他摈弃暖暖笙歌,将和平的袍子从自己强壮有力的背上脱下,用甲胄武装起自己养尊处优的臂膀。他的额头上,曾经桃金娘舞动,怒放的玫瑰飘香,让人心神荡漾。他举起闪闪发光的头盔,翎羽在其上摆荡。他抓住锃亮的盾牌,晃动笨重的长矛,踌躇满志骑上自己的烈马,胸中燃起渴望,要为光荣的骑士事业大干一场。

且慢，温和可敬的读者！我不想让你们认为新阿姆斯特丹城里有什么勇猛的骑士，身披可怕的甲胄。这只是我们这些夸张的作家谈及战争时用到的崇高而伟大的笔法，以使战争宏伟壮丽、气势磅礴。我们会给勇士们装备上圆盾、头盔、长矛，以及许多其他稀奇古怪、陈腐老旧的他们从未见过、听说过的武器，就像灵巧的雕塑家给现代的将军或者舰队司令穿上凯撒大帝或者亚历山大大帝的服装。前述所有的妙笔夸饰只因为一个简单的事实——英勇的彼得·斯托伊文森特突然发觉有必要擦亮自己早已在刀鞘中生锈的长长宝刀，做好准备经历艰苦卓绝的战争。一想到战争，他那个勇武的灵魂就兴奋激越。

此刻我感觉在自己的想象中看到了他，或者说看到了他好看的画像。这画像仍挂在斯托伊文森特家族的宅邸中，画像上的彼得全副武装，像一位真正的荷兰将军，让人望而生畏。他德国蓝的军装大衣上精巧地点缀着一排显眼的大铜扣子，从腰带一直排到下巴。宽松的下摆边角褶起来，后面气派地分开，显出一条奢华的硫黄色南瓜裤。时至今日，这种优雅的装扮风格在军人中间仍很流行，这与古代英雄的习俗也颇为一致，他们不屑于应付敌人的背后攻击。他的面上两撇黑色的小胡子，让他平添了几分可怖和勇武；头两侧的鬓发由于搽了发油又硬又挺，辫成老鼠尾巴一样细的辫子一直垂到腰际；一些黑亮的皮革支撑着他的下巴，一顶三角帽扣在左眼上方，虽然很小，但仍让人印象深刻，显出勇武狂野气概。这就是老顽固彼得的骑士风范。此时的他突然停下步伐，靠在坚实的支撑物上，那条镶嵌着白银的木腿稍稍靠前，让站姿更显力量；他右手叉腰，左手放在铜柄长剑的圆头上，头英姿勃发地右转；紧蹙的眉头透出一股肃杀之气。帆布画上的他整个显现出的是一个极为威严肃穆的战士形象。接下来我们来看下为什么要做战斗准备。

暴脾气威廉统治时期的编年史中已清楚记载了瑞典人在南河，或者叫特拉华河的入侵部署。这些侵扰一直以来得到的是极端大方的忍让。这种雅量，是真正勇气的基石，或者按照亚里士多德的说法，是真正勇气的近邻。但对方却得寸进尺，侵扰变本加厉。

这些瑞典人假装信仰基督教，但他们是狡猾的冒牌者，连《圣经》都倒过来看。无论何时，如果触及他们的利益，他们就歪解经书中的金科玉律。当他们的邻居任凭一边脸上挨了他们的打，他们通常还会给另一边脸上来一下，不管对方有没有把脸转过来。他们一再入侵，已然成为让暴躁的威廉·吉福特烦恼不已、一直怒气冲冲的原由。不过由于威廉手头上总有一百件事要去做，时机不利，才没有对他们的侵犯采取应有的无情报复。不过瑞典人现在要应付的是一位性格与威廉迥异的首领。他们很快就会为自己的背信弃义后悔，因为他们的做法让这位首领正直的血液沸腾，为其后所有的灾难拉开了序幕。

普林茨，新瑞典省的总督，已故或是已被调离（这一事实存疑），其继任者是詹·瑞辛。这是一位身材高大的瑞典人，若不是他膝外翻、八字脚，可能早就成了力士参孙或赫拉克勒斯式的人物。他贪婪成性，也勇武异常，会使奸计，也会强取豪夺。所以事实上几乎毫无疑问的是，要是他早出生四五百年，他一定会成为一位邪恶的巨人，从摆布陷入困境的年轻女子中享受残忍的乐趣，自己四处游荡时，把她们锁在施了魔法的城堡里,没有梳妆,没有可换的亚麻布衣服以及其他便利设施。由于这些恶行,他们被有骑士精神的人所厌恶,所有忠诚、勇敢的真骑士都奉命去突袭并击杀他们可能发现的超过六英尺高的恶棍。这无疑是巨人族近乎灭绝的一个原因,这些巨人的后代都生长得特别渺小。

瑞辛总督一到任,立刻就把目光投向了卡斯米尔要塞的哨所。他决心正大光明地将其据为己有。决心已下,剩下的唯一问题是如何把这份决心付诸行动。这里我要公正地说,瑞辛展现出领导人物中罕见的慈悲心肠,即使是在现代,除了英国人在哥本哈根的光荣事迹,我从未见过如此人性化的事。他希望避免流血冲突,战争杀伐,仁慈地避开公开表露敌意或采取最常见的围困行动,而采取了一种不那么光明正大,但更仁义的权宜之计——背信弃义。

于是,假借对冯·普芬伯格将军在他新建的卡斯米尔要塞哨所进行礼节性、邻居式的拜访之名,他做了必要的准备,然后郑重其事地沿特拉华河溯流而上,以最讲究的仪式一丝不苟将自己的旗帜展露出来,在到达要塞抛锚停泊前,放了礼炮,向要塞庄严致意。河上不寻常的动静惊醒了一位正在自己哨位上酣睡的荷兰老兵。他想放一枪还礼,但打火石足足打了十分钟,又在自己破旧的三角帽檐上擦了下,都没能把从同伴那儿借来的一杆锈迹斑斑的火枪点火,最后,用烟袋锅里的火花,他终于把火枪点火,放了一枪。事实上要塞应该放炮向瑞典人的致意还礼,但碰巧要塞里的枪炮失灵,弹药库也缺乏弹药。在任何年代,这样的事件在要塞里面都可能发生,当前的这个情况更是情有可原,毕竟要塞才建成两年,而且要塞杰出的指挥官冯·普芬伯格将军整日被更重要的事务缠身。

瑞辛对要塞里这一礼节性的回应深感满意。他再次向要塞致意，因为他知道这些小小的礼节，会让要塞的这位强势而自负的指挥官很是受用。因为他把这些都看作是在向自己的伟大功绩致敬。其后瑞辛庄严登岸，随身带了三十个人。在当时那个蒙昧单纯的时代，对于一个小小定居点的小小总督来说，这个随从队伍既过于庞大，又有些虚张声势。他们完全像今日行进在边防司令后面的一支军队，声势浩大。

如果伟大的冯·普芬伯格脑子里思考的不全是他自己，没有空间允许有其他的想法，随员的这个庞大数目事实上应该能引起警觉。但他认为瑞辛带这么多人到访只是要向他表示敬意。伟人们很容易让自己挡住太阳，用自己的身影把事实真相遮住。

很轻易地就可以想象出来，如此威严的一位人物到访，冯·普芬伯格将军该是多么有面子。唯一让他尴尬的是，如何接待客人才能配得上客人的身份，给对方留下对自己最好的印象。他即刻命令所有的驻守士兵出动，然后把武器和军装（守军只有六整套）平均分配给士兵。一个瘦高个穿了件小个子男人的上衣，衣服的下摆刚过腰间，纽扣处在两只臂膀中间，两只袖子只到臂弯，如此一来他的两只手就像一对大铲子。由于上衣不够大，无法在前面系上，就用一副红色毛绒松紧带做成环形，把两边的衣服连起来；另一位戴了一顶旧的三角帽，别在后脑勺儿上，上缀一丛鸡尾作为装饰；下一位脚后跟挂着一副锈迹斑斑的绑腿；还有一位矮个子短腿的勇士，穿上了将军穿过的旧马裤，一手提着裤子，另一只手握着自己的火枪。其他几位装备与此相像。只有三位相貌粗陋、衣衫褴褛的士兵由于没有衬衫，且只有一条半马裤分给他们，只好被关进牢房，以免出丑。没什么比这件事更能完全体现审慎的指挥官的精明强干，因为这样处理对他自己最为有利。正因如此，我们今日的边境哨所（特别是在尼亚加拉）的士兵，只要游人能看到的，穿的都是最好的军服。

普芬伯格将军的士兵如此英姿勃发地武装起来：没有火枪，肩上扛起铁铲、镐头，所有人受命将衬衫下摆掖好、粗皮鞋提好。将军首先猛喝了一口起着气泡的淡啤酒，就像宽容大度的摩尔家族的勇士在所有大场面上都一定要做的那样，然后自己站到队伍的前头，命令把一块松木板搭建的吊桥放下，从城堡中走出来，恰如一位刚刚从醉酒中醒来的巨人。不过当二位英雄相遇时，他们展开了一场带有战争意味的阅兵式，展现出骑士般的礼节，整个场面让人无法用言语描述。瑞辛，如我此前提示的那样，是位精明强干、长于算计的政客。他诡计多端，让自己看上去比实际年龄更显老练。他一眼就看透了伟大的冯·普芬伯格的统治欲望，因此天花乱坠说些大话来迎合他。

两支军队各自在对方面前集结完毕。他们拿起武器，展示武装；他们立正敬礼，行进中敬礼；鼓声雷动，笛声嘹亮，彩旗挥舞。他们向左转，向右转，向后转；向前进，向后退，梯形编队。他们行进，反转，多人成队，单人一队，小分队行进，一排排，一队队，一列列，疾驰，慢行，迅雷不及掩耳地冲锋。两支伟大的军队进行了包括邓达斯的十八种对抗演习（当时还没有这种东西，他们一定是通过直觉或灵感预想到了)在内所有他们能记起来或想象得出的队列变换。这些战术中有些五花八门、不符合常规的战术演变。这样的战术演练,以前除非在新征召的士兵训练时才能见到,以后也许不会再见。两位伟大的指挥官和他们各自的军队最终一起停了下来,让操练折磨得疲惫不堪。从未有哪两位英勇的民兵团队长,或者说皮扎罗著名的悲剧《大拇指汤姆》中的两位悲剧英雄,或其他任何英勇战斗的悲剧英雄,能像普芬伯格将军一样以率领这样一队一脸无赖相、短腿跛行、偷鸡摸狗的士兵而感到光荣自豪。

军事上的礼仪行使完毕,冯·普芬伯格将军郑重地陪同自己的贵宾进入要塞,陪他参观了整个防御工事,带他看了角堡、外围工事、半月形防御工事,以及其他外围防御;更确切地说,是一些应该建造工事的地方,以及只要他想建随时可以建的地方。他清清楚楚地展示出此地虽然眼下不过是一个小小的据点,但是一个"大有可为"之地,无疑是萌芽状态中的一处坚固要塞。巡视完毕,他接下来命令所有驻防士兵放下武器进行操练,接受检阅。最后,为取悦来客,以示自己军纪严明,他又命人将那三只关起来的"笼中鸟"拖出监牢,带到贵客面前一顿狠狠鞭打。

对于一位指挥官来说,没什么错误比泄露自己的军事实力(或在当下,暴露自己的军事弱点)更加危险的了。我的这个故事讲完,这点就将得到证实。它的道德含义就像烤鹅中放了布丁一样。狡猾的瑞辛表面装作被伟大的冯·普芬伯格的强势完全镇住,暗地里却记下了这支守军的缺点,并将这一信号传给了自己忠实的随从。这些随员彼此会意,使了个眼色,放声大笑,当然是在心里。

视察、检阅、鞭打囚犯已毕,两军转移到了餐桌上。除了治军有方,在其他方面,将军对盛大的娱乐活动,或者说大宴狂欢,最是上瘾,在宴会上大战一个下午放倒的人比他在自己的整个军旅生涯中干掉的都多。这些兵不血刃的胜利仍有许多被记录在案:有一次,将军从战场归来,整个新荷兰省为之震惊。据载那次虽然他像博巴戴尔长官一样,只带了二十个人,却在短短六个月的时间里征服并彻底消灭了六十头牛、九十头猪、一百只绵羊、一万棵卷心菜、一千蒲式耳土豆、一百五十小桶淡啤酒、两千七百三十五袋烟、七十八磅小糖果,以及四十根铁条,除此之外还有各种肉类、野味、家禽和花园里的什物。庞大固埃和他那支吞没一切的军队曾有过这样的成就,此后无人匹敌,普芬伯格将军和他的士兵做到了。这说明只消让伟大的冯·普芬伯格和他的队伍在一个敌国横行,短时间内就能酿成一场饥荒,饿死当地所有居民。

因此,将军刚一收到瑞辛总督来访的消息,马上下令准备一场丰盛的晚宴。他私下派出手下最有经验的老兵组成的一个小分队,将邻近地区所有的鸡窝摸了个遍,让所有的猪圈都做点贡献。这些老兵对这一伎俩早就习惯。这些事他们干起来热情高涨,很快守军的餐桌在他们战利品的重压下开始吱嘎吱嘎响个不停。

我真心希望读者能看到英勇的冯·普芬伯格在酒席上招待客人的场景。这场面值得一看:他得意洋洋地端坐着,他的士兵围他而坐,就像那个著名的酒鬼亚历山大一样,嗜酒成性的品性模仿得最像。他讲述着自己耸人听闻的历险故事和英雄事迹,尽管听者都知道他把牛皮吹上了天,还是举目流露出赞叹的神情,不时发出阵阵惊呼。

将军本人说出的话可能离笑话差了十万八千里,但强壮的瑞辛听到这些,却总将坚实的拳头砸到餐桌上,震得玻璃杯叮当作响,然后一屁股坐到椅子上,放声狂笑,喊叫着这是他一辈子听过的最棒的笑话。就这样,卡斯米尔要塞里一片喧嚣欢腾,放浪形骸。伟大的冯•普芬伯格不停地用酒,短短四个小时,他和自己的手下,那些努力模仿自己头领的士兵,都喝得酩酊大醉。他们放声高歌,痛饮美酒,像是在为独立日干杯,个个好像都有威尔士血统或是正在大法官法庭恳求辩护一样。

到了这时,狡诈的瑞辛和他那些一直巧妙地保持清醒的瑞典士兵立刻对款待他们的主人发起了进攻,把对方五花大绑,然后以瑞典女王克里斯蒂娜的名义,正式占领了要塞和所有的附属地。与此同时,瑞辛要求所有能勉强清醒过来听懂自己话的荷兰士兵宣誓效忠。接下来瑞辛将要塞的一切安顿好,任命自己谨慎而机警的朋友苏恩•斯库茨,一位高大、久经沙场、从不饮酒的瑞典人进行管辖。离开的时候,瑞辛将这支友善的守军和他们那位强势的指挥官一并带走。这位指挥官被狠狠抽了一顿后带到他的面前,此时的他无异于一条"搁浅的鱼",或者是一头冲到陆地上被抓获的浮肿的海怪。

转移要塞的荷兰守军是为了避免风声走漏到新阿姆斯特丹,因为尽管狡猾的瑞辛对自己的计谋狂喜不已,他害怕强大的彼得•斯托伊文森特的报复。在这儿,彼得的名字令人闻之丧胆,就像昔日卑鄙的土耳其敌军听到战无不胜的斯坎德贝格的名字一样。

第二章

讲述了机密如何被蹊跷地泄露；老顽固彼得得知冯·普芬伯格将军的遭遇时所采取的一系列举动。

那位第一个把制造传闻或谣言，说成是只属于女性的人，无论他是谁，都表明此人像猫头鹰一般精明。女性的某些特定的素质确实潜力惊人，尤其是在出于善意忙着操心别人的事情上。为了别人的事，她会不停打探秘密，并且四处闲逛，把这些宣扬出去。任何公开进行的、全世界都知道的事，她从不会太在意；但若是有事情偷偷摸摸进行，想要神鬼不知遮掩过去，她会把女性好奇本色发挥到极致去一探究竟，然后淘气地以妇人特有的快乐将事情搞得世人皆知。正是女性的这种习性让她去一再刺探王室内阁，趴在钥匙孔上窃听参议院议事，当我们值得敬重的国会议员大门紧闭，审慎考虑数种毁灭这个国家的方法时，她会透过裂隙偷窥。正是这一点，使得所有审慎的政客以及耍阴谋诡计的指挥官讨厌女性。她是私人谈判、秘密远征军的绊脚石；她还经常泄露秘密，方法和手段只有女人的头脑才能想得到。

卡斯米尔要塞事件的情况也是如此。毫无疑问，狡猾的瑞辛已经设想到，带走抓获的荷兰守军，他就能很长一段时间内不让这段故事传到勇武的斯托伊文森特耳朵里。但他万万没想到，他的乘虚而入已经尽人皆知。更让他想不到的是，风声是从一个他怎样也不会怀疑的大嘴神招募的号手那儿走漏出去的。

此人名叫德克·斯魁勒（一说斯库勒），一个依赖要塞守军过活的人。他似乎不属于任何一个派系，一副自我放逐、逍遥法外的派头。他是那种漂泊的世界公民，想与这个世界割裂开来，好像自己在这个世上没有什么权利也了无牵挂，只不过像偷猎者和闯入者一样在社群的外围出没。每支守军和村庄里都有一个或几个这样的替罪羊，他们的生活是个谜，他们的存在没有动机，天知道他们从何而来，天知道他们怎样生存。他们的存在似乎没有别的目的，而只为让人知道还有那古老而可贵的懒散。我们这位漂泊的哲人血管里应该流的是印第安人的血，这从他特有的印第安肤色和外表可以看出来，他的嗜好和习惯更能表明这一点。他是一个瘦高个儿，善跑并且跑起来不知疲倦。他通常半是印第安人的打扮，系着腰带，打着绑腿，脚着鹿皮鞋。他的头发发梢打个结，垂挂在耳边，给他平添了不少叛逃者的气质。老话说，印第安混血人三分之一开化，三分之一蒙昧，三分之一魔鬼，这后三分之一清楚地表明他们的随意性。基于相似的原因，但也许同样正确，肯塔基边远落后地区的居民被在密西西比河沿岸定居者称为三分之一是人、三分之一为马、三分之一是鳄鱼，对他们敬而远之。

德克·斯魁勒在要塞守军的眼中就是我们上面提到的这种形象。他被守军亲切地称为"吊带德克"。诚然，他看起来并不对谁死心塌地，跟干活是死对头，丝毫不把什么活计当回事儿。他成天游荡在要塞内外，碰碰运气维持生计，只要有酒就喝个酩酊大醉，手头能顺走点什么就统统顺走。每隔一两天他一定会因为犯了什么小错挨上一顿揍。但由于不会伤筋动骨，他倒并不放在心上，每当机会再来，就毫无顾忌再犯一次。有时犯下大事，他就从要塞溜之大吉，每次都要消失一个月。这期间，他潜藏在丛林沼泽之中，肩上扛支长长的鸟枪，埋伏好了伺机狩猎，或是蹲在池塘边捉鱼，一蹲就是几个小时，像极了那著名的爱啄泥的鸟。等他觉得自己的罪行已经被人们淡忘或是得到了谅解，就偷偷潜回要塞，带着或许是偷来的一捆兽皮或几只野禽，用它们来换酒，这些酒下肚，他就躺着晒太阳，像猪一般的哲人第欧根尼一样享受惬意的慵懒。他是乡下所有农庄的噩梦。他会冲进村里进行可怕的洗劫。有时他在黎明会突然出现在驻地，紧跟而来的是周围村子里的村民，身后紧跟着所有乡邻。他像一只无赖的偷鸡贼狐狸，恶行暴露，被村民们追到了老窝里。这就是德克·斯魁勒，他一向对世人以及他们所关心的事情冷漠，他一直像一位真正的印第安人一样隐忍，不苟言笑，所以没有人会想到他竟会是把瑞辛使诈一事抖搂出去的那个人。

那场酒宴对于英勇的冯·普芬伯格和他小心提防的驻防部队无疑是一场灭顶之灾。欢宴进行的当儿，德克偷偷从一间屋子溜到另一间屋子。没人注意到这个经常在此出没的流浪汉，这样一位一无是处卑劣的人。不过，尽管他少言寡语，但像那些沉默寡言的人一样，他可时时眼观六路耳听八方。在他游来荡去的时候，无意中听到了瑞典人的整个阴谋。德克当即开始合计，自己如何才能拿这事得些

199

好处。他恰到好处地玩了一次两面派,换句话说,他对能捞到的好处都捞了一把,两边的便宜都要占。他把实力强大的冯·普芬伯格的铜边三角帽戴到自己的头上,将瑞辛的一双大大的长筒马靴夹在腋下,赶在要塞里局势明朗、陷入混乱前匆忙开溜。

发现自己已经完全脱身,不会有人追上来,他开始赶往自己的故乡新阿姆斯特丹。从前由于生意不顺,其实就是偷羊被人发觉,他被迫从新阿姆斯特丹匆忙出逃。现下,他在森林里游荡多日,跋涉过沼泽、小溪,游过许多河流,路上遭遇了无数只有印第安人、在边远落后地区生活过的人,或者说魔鬼,才能活下来的生死考验,总算到达了克缪尼帕。此时,他已经饿得半死,像只干瘦的鼬鼠。在此地,他偷了只独木舟,划到了新阿姆斯特丹。甫一上岸,他即刻去见斯托伊文森特总督,开口说了平生最多的一次话,将卡斯米尔要塞发生的灾难性事件告诉了彼得。

听到这可怕的消息,坐在椅子上的英勇的彼得惊得跳了起来,就像坚定的亚瑟王听到"卡莱尔万岁"一样。这一消息让他展现出了"冷酷男爵"不冷静的一面。他一言不发,将正在抽的烟斗狠狠在烟囱背面磕了下,将一大块黑人头烟草块填到自己嘴里,左脸颊鼓了起来。他将自己的宽松马裤卷起,在屋里来回踱起步来,像往常一样哼着一首令人局促不安的西北小曲。不过,像我之前提到的那样,他并不是那种说些无意义大话发泄自己怒火的人。最初的震怒过后,他第一件事就是噔噔地上楼,来到一个巨大的木柜子前,这是他的军械库。他从柜子里取出与前面一章讲到的一模一样的军装。他穿上这套意味深长的服装,就像阿喀琉斯穿上了伍尔坎为他打造的盔甲。在这一过程中，彼得依然不发一言，沉静得可怕。他眉头紧皱，牙齿紧紧咬住，深深地吸着气。匆忙穿戴整齐，他咚咚来到起居室，宛如巨人玛各再次临世。在这里，他把自己一直挂在壁炉上方的心爱的宝剑一把取下来，不过在把剑挂到自己的臀部前，他拔剑出鞘。眼睛在锈迹斑斑的刀刃上扫视时，坚毅的面孔上拂过一丝残酷的微笑。这是过去五周以来笑容第一次出现在他的脸上，但每一个看到这丝笑容的人，都预感新荷兰省很快会有一场恶战！

全副武装完毕，可怕的战争已经在各方面显现出来，他的三角帽也透露出非同寻常的挑战信息。他迅速让自己进入警备状态，派遣安东尼·范·考利尔东奔西跑，到城市所有泥泞的大街，弯曲的小巷，吹起号角召集议事会成员参加紧急议事会。做完这个，他依旧局促不安，像匆匆忙忙干活的人常做的那样，一刻不得安分，在每把椅子上坐一下，从每扇窗户伸头看看，拖着自己的木腿，迈着轻快敏捷的步伐在楼梯上来来回回。我从当时一位实事求是的历史学者那儿得知，屋子里不停咯吱作响的声音像极了箍桶匠箍面粉桶的声音。

紧急号令，又来自这样一位强势的总督，没人敢怠慢。各路贤达纷纷聚到议事厅。勇武的斯托伊文森特雄起赳气昂昂地走了进来，恰如查理曼大帝再次临世，来到他的圣战士中间。议事会成员们坐着，鸦雀无声。他们点上长长的烟斗，镇定自若地注视着总督大人和他的那身戎装。像所有议事会成员应该做到的那样，他们并没有感到不安，也没有现出惊讶。总督大人没有给他们时间从尚未觉察到的震惊中缓过神来，就向他们进行了简短但惊心动魄的讲话。

我很遗憾，没有李维、修昔底德、普鲁塔克等前辈那样的便利。据说，他们手里都有当时最准确的速记员速记下的所有伟大的君主、将军、演说家的演说。由此，他们能丰富自己的历史故事，用令人赞叹的口才取悦读者。缺少这样重要的辅助材料，我没法说出斯托伊文森特总督这次讲话的要义。我们无从知道他是否带着少女般的羞怯暗示自己的听众"战事已迫在眉睫"，有必要来个"两败俱伤"，还是采用了其他手段巧妙组织语言，把可憎的战争话题像现代的政客一样很策略很温和地讲出来，像一位绅士戴上手套摆弄自己肮脏的硝石武器，唯恐弄脏了自己优雅的手指。

但我敢说，依照彼得·斯托伊文森特的性格，他并没有把这个严峻的话题用丝绸和貂皮，或其他令人不快的欺骗性的语句包装起来，而是像勇敢沉着、胆气十足的男人一样，不屑于在言语上示弱，直截了当地说出了自己已经做好准备要去面对的种种危险。可以确定的是，他最后宣布决定亲自率军，到被瑞典人夺走的卡斯米尔要塞把这些瑞典的人头贩子打垮。对于这样勇敢的决定，他的尚且醒着的议事会成员，像平常一样给予了赞同。至于剩下那些，早已在讲话中途昏然睡去（这是他们养成的午后习惯），更是没有丝毫反对。

现在在美丽的新阿姆斯特丹城，处处可见热火朝天准备战争的场景。征兵队四处去征兵，在泥地上拖着长长的大旗。这时这里的街道上都好心地用这些旗铺上，为的是不让那些对玉米敏感的不幸的人难过。他们这样拼命地号召、招徕曼哈托斯及邻近地区各路出身低微的人、流浪汉、衣衫褴褛的人，只要他们有志于每天得到六便士，愿意扬名万代，就可以入伍参加这项光荣的事业。我想请读者注意，跟在征服者后面冲锋的这些喜好战争的英雄，通常都是那些杰出的人物，他们极可能参军入伍，也可能锒铛入狱，不拿起武器去打仗，就可能要被绑在鞭笞柱上。命运女神已经为他们做了公允的安排，要他们做仗剑出征或走向绞架的选择。无论如何，他们的死，对于自己的同胞来说，都是光荣的。

然而尽管做了一切军事动员和征召，应召入伍的人却并不多。温和的新阿姆斯特丹市民不愿卷入与他国或自己门外的的纷争，以免打搅他们世俗的安逸。伟大的彼得此时雄心已被战火和强烈的复仇点燃，看到这点，他决定不再等这些油腔滑调的市民的支持，而是前去召集哈德逊河两岸的部下。这些生活在哈德逊河两岸的人，在丛林荒野中长大，与猛兽为伴。像肯塔基的自耕农一样，对他们来说，没有什么比穿过荒林野地险象环生的冒险和远征更令他们兴奋了。决心已下，彼得命令自己的心腹随从安东尼·范·考利尔把自己的豪华大帆船准备好，装备上充足的补给。考利尔忠实地完成了这一切。打点妥当，彼得像一位真正的、虔诚的总督一样，来到圣尼古拉斯大教堂与公众一起参加祈祷。然后给他的议事会留下不容置辩的命令，要他的议事会统领曼哈托斯的骑士们，管理人事，直到他凯旋。安排已毕，他就溯哈德逊河而上，开始了自己的招募之旅。

第三章

包含彼得·斯托伊文森特沿哈德逊河而上的情节，以及那条著名的河流瑰丽怡人的景色。

此时柔和的南风悄悄掠过大自然美丽的容颜，抚平夏日翻滚的热浪，一片暖意盎然。无畏的彼得·斯托伊文森特，这个有着坚忍和骑士精神的伟人，借风扬帆，启程离开曼纳哈塔岛。他所登上的大帆船，华丽的三角旗无数，飘带五光十色，在风中快活地飘动着，抑或低垂到水流的怀抱。船头船尾依照最稀奇的荷兰风格装饰得漂亮气派：胖嘟嘟光着身子的丘比特，头戴假发，手执花环，那些花儿在哪本植物学书中都没有记载，因为这些花举世无双，在黄金时代盛极一时，此后消失不见，只存于心灵手巧的木匠和帆布印染师的想象中。

彼得·斯托伊文森特的大船就是以配得上强大的曼哈托斯统治者的罕见装饰出发，驶向气势雄浑的哈德逊河中央。大船掀起巨浪拍向大海时，好像停顿了一下，满怀着自豪，仿佛意识到了自己所承载的东西有多么辉煌。

但是请相信我，船员们思索的远非只是眼前之景，在这堕落的今日人们可能看到的只是景。这条大河沿岸依旧野蛮和蒙昧，文明之手还未伸进这儿黑暗的森林，尚未驯服这片土地，频繁往来的商船也没有打扰到这里多个世纪以来悠远而可怖的孤寂。随处可见简陋的棚屋坐落在群山的崖壁上，缕缕炊烟飘散到透明的空气中。这些棚屋建得太高，其间孩童们在高得令人目眩的山崖边嬉戏玩耍的欢呼声，飘到耳朵里几乎都听不到，就如云雀的歌声消失在蔚蓝的苍穹。时见山岩突兀立起，现身其中，羞怯地望着山下河上经过的豪华大船然后甩头向空中，昂起鹿角，跳跃着跑进茂密的丛林。

彼得·斯托伊文森特威武的大船就在这样的景色中行进着。一会儿沿着泽西岩峭壁林立的高地行进，两边的峭壁似永无尽头的大墙，从水面直插到天上，如果传说可信，它们该是法力无边的大神曼涅托在很久以前建造，以此来保护自己最爱的住所免遭肉眼凡胎邪恶的偷窥。一会儿他们又轻快地全速驶过塔潘湾的宽阔水域，此处河岸视野辽阔，景色多姿多彩，令人心旷神怡。这边陡峭的海岬上，树木茂密，虬枝伸向海湾；那边狭长的丛林斜坡，从岸边一路向上，葱葱茏茏，一直长到高处崎岖的峭壁。远望，山崖形成长长的波浪线，将自己巨大的影子投到水面上。不一时，他们又来到几处浅滩。这些浅滩处，视野开阔，就在这些令人称奇的景色中间。大河在这儿窄了些，似乎是要退后一点，以寻求周围群山的保护。这里像是天堂，一派田园风光，处处甜美景象：丝绒般的草地，茂密的灌木丛，淙淙的小溪静静流过芳草萋萋的绿地，河岸上一些小的印第安村落，偶尔现出某个独居的猎户简陋的小屋。

一天一天，每一天的不同时段似乎各有其妙，给这片景色带来不一样的魅力。此时，活力四射的太阳在东方露出了霞光，映红了东部群山的山顶，点亮了大地上千万颗带着晶莹露珠的宝石。河岸上，可见雾霭重重，好像是午夜的胆小鬼造访时受到了惊扰，懒懒地带着愠怒和不情愿往高山上撤退。这样的时刻，天空澄澈，万物复苏，空气说不出来的纯净透明。百鸟争鸣，唱起欢闹的小曲；沁人的微风掠过船上，让行船人好不畅快。不过，当夕阳西沉，沐浴在金灿灿的光芒中，给天空大地笼罩上千种美丽的色彩时，一切归于宁静，万籁俱寂，壮丽动人。此前鼓起的船帆此时无精打采地挂在桅杆上，质朴的水手双臂交叉倚在船的横桅索上，不由自主地陷入冥想，冷静的大自然就这样远望着她最粗鄙的孩子。哈德逊河的宽阔水面平静如镜，波澜不兴，反射着天上的金辉，只是不时有树皮独木舟悄然掠过水面，满载着脸上涂了色的野人。偶有夕阳的余晖从西山洒下，照到他们的头上，让这些野蛮人头上鲜艳的羽饰闪闪发光。

　　但是，当童话般的暮光向周围洒下魔幻般的薄雾，大自然的面容又呈现出千种难以捉摸的魅力。对于希望在造物的杰作中寻找乐趣的有心人来说，这迷人的景象无法言表。处处柔和而暧昧的光线，给朦胧的景色染上了一层虚幻的色彩。人们被眼前的一切蒙蔽，愉悦的双目徒劳地在大片的阴影中寻找着陆地和水域的分界线，或是分辨着那些似乎要陷入混乱的黯淡景色。这一刻，天马行空的想象弥补视觉的羸弱，勤快地创造出她自己幻梦般的形象。在想象的魔杖下，光秃秃的岩石冲着水面的废弃物皱紧眉头，就像高耸的塔和被围困的高大的城堡。树木像是可怖的巨人，高不可及的山巅像是挤满了千百个模糊的人。

此时，河岸边万虫奏鸣，空气中像是开起了一场奇怪却并不是那么不协调的音乐会，时有几声夜鹰哀啼。这些夜鹰栖息在孤树上，夜夜悲啼，吵得人不得安宁。人被此情此景的凝重与神秘所感染，开始沉浸在一种神圣的忧郁之中，愁肠百结，静默不语，仔细聆听去捕捉与分辨每一种从岸边传来的模糊声音。时常，还会被某个游荡的野蛮人的吼叫或者夜晚捕食的恶狼可怕的嗥叫所吓到。

彼得他们就这样愉快地行进，直到来到被称为"高地"的可怕狭窄水道。此处山崖层层相叠，好像从前泰坦族巨人发动对天庭的邪恶战争时，随意扔掉的巨大石块。但事实上，这片云雾缭绕的山峰历史却很不相同。古时候，在哈德逊从湖区向海湾泄水之前，曾在此地形成一个很大的天牢，万能的曼涅托将抱怨其统治的反叛恶灵囚禁在这些巨石之中。这些恶灵被绑缚在坚硬的链子上，或卡在裂开的松木上，或被沉重的巨石镇压，哀号了不知多少年。最后，高傲的哈德逊在不屈不挠前往大洋的途中，突然打开了他们的牢房，让这股潮水在巨大的废墟上奔涌向前。

不过，仍有许多恶灵潜行在往日的住所。依照古老的传说，回荡在荒无人烟的地方的可怕声音就来自他们。这并没有什么，不过是有噪音打扰了他们的安眠时他们愤怒发出的吼声。不过遇上狂风暴雨的天气，当风起云涌，雷鸣电闪，这些苦闷的灵魂就会大喊大叫，山地间都回响着他们可怕的嘶吼声，让人恐慌。因为据说每当此时，他们都以为曼涅托又一次回来，把他们投入阴暗的洞穴，让他们继续自己难以忍受的幽禁。

但这一切美丽壮观的景色勇武的斯托伊文森特都无暇顾及，此时他的心思里只有战争，要参加残酷战斗的自豪。他忠诚的部下也是一样，没有费神关注这浪漫的景致。舵手安静地抽着烟枪，无论过去、现在、将要发生的事，一概什么都没想。他的同伴们没有在舱口下酣然入睡，而是张着嘴巴听安东尼·范·考利尔讲话。安东尼坐在绞盘上，正给他们讲述无数萤火虫非凡的历史，它们像宝石和小亮片一样在暗淡的夜幕上闪闪发光。传说中，这些萤火虫原本是一群予人危害的恶婆，在此地有人类之前就住在这里。作为令人讨厌的种族，她们被断然称作"地狱之火的燃料"。她们为害人类的孩子，罪行累累。为了惩罚她们，同时给女性一个大的警告，她们注定要以威胁人类的可恶的虫子形象在地球上繁衍。过去，她们身上的"地狱之火"藏在心中，言谈时吐出，现在她们要忍受那烈火的煎熬，并且被判定要永远忍受，这烈火就在她们的尾巴上。

  现在我要讲一个事实，我觉得自己的读者很可能会半信半疑。倘若他们不信，那么他们也可以不相信这整部史书中的任何东西，因为本书中没什么比这个更真实了。我们要先知道，号手安东尼有一个大鼻子。鼻子突起在面上，就像一座资源丰富如戈尔康达一样的山，处处装饰着红宝石和其他珍贵的石头。这是好汉的真正标志，快乐的酒神巴克斯只会把这样的鼻子奖给能开怀畅饮的人。事情是这样发生的。一个晴朗的早晨，安东尼洗过自己粗犷的脸，倚靠在大帆船的后甲板栏杆上，望着船下清亮亮的波浪沉思着。就在此时，灿烂的阳光从高地的一处断崖后面照射过来，最灿烂的一束光照在铜号手光亮的鼻子上。反射的光嘶嘶发烫，笔直射向水中，杀死一条正在船边嬉戏的大鲟鱼。大家花了好大力气把这条大怪物拖到船上，全体船员美餐了一顿。这条鲟鱼，除了伤口处有点硫黄的味道，美味异常。说老实话，这是此地鲟鱼第一次被基督徒们大快朵颐。

我们可以想象，彼得·斯托伊文森特听到这一惊世奇闻，尝过这不知名的鱼之后，会有多么惊讶。为了纪念这一事件，他给附近一处高耸的海岬赐名"安东尼的鼻子"。此后，这里一直被人称作"安东尼的鼻子"。

但且慢，我是不是跑题了？请大家监督，我如果想跟随彼得·斯托伊文森特，把他的航程都说一遍，我可能永远都讲不完，因为从没有一次航行有这么多奇妙的故事，也没有哪条河流这样美不胜收，处处景观值得一一记下。甚至到现在，我还打算挥笔写下彼得的船员们如何在登上高地的岸滩时被一伙恶灵吓得魂不附体的故事呢。他们看到恶灵时，恶灵正在一块巨大而平整的岩石上欢蹦乱跳，腾跃嬉闹。那块石头突兀立于河上，到今天被称为"魔鬼的舞厅"。哦！好了，迪德里克·尼克伯克，你可不要在历史旅程上再这样闲谈下去了。

别忘了你现在回忆起自己的年轻时光，回忆起那些上千个在你年幼无知时曾让你陶醉的传说，你会喜欢喋喋不休，道来说去；别忘了你这样是在摆弄那些稍纵即逝的时光，而你应该把这些时间投到更崇高的主题里去。难道时光，无情的时光，没有在你面前摆动他那颤动的手，那几乎已经用光的沙漏？快些去完成你这艰苦的工作，以免你这本伟大的曼哈托斯史书还未完成，沙漏里最后的沙子已流尽。

让我们把勇敢的彼得，他无畏的大船、他忠诚的战士交给神圣的圣尼古拉斯保佑吧！我毫不怀疑圣尼古拉斯会让他们这次航行成功，我们在伟大的新阿姆斯特丹城等待他们凯旋。

第四章

　　描绘大军集结新阿姆斯特丹城的情景，以及彼得·斯托伊文森特与冯·普芬伯格将军的会面，彼得言及不幸伟人时的伤感情绪。

　　这边雄心勃勃的彼得正沿着伟大的哈德逊河溯流而上，张帆远行，唤醒新荷兰省边境上所有沉寂的荷兰小村落。而此时在新阿姆斯特丹市，一支伟大英勇的队伍正在集结。对于这件事，那份非常宝贵的历史残片，斯托伊文森特手稿，比其他事件的描述更为详细。有了这份手稿，我可以记录下在新阿姆斯特丹要塞前的广场（此地现在被称为鲍灵格林）上扎营的是哪些尊贵的家族。

　　广场中央是曼哈托斯士兵的帐篷，他们住在这座城市，担任总督的护卫。他们由英勇的斯托菲尔·布林克霍夫指挥，他已经在牡蛎湾赢得了不朽的声誉。他们展示出一面旗帜，旗帜上一只巨大的海狸在橙色的土地上张牙舞爪。这是本省的徽章，代表着勇敢的荷兰人坚忍不拔的性格以及水陆两栖的身份。

　　他们的右手边是著名的迈克尔·保罗先生的属下。迈克尔·保罗先生统辖古老的帕瓦尼亚及其以南地区，直到纳瓦新科山，更是绞刑岛的大庄园主。他的军旗由其心腹扈从科尼利厄斯·范·沃斯特扛着，上面一只巨大的牡蛎躺在海绿色的田野上，这是他最爱的城市克缪尼帕的徽章。他把一支雄兵带到营地，他们全副武装，每人穿了十条棉毛马裤，戴着宽边的海狸皮帽，短柄烟斗缠绕在他们的帽带上。这就是在帕瓦尼亚岸边的泥地中长大的士兵，他们是真正的铜头蛇种族，据传是从牡蛎中生长出来的。

离他们不远扎营的是从鬼门关附近过来的士兵。他们的指挥官是苏伊·丹姆和范·丹姆，喜欢无休止地咒骂。正如他们的名字暗示的那样，他们满脸凶相，穿着宽边的华达呢衣服，布的颜色稀奇古怪，号称"雷与闪电"。他们的军旗上三只蜻蜓在火红色的田野上飞。

紧挨着他们搭起帐篷的是来自满是沼泽的边境城镇瓦尔波格地各及其周边乡村的士兵。他们一身酸臭味，因为他们生活的地方螃蟹众多，而他们靠吃螃蟹过活。他们是最早获得"跳蚤市场的无赖"骑士荣誉的人；如果传说是真的，他们还引进了著名的舞步，名为"双重麻烦"。他们由胆略过人的雅各布·瓦拉·范戈尔统领。他们中间还有一群快活的布鲁克林船工，会用海螺壳弹出一曲华丽的协奏曲。

接下来手稿描述了来自布卢明代尔、威霍克、霍博肯以及其他不同地方的士兵，他们在历史和歌谣中都很有名。不过我不再纠缠于这些细节描述，因为这时，从新阿姆斯特丹城墙外很远的地方传来军乐声。这声音让新阿姆斯特丹人警觉。不过很快，人们就松了口气，因为，瞧，在一大片飞扬的尘土中他们认出了总督的那条硫黄色的马裤，还有彼得·斯托伊文森特那条在阳光的照耀下银闪闪的腿。他们看见他身后跟着一支威武之师，这是他沿哈德逊河召集来的。在此处，斯托伊文森特手稿的那位杰出的匿名作者把这支军队描述得勇武异常、神采飞扬。他们列队走过位于今天华尔街前端的新阿姆斯特丹市正门。

首先到来的是范·博梅尔家族，他们住在宜人的布朗克斯边境。他们又矮又胖，穿着超大的南瓜裤，是挖壕沟的好手，最先发明了玉米面粥和牛奶。紧跟在他们后面的是来自卡兹吉尔山的范·伏伦特家族。他们酷爱苹果酒，酒后就爱吹大牛。再往后是著名的伊索普斯的范·佩尔特（Pelt）家族。他们是身手敏捷的骑手，骑着随意甩着尾巴的纯种伊索普斯战马。他们也是捕水貂和麝鼠的好手，由此我们有了生词 Peltry（生皮），他们的名字来源于"皮毛"一词。然后是肯德胡克的范·奈斯特（Nest）家族。由他们的名字可知，这个家族擅长掏鸟窝。如果传闻可信，我们要感谢他们发明了烤饼，也就是荞麦饼。随后是来自"安东尼之鼻"的范·格罗尔家族。他们用圆圆的小酒壶装酒，那是因为他们长着罕见的长鼻子，没法用水壶喝。后面跟着的是哈德逊镇及其附近地区的哥德涅尔家族。他们身怀绝技，比如抢西瓜地，把兔子从洞里熏出来等等。他们爱吃烤猪尾，是同名的著名国会议员的先祖。他们后面是辛辛的范·胡森家族。他们是了不起的唱诗班歌手，单簧口琴吹得好。他们双人成行，唱着圣尼古拉斯的赞歌行进。他们后面是睡谷的康霍文家族。这个家族造就了一批快活的酒吧老板，第一个发现了把一夸脱葡萄酒变成一品脱的技法。再后面是范·科特兰德家族，他们生活在克罗顿河边，善打野鸭，用长弓捕猎的本领常为人津津乐道。其后是奈亚克和凯基艾特的邦斯朱顿家族。他们是首先用左脚踢球的人。他们是英勇的丛林居民,擅长借助月光捕捉浣熊。后面是哈莱姆的范·温克尔家族,爱吮吸鸡蛋,以跑马和在酒馆赊账而出名。他们是最早同时用双眼使眼色的人。最后来的是重镇斯卡迪可可的尼克伯克家族。他们那儿的风大,人们只好在房子上压大石头,以防房子被风刮走。有人说,他们的名字来源于"震动"(Knicker)和"高脚杯"(Beker)的结合,表明他们曾经是些醉鬼;但实际上这个名字来源于 Knicker(点头)和 Boeken(书),只是说明他们拿起书来就会点头犯困。本史书的作者就是他们的后裔。

上述这些就是涌入新阿姆斯特丹城大门的彼得招徕的部队。事实上斯托伊文森特手稿里提到的还要多,但我省略了他们的名字,确保能快些去关注更重要的时刻。没什么比看到这样的雄师更能让雄心勃勃的彼得自豪和骄傲了。他决意不再推迟自己期待复仇、报复卡斯米尔要塞里那些瑞典无赖的愿望。

但是在我接着写下那些举世无双的事件之前——这些事情都会出现在这部著名史书的后面——请让我停下来关注一下新荷兰军队总司令、被打败的指挥官雅各布·冯·普芬伯格的命运。人性本是无情。他在卡斯米尔要塞惨败的消息甫一不胫而走,万千卑鄙的流言就在新阿姆斯特丹传得沸沸扬扬。谣言暗示,普芬伯格本就想投敌叛国,与瑞典指挥官早已勾结好,早就暗地里与瑞典人联络,还商量好了关于"事成之后报酬"的事。对所有这些令人讨厌的指控我一点都不相信,也不认为它们能证明什么,更不认为它们值得我信任。

当然,将军发毒誓、竭力申明,以证明自己的清白。谁胆敢怀疑他的品行，他就认为此人不可信。一回到新阿姆斯特丹，他就耀武扬威地在大街上来回走，身后跟着一群自己忠实的追随者。这些人都是他忠实的酒肉朋友，他好吃好喝地伺候他们，把他们养得肥肥胖胖。而这些人也准备在所有的法庭审讯中声援他。他们气味相投，都留着浓密的胡子，肩膀宽阔，狂妄自大，个个看上去都能吃下一头牛，然后用牛角来剔牙。这些贴身护卫帮他吵架，只要他有架打，随时准备为他打架，怒气冲冲地盯着每一个对将军嗤之以鼻的人，像是要把人生吞下去。这些人的谈话有时会被致哀礼炮一样的诅咒打断，而每一次这样大胆的狂言都会被他们雷鸣般的痛骂堵住，就像一次为爱国英雄祝酒却遭遇了排炮。

这些天花乱坠的大话起了不小的效果，有些见识广博的贤达开始相信他们，许多都开始觉得将军是一个英雄，其灵魂崇高伟大，不可言表，特别是一直在以一位士兵的尊严进行辩解，而他的誓言掷地有声。不只他们，就连议事会的一位成员都开始相信他，竟至于提出要用熟石膏为他建一座不朽的雕塑，让他名垂千古。

但机警的老顽固彼得可没那么好骗。他暗中派人传来了这位军队总司令。听过这位将军用惯有的誓言、辩解，情绪激动地添油加醋讲出的故事——"哎呀，将军，"彼得叫道，"依照你自己的叙述，你是全省最勇敢、最正派、最光荣的人，却不幸遭受了最恶毒的诽谤，遭千夫所指。眼下，虽说难以因为一个人的不幸而惩罚他，你也很有可能是清白的，被人泼了脏水，然而此刻上苍自有明鉴，认为应该收回你的无罪证明，我断不敢逆天而为。而且，我也不能冒险把自己的军队交给一个为他们所不齿的指挥官，或是把自己人民的福祉寄希望于一个为他们所不信任的勇士手里。你退了吧,伙计,从这些令人生厌的劳苦和忧国忧民的操劳中退出吧。你可以安心地想一想,如果你有罪,你只好自食其果;如果你是无辜的,那你也不是第一位在这个邪恶的世界上被诽谤、遭遇不公平对待的伟人好人。相信你会在一个更好的去处得到更好的对待,那里不会犯错、没有诽谤、没有迫害。再说,不要让我再见到你,我特别不愿看见像您这样失魂落魄的大人物。"

第五章

作者坦率地谈到了自己。其后读者会读到很多关于老顽固彼得和他的随从的有趣历史。

由于读者和我本人,就像一帮爱管闲事的游侠骑士乐意去做的那样,即将经历许多危险和困难,所以,我们也要像那些坚忍的探险家一样,携起手来,忘掉所有的分歧,誓言彼此扶持、风雨同舟,直到完成这项事业。读者诸君一定会察觉到,与刚开始踏上本史书之路相比,我的语气和态度如何转变得如此彻底。我敢说他们开始的时候会觉得我是一个性情乖戾、玩世不恭、傲慢矮小的荷兰人后裔,因为我从未对他们说过文雅的话,在该触碰礼帽向他们致敬时也从未这样做过。不过,在我们一起漫步于本部史书的历程中,我逐渐开始放松,变得更彬彬有礼,不时会让话语更平易近人,直到最后,我开始以非常合群、友善的态度对待大家。这就是我的风格——最开始我总是有点儿冷淡和矜持,特别是对那些我压根儿不认识的人,我对他们的重要性一点都不在乎的时候,只有长时间的亲密接触他们才能赢得我的信任。

而且,为什么我要对那些初次见面就围拢到我的身边简单问声

"你好"的人显得格外热情呢？他们被吸引，只是因为看到了一张新面孔。他们中的许多人仅仅完整地看完了我的标题页，然后一言不发地走掉。其他一些则哈欠连天地看完前言，满足了自己一时的好奇心，很快就一个接一个把书放下。不过为了试试他们的耐性，我采用了一个权宜之计。这策略与传说中盖世无双的骑士之王亚瑟王用过的一样：将任何骑士收为心腹前，亚瑟王都首先要求他们解决闻所未闻的难题，消灭五六个巨人，击败邪恶的巫师，不消说那些侏儒、鹰头马身有翅怪兽和喷火龙了，以此来证明自己面对危险和困境时能够从容不迫。本着相似的原则，我策略性地先领着读者走进两三个难缠的章节，让他们先被一群哲学家和毫无信仰的作家痛斥折磨一番。看到自己英勇的骑士困惑、沮丧，不禁让我捧腹大笑，心情舒畅。因为有些人倒在了战场上（看本书时睡着了），另有些人第一章看了一半，就把我的书扔下，逃之夭夭，一路仓皇奔跑，直到再也看不到本书。然后他们会停下来喘口气，告诉朋友们自己的遭遇，警告其他人远离这吃力不讨好的历史之旅。每往前一页，我的读者队伍人数越来越少。从最初的浩荡大军，到只剩下读过前面导读性的五章后存留下来的经受严苛考验的几位。

那么，您想我会把这些第一次见面时热情洋溢但内心怯弱的背叛者放在心里吗？不，不会。我只把友谊留给那些值得拥有它的人，那些不惧艰难险阻、身心疲惫，仍无畏地留在我身边的人。现在开始，对那些仍不离不弃的人，我要热情地握住他们的手。我尊敬可爱的读者们！勇敢而久经考验的同志们！你们忠诚地跟随我的脚步，陪我在历史旅程上一路四处游荡，我从心底向你们致敬！我发誓陪着你们直到尽头，带领你们胜利走完这伟大的历史之旅（求上苍保佑此刻我手指间这得力的武器加速运行）。

且慢，您听！我们谈话的工夫，新阿姆斯特丹城已然人声鼎沸。在鲍灵格林驻扎的勇敢战士们正在拆除帐篷。安东尼·范·考利尔的黄铜号声在空中回响，与不祥的叮当声汇在一处。战鼓敲响。曼哈托斯、鬼门关和迈克尔·保罗的军旗迎风高扬。这时候，船员们都在紧张地准备，升起双桅纵帆船的上桅帆、两艘奥尔巴尼单桅帆船的船帆。这些船将把荷兰军队送到特拉华去，建立不朽的功勋。

全城的男人、女人、孩子都纷纷出动，一睹新阿姆斯特丹骑士们的风采，此时他们列队走过大街，准备登船。许多人在窗口挥舞着脏兮兮的手绢，许多人在这离别时刻的动人乐曲中抽泣不止。格拉纳达的美丽少妇和如花少女面对阿本瑟瑞治部落被流放时再怎么悲痛，都比不上心地善良的新阿姆斯特丹妇人们与她们勇敢的战士们分别时的不舍。每个柔情缱绻的少女都把她英雄的口袋里塞满了姜饼和甜甜圈。许多人交换了铜戒指，摔碎了弯折的六便士硬币，以示忠贞不移。当时描写这个场景的爱情诗篇一直保留到今天，但它们晦涩难懂，让全世界都一头雾水。

不过，看到那些丰腴的姑娘和勇猛的安东尼·范·考利尔待在一起，仍然是一幅动人的画面。这位号手天性快乐，红扑扑的脸蛋，是一个精力充沛的单身汉。他还很喜欢闹腾，在女人堆里说笑，十足是个无赖。她们愿意在军队开拔后留下他在身边逗乐，因为除了刚才我提到的以外，公正一点也可以说他很善解人意，很有眼力去抚慰那些丈夫不在身边的妇女。这使得他受到老实的市民们的高度尊敬。不过，没有什么能阻止英勇的安东尼追随老总督的脚步，他像爱着自己的灵魂一样深爱着总督。于是，与这些少妇一一拥抱，向那些嘴唇干净牙齿整齐的女人献上衷心的响吻后，他满载着她们的良好祝愿上路了。

百姓情绪低落，英勇的彼得离开也并不是最不重要的原因。尽管老总督绝不放任自己的子民任性胡为，在暴脾气威廉时代结束后，翻开了崭新的一页，却在不知不觉中赢得了人们的拥戴。个人的果敢特别能吸引大众，这在所有个人品质中居首位。淳朴的新阿姆斯特丹市民认为彼得·斯托伊文森特勇气过人。他的木腿，那身经百战的勋章，受到人们的敬仰。每一位老市民都有一大堆神奇的故事，讲述着老顽固彼得的功绩。他们会把这些故事在漫长的冬夜里津津有味地讲给孩子们听。他们会讲得神采飞扬，添油加醋，就如我们老实巴交的自耕农讲起老统帅帕特南（或他们习惯叫的老帕特）在光荣的独立战争中的事迹一样。人们都真正相信老总督是别西卜的对手，甚至私底下还有个神神秘秘的故事，讲一个月黑风高的晚上，老总督在乘独木舟通过鬼门关的时候，用一发银弹射杀了别西卜这个恶魔。不过我就不把这些东西当作事实记录在案了。我不会让任何人洒下水滴污染纯洁的历史长河。

当然，新阿姆斯特丹的每一位老妪都把彼得·斯托伊文森特视作力量的高塔，认为只要有他在，就可以放心享受一切公共福利。所以毫不奇怪，看到他离开，她们心里极端难过。她们心情沉重，慢吞吞地跟在彼得的军队后面，看着部队行进到河岸边，准备登船。总督站在纵帆船的船尾，对他的市民们发表了一次简短但真正值得敬重的讲话。他告诫他们要做忠诚安静的市民，周日定时去教堂礼拜，其他时间要专务正业。妇女要对自己的丈夫顺从挚爱，不管别人家的闲事，远离闲言碎语，不搬弄是非，不做长舌妇，只穿长衣服。男人要避免无端闲扯，远离酒馆，把政务交给派来管理政务的政府官员。他们应该像本分的公民一样待在家里，赚钱养活自己，为了国家的利益多生孩子。市长们应该关注公众利益，不压榨穷人，不纵容富人，不要动心思去制定新法律，而是切实执行已经颁布的法律；要致力于防止恶行发生，而非想法惩戒；时刻记得地方治安官应当是公德的捍卫者，而不是想法给罪犯设下圈套的捕鼠人。最后，他劝告大家，个体、集体、官、民、贫、富，都要尽己所能端正行为。他向民众保证，如果他们诚实认真地遵守这条金科玉律，就不会遇到什么麻烦。讲话完毕，他给予市民家长般的祝福。健壮的安东尼用小号奏了一支深情的离别曲，这个无敌舰队就这样傲然地驶向了海湾。

　　善良的新阿姆斯特丹市民涌向了炮台。就在这个旅游胜地，曾有多少温柔的祷告随风吹送，曾有多少白皙的手臂挥舞告别，曾有多少妙龄少女一洒相思泪水，看着载着她们热爱冒险的情郎的船渐渐变小，驶向远方。眼下，新阿姆斯特丹的所有人都睁大了眼睛看着这支勇敢的舰队缓缓漂向海湾。直到狭湾处的陆地把他们的视线挡住，人们才渐渐散去，沉默不语，神色黯然。

　　过去喧闹的城市此刻笼罩在一片愁云惨雾里。朴实的市民抽着烟，陷入沉思，带着渴望的神情望着圣尼古拉斯教堂上面的风信鸡。所有的老妪，没有了老顽固彼得给她们信心，每到日落黄昏就把孩子召唤回家,将门窗一一紧闭。

与此同时,勇武的彼得率领的舰队继续顺利前进。一路上,舰队遭遇到爱冒险的新水手们经常遇到的暴风雨、海龙卷、鲸鱼以及其他险阻,经历了让人呕吐不止、凄惨无助的被称为晕船的疾病,患了些轻微的便秘,但用一盒安德森的药片治好。最后,整支舰队终于平安抵达特拉华河上。

等不及抛锚,给疲惫的船队一点时间缓解一下大海中长途跋涉的劳累,无畏的彼得即刻率队沿特拉华河上行,突然出现在卡斯米尔要塞前。彼得命令气量过人的范·考利尔吹起响亮的小号,把惊呆了的瑞典守军召集起来,然后用雷鸣般洪亮的声音要求守军立即投降,交出要塞。对这一要求,干瘦的指挥官苏恩·斯库茨,用尖厉、摇摆不定的声音做了回答。由于他太瘦,他的声音听起来像是风吹过一个破旧的风箱。他表示:他没有强有力的理由拒绝要求,不过这一要求特别令人不快,因为他奉命誓死守卫这一要塞。所以他请求多给点时间,好让他询问下瑞辛总督,为此提议双方先休战。

性情暴躁的彼得对原本正正当当属于自己的要塞就这样被人使奸计夺走,并被这无赖据为己有感到出离愤怒。他拒绝了停战提议,以圣尼古拉斯的名义(像圣火从未熄灭)发誓,如果守军十分钟内不把要塞交出来,他就要即刻强攻这座工事,让守军丢盔弃甲,并且像撕腌过的鲱鱼一样把这混蛋指挥官撕成碎片。为了让这恫吓听上去更吓人,他抽出自己心爱的宝剑,冲守军神气活现地用力挥舞了几下。毫无疑问,倘若剑不是已经锈得不成样子,它的寒光早就让敌人见之畏惧,心惊胆战了。随后他命士兵搬来一架舷侧炮放在要塞前，其中有两架回转机枪、三支滑膛枪、一杆长长的鸟枪和两对马枪。

与此同时，健壮的范·考利尔用尽全力，开始了自己的作战行动。他鼓起脸颊，像一个北风之神，吹起军号，连续发出最恐怖的"嘣嘣"声。精神饱满的辛辛唱诗队也突然奏出可怕的战歌，布鲁克林和瓦尔波格地各的战士们用海螺壳奏出铿锵响亮的曲子。这一切形成了一支协奏，像五千个法国管弦乐队在一首现代序曲中展示自己的技巧一样令人叹为观止。我保证，听了他们的演奏，要塞里没有一个人不会被这糟糕的音乐吓得胆寒。

不知是突如其来的战事开端给了守军当头一棒，让他们惊慌失措，还是招降的最后条款——他自行裁量是否投降——被苏恩·斯库茨误解（虽说他是个瑞典人，却考虑周全，性情温和），我不敢恭维他的判断力，但可以肯定的是，他发觉无法回绝这样礼貌的要求。于是，在船上的侍者正要取燃料发射回转机枪的紧要关头，堡垒里的守军用唯一的军鼓敲响了求和的号鼓声。这一声，让双方都大喜过望。他们虽然迫不及待要来场恶战，却也愿意安静地吃顿晚餐，而不是互相殴斗，打个眼睛乌青，鼻子流血。

这样，这座坚不可摧的要塞又一次回到了荷兰君主的统治下。斯库茨和他的二十名士兵得到优待，获胜的彼得是个慷慨又勇敢的人，他允许他们保留全部武器和弹药，走出要塞。但经查验，要塞里的枪支已在弹药库里生锈，甚至在瑞典人从宽宏大量而又夸夸其谈的冯·普芬伯格手里夺过来前，就已经无法使用了。还有一点我不能不提，就是总督对他忠实的扈从范·考利尔在夺取这一重镇中的表现非常满意，当场封他为新阿姆斯特丹邻近地区很大一片地方的领主。这个地方其后就称为考利尔的鱼钩，直到今日。

英勇的斯托伊文森特对瑞典人的宽容可谓史无前例，要知道在此以前瑞典人对他的政府可是傲慢无礼。他的这种做法在新阿姆斯特丹城里引起了轩然大波。更有甚者，一些喜好拉帮结派的人物，曾在暴脾气威廉时代受过盛极一时的政治集会的启蒙，本不敢在他们现任总督的眼皮底下蝇营狗苟，现在见他不在，竟然敢当街发泄新总督对他们的责难了。签订葡萄牙公约之后，窃窃私语声已经和真正爱发牢骚的英国人发出的声音一样吵了，在新阿姆斯特丹的议事厅就能听得到。如果不是坚定的彼得悄悄把他的手杖送回新阿姆斯特丹，放在议事厅桌子上、议员们中间，作为权杖的象征，谁也不知道这帮人会不会直接开始对彼得口诛笔伐、恶言漫骂。看到彼得的手杖，他们像是领悟了暗号的聪明人一样，再也不敢胡说八道了。

第六章

本章讲述作者相较于读者在描述战争时所拥有的有利条件，以及预示着可怕的事情将要发生的种种令人不安的军事行动。

"趁热打铁"是伟大的彼得在阿姆斯特丹的一家铁匠铺做学徒时最喜欢的一句话。这样的谚语言简意赅，将万事间的智慧浓缩到简单的一句话上。每种技艺和专业都有这样的精华充填进公共的知识库，从经验中得来的圣贤格言和警句丰富了整个社会。它们传递的不仅仅是各行各业的秘诀，还有繁荣幸福生活的奥妙。"量体裁衣。"这是裁缝的忠告。"只做自己会做的事。"鞋匠这样喊。"晒草要趁太阳好。"农民如此说。"预防胜过吃药。"大夫这样嘱咐。诚然，人只有行万里路，耳听八方，才能到头发花白的时候掌握所罗门的全部智慧，之后他便可只待返老还童，将这些智慧变成自己最大的优势。

"趁热打铁"这句话与其说是伟大彼得的座右铭，不如说是老顽固彼得的一贯行动。胃口大好的市议会委员参加市政当局的宴会，第一口龟汤如果刺激了他的味蕾，他会胃口大开，按捺不住，恨不得三下五除二把大盖碗里的美味佳肴尽快干掉，与此同时，他贪婪的目光还会直直地盯着餐桌上的一切。烈性子的彼得·斯托伊文森特对于军功的渴望也是如此热切，这一热情充斥在他的内心。夺取卡斯米尔要塞这一想法激起了他的欲念，只有征服整个新瑞典才能让他平静下来。所以他刚把卡斯米尔要塞夺回来，马上就在胜利的推动下，信誓旦旦要去克里斯蒂娜要塞追求新的辉煌。

这个要塞是瑞典人的一处重镇，建在一条同名的小河边（也被称作小溪）。克里斯蒂娜河最后注入特拉华河。在这里，精明的瑞典总督詹·瑞辛像查理十二世一样，亲自统帅自己的臣民。

至此，我已经把这块土地上最强大的两个领袖置于互斗之地。至于他们比试的结果，我跟读者一样期待。不了解我写作方法的读者，毫无疑问会感觉这儿出现了一个矛盾。事实是，我并不是在虚构作品，而是忠实、真诚地记录历史，所以我不必费力去预想发生了什么事件以及有什么灾难降临。相反，我会遵循一条原则，即只在自己的著作中提前一页分析自己关注的编年史。这样我会与阅读自己史书的读者一样，对自己史书的进展感兴趣，也同他们一样不确定到底什么事情接下来会发生。每一个新的章节里都有模糊和疑惑。我会拿着颤抖的笔，焦虑不安地引领我可爱的城市走过时常围困它的千难万险。在描述我钟爱的英雄勇武的彼得·斯托伊文森特时，我时常会另起一页，自己惊愕地退后，就怕看到他无所畏惧的精神很快让他陷入什么可怕的灾祸。

我现在的处境就是这样。我已经把他带入了险境，我并不比自己的读者更清楚这折磨我们耳朵的、可怕的武器铮铮作响会带来什么。没错，跟读者比起来我有一个优势，能极大地缓解我的焦虑，那就是虽然我不能拯救自己钟爱的英雄，也不能完全扭转战事的结局（这两种对事实的歪曲手法当下的法国作家用得得心应手，但我觉得这样做的人不配称是一位审慎的历史学家），但我却可以时不时安排他给自己的对手致命一击，让他足以能击倒一位巨人，尽管事实上他从未做过这样的事；或者我也可以赶着他的对手，让他在野外四处乱转，就像荷马让老实的赫克托像个懦夫一样绕着特洛伊的城墙逃窜那样不可信。依我愚见，荷马这个诗人王子活该被打破脑壳。如果那些可怕的爱丁堡评论家活在他的那个时代，毫无疑问他们会这样做。或者，如果我的英雄被他的对手逼得太紧，我可以介入其中，只消笔锋一转，给他头上重重地来一下（能一下打裂大力神赫拉克勒斯头骨那样的重击）。这就像拳击赛中的忠实的助手，看到本方的选手处于劣势，快要被击倒，就暗中助他一拳，把他的对手打伤，扭转比赛的局势。

  我清楚每次我出手相助，都会有许多认真诚实的读者迫不及待地要喊出"作弊！"，但我得说这不过只是历朝历代的史家竭力维护并践行的一点小小特权，从未遭到过诟病。实际上，历史学家在某种程度上必然会站在自己的英雄一边。因为后者的名声被托付到他手里，他有责任尽已所能维护他的声名。从没有一位将军、一位海军总司令或是其他任何一位指挥官在讲述自己经历的战役时，不说自己痛击过敌人。我毫不怀疑，若是让我的英雄们自己来讲述个人的成就，他们在叙述中把敌人打得比我的任何描述都更狠。因此，作为他们名誉的捍卫者，我理应公正地对待他们，像他们待自己一样。如果我不小心让瑞典人有点不舒服，我也欢迎他们的子孙写一本关于特拉华的历史作为回敬，爱怎么痛打彼得·斯托伊文森特就怎么打。

那么，就站到一边，看他们打个头破血流、鼻青脸肿吧！我的笔早等不及要写一场战役了。我一直在写围困、围困，从没有正面冲突，没有流血事件。现在，我终于等到了机会。我祈祷上苍和圣尼古拉斯，过去的那些编年史爱怎么写就怎么写吧，萨鲁斯特、李维、塔西佗、波利比奥斯等所有写过战争的人，他们所记述的战争从未有哪一场会比我笔下英勇的两位头领即将经历的战争更为激烈。

至于你，优秀的读者，感谢您忠诚地追随着我，我会把你们放在心中最重要的位置。不必紧张，把我们挚爱的彼得·斯托伊文森特的命运交到我手里吧。我对着十字架起誓，无论发生什么，我会永远在老顽固彼得一边。我会让他把这些卑鄙邪恶的东西，像湖区著名的兰斯洛特对待一群懦弱的康沃尔骑士那样，赶得四处逃窜。如果他真的战死，而我又无法让这些粗笨的瑞典人付出代价，我会就此封笔，不再去书写其他战斗，以此来纪念一位勇士！

彼得·斯托伊文森特一来到克里斯蒂娜要塞前，就毫不拖延，开始挖掘壕沟。刚挖好第一条平行堑壕，就派遣那位无与伦比的号手安东尼·范·考利尔去要塞劝降。走到要塞，范·考利尔得到了一切应有的礼遇，在大门处被人蒙上双眼，被带着穿过一条满是咸鱼、洋葱恶臭气味的过道，来到要塞城堡，一个用松木建成的坚固的营房。到此，有人把他眼上的布取下，他发现自己面前站着威风凛凛的瑞辛总督。这位总督碰巧与查理十二世有几分相像。聪明的读者一定会马上想到，这是一位身材高大、身强力壮、面相凶恶的人。他穿了件蓝色的粗布大衣，上面一排铜扣，一件衬衫已经一周没洗过，急需放到洗衣盆里洗洗但苦于没有盆，脚上是一双赤褐色长筒马靴。此时他正在对着一块破镜片，用一个廉价俗气的刀片修理自己的灰胡子。安东尼·范·考利尔本就话不多，此时几句就把彼得总督长长的信息说了出来，讲了新荷兰省的历史，简单抱怨了几句，述说了几条要求，最后断然要求对方立刻投降。这些话全部讲完，他把头转向一边，用拇指食指捏住鼻子，很响地擤了一下。这一声听起来倒有些像抗议的号声，毫无疑问鼻子能奏出这样的响声，是长期与吹奏美妙小号的嘴巴为邻，关系紧密的缘故。

瑞辛总督无比耐心地听他擤完鼻子吹完号，其间像往常一样靠在自己宝剑的圆头上，不时捻弄一下自己巨大的钢铁表链，或是弯曲手指活动活动。待范·考利尔做完这一切，他毫不客气地回道，彼得·斯托伊文森特和他的招降令可以去见……鬼了，他可以在晚饭前送彼得和他那帮衣衫褴褛的乌合之众一程。说完，他拔出铜柄宝剑，把刀鞘扔到一旁。"看在上帝的分上，"他说，"如果不能把这个游荡的荷兰人的皮用烟熏做个剑鞘，我誓不把宝剑还鞘。"这样，让对手的信使带回自己公然挑衅的话，他命人把信使又送回大门口，一切按照接待一位伟大指挥官的号手、随从和使节应有的礼节办理。在要塞门口，范·考利尔又一次被摘下眼罩，客客气气地放走。放走之前，为了帮他回想起要带的信，他们还在他的鼻子上拧了一把。

勇猛的彼得一听到这无礼的回复，马上冲口而出，连珠重炮似的咒骂起来。如果不是要塞堡垒坚固，弹药库防爆，这排连珠炮似的痛骂一定会震倒城堡，引爆火药库。察觉出要塞工事能承受住震天巨响，绝不可能（在那不讲情理的年岁也的确如此）靠说话打场仗，他下令所有的士兵立刻准备即刻发起进攻。但此时此刻军队中突然传来奇怪的窃窃私语声。声音首先是从来自布朗克斯的勇敢的战壕士兵范·博梅尔家族中传出来的，其后你传我、我传你，其间还伴随着反叛的神色和不满的嘀咕。伟大的彼得此生第一次也是唯一一次瞬间脸变得苍白，因为他确实相信他的战士们在这危险考验面前退缩了，这将永远使新荷兰省蒙羞。

不过很快他惊喜地发现，自己怀疑这支最勇敢的部队是错怪了他们。他们的骚动不安只是因为到了晚饭的时间。要是坏了生活规律的荷兰士兵这些一成不变的习惯，无疑会让他们心碎难过。再说，我们英勇的祖先传下来的规矩，就是吃饱了才能打仗，这毫无疑问就是他们在战斗中如此勇猛的原因。

现在，健壮的曼哈托斯战士与他们同样健壮的伙伴们都精神抖擞地聚集在树底下，将行囊中的东西大吃一通，举起酒壶痛饮一顿，好像确信这是最后一顿饭一样。我预计一两页之后我们就会迎来一场恶战，因此建议读者诸君也像士兵们一样来个酒足饭饱。为此，我要在这里结束本章。告诉他们，我以自己的名誉担保，在这些敦实的荷兰人享用美味佳肴时，敌军不会乘机突袭或骚扰他们。

但在本章结束前，我对读者诸君还有个小小的请求。在我下一章中写到双方动武时，我会加快节奏，像个凶神恶煞，到时候，我希望他们站得远一些，千万不要因为试图提出问题或劝诫而打断我，从而受到伤害。因为整场战斗的气势、激烈和精彩程度全在我的努力，如果我停下来说话，整个战事都会停摆。所以接下来整整一章里我不会再同读者诸君说一句话，但我答应你们在其后的一章中，我会聆听你们所有的话，回答你们提出的任何问题。

第七章

本章包括一场诗文中记载过的最残酷战斗，以及老顽固彼得令人敬仰的功绩。

"当下，荷兰人抓紧时间吃了一顿大餐"，自觉士气高涨，准备投入战斗。一位荷兰诗人曾忠实地记录下这些事实，但其作品不幸毁于亚历山大里亚图书馆的大火中。他说，此刻，一切满怀期待。世界忘记了运转，静止不动，以此见证这场动乱，就像一位大腹便便的市政议员看着落在自己短上衣上的两只勇武的苍蝇打架一样。全人类的目光，像以往发生这种事情时一样，此刻都转向了克里斯蒂娜要塞。太阳像挤在木偶表演观众中的小个子，在天上来回跑动，这里那里不时探头，试图从不讲礼貌挡住它视野的云彩中间露个脸出来，观看这场争斗。史家把墨水瓶灌满墨水，诗人顾不上吃饭就跑过来，可能是因为他们已买好了纸和鹅毛笔，也可能是因为他们没有什么可吃的东西。古人们沉着脸从坟墓里向外怒视，恨自己被超越，就连后来人都缄默不语，目瞪口呆地回忆着这波澜壮阔的战场。

永生的神祇曾经历过特洛伊战争，此刻他们乘着祥云，或在平原上空遨游，或各种乔装混入战斗的人群，急不可耐地想参与其中。

朱庇特一个雷电打下来，化身成一位著名的铜匠，让他重新感受一下这可怕的场景。维纳斯以自己的贞洁起誓要保护瑞典人，化身成一位眼花的妓女，在克里斯蒂娜要塞的雉堞上来回走动，陪着她的是扮成一位声名狼藉的律师孀妇的戴安娜。喜好倚强凌弱的马尔斯扮成一位醉酒的下士，腰别两把马枪，肩扛一支生锈的燧火枪，大摇大摆走过她们身旁。阿波罗则化身一个罗圈儿腿、吹横笛的人，步履艰难地跟在他们后面，令人讨厌地吹着不着调的曲子。

另一边，大眼睛的朱诺由于彻夜对老朱庇特枕边训话，弄了双黑眼圈出来，站在一辆行李车上展示自己的冷艳之美。密涅瓦打扮成一位结实的杜松子酒小贩，卷起自己的衣服下摆，挥舞着拳头，很有气势地用糟糕透顶的荷兰语高声喝骂着（她刚刚学了这种语言），来提升战士们的士气。伍尔坎则是一位畸足的铁匠形象，新近被提拔成了民兵队队长。到处是一片死寂，要么就是喧闹的战前准备。战争露出可怕的面庞，啮咬着自己的铁齿，晃动着自己竖立的刺刀上可怕的外饰。

此时，强大的首领们已经把他们的军队集结完毕。这一边站着的是身体结实的瑞辛，坚如千层磐岩，外围是栅栏，内里层层炮台，直到中心。他的武器装备包括两架旋转机枪，一架近距离舰炮。炮弹已经上膛，点火孔也准备就绪，炮架两边一边一个络腮胡子的炮手，手持点燃的火柴，只待一声令下。他英勇的步兵团从未在敌军面前退缩过（之前也从未遇到过敌人），他们在矮防护墙前严阵以待，都用油脂涂过自己的胡子，用头油搽过头发，辫成直直的辫子，在堡垒上方咧嘴狞笑时，恰如灰色的死人脑袋。

那一边来的是勇猛的老顽固彼得,宛如拜亚尔再世,面无惧色,不苟言笑。他眉头紧皱,牙关紧咬,屏住呼吸,像千万头巴珊的公牛嘶吼着冲过来。他忠实的随从范·考利尔勇敢地紧跟着他,他的小号上华丽地装饰着红、黄彩带,这些是他在曼哈托斯的美丽情人送他的纪念品。随后摇摆而来的是他坚定的伙伴们,成群结队像是阿喀琉斯的忠实随从。其中有范·威克家族、范·戴克家族和滕·艾克家族,还有范·奈斯家族、范·塔塞尔家族、范·格罗尔家族、范·哈森家族、范·吉森家族、范·布拉克姆家族、范·沃特家族、范·温克尔家族、范·丹姆家族、范·佩尔特家族、范·瑞普尔家族、范·布兰特家族、范·霍恩家族、范·博苏姆家族、范·邦斯朱顿家族、范·戈尔德家族、范·阿斯达尔家族、范·博梅尔家族、范德·贝尔特家族、范德·胡夫家族、范德·伍尔特家族、范德·林恩家族、范德·普尔家族、范德·施皮格尔家族。后面还有霍夫曼家族、霍格兰家族、霍珀家族、克劳珀家族、欧扫特家族、快肯博斯家族、洛尔拜克家族、噶瑞布兰特家族、昂德当克家族、瓦拉·范戈尔家族、舍默霍恩家族、布林克霍夫家族、邦特克家族、尼克伯克家族、毫克斯特家族、滕·布里奇斯家族和塔夫·布里奇斯家族,还有许多勇敢的杰出人物,他们的名字太难写。如果能写得出来,人们也没法读。这些人都饱餐一顿,用一位伟大的荷兰诗人的话来说就是——

怀着满腔愤怒,吃了一肚子白菜!

强大的彼得在行进中停了一会儿。他站上一个枯树桩,用荷兰语生动地向他的部队发表了一场演说。他激励他们拼死向前,向他们保证,拿下要塞,他们就会有许许多多的战利品;如果阵亡,他们会得到丰厚的补偿,而战死沙场是他们为国尽忠;他们死后,名字会被镌刻在纪念堂中流芳百世,与这次战斗中的其他勇者一样受到后世的景仰。最后他以总督的名义向他们起誓(他们太了解他了,对此一点都不怀疑),要是让他抓住哪个男人面色苍白,吓破了胆,或像个懦夫一样畏畏缩缩,他会抽那人的皮,让他像春天的蛇一样蜕一次皮。随后,他猛地抽出自己骇人的短刀,在头顶挥舞三次,命令范·考利尔吹响震耳欲聋的冲锋号,口中喊着"为圣尼古拉斯,为曼哈托斯!",英勇地向前冲去。他好战的追随者们在他刚刚讲话时点上了烟杆,此时立刻把烟杆放到嘴里,猛吸一口,狠狠地吐出一大口烟雾,在烟雾的掩盖下英勇地冲上前去。

瑞典守军此刻安静得可怕,他们站在掩体里等待,因为狡猾的瑞辛下令只有能看清来犯者的眼白,才能开火,这样一直等到求胜心切的荷兰人半数已经杀到缓冲地带。然后瑞典人冲着杀上来的荷兰人发射一通炮弹。这通炮弹,让山峦震动,被吓得流水失禁,山两侧的泉水开始涌流,一直流到今天。倘若不是护佑荷兰人的密涅瓦注意到所有瑞典人在发炮时都会做出一贯的动作,眼睛闭上,头偏向一边,所有的荷兰人早就在这样可怕的火力下全部倒下丧命。

不过滑膛枪没有对准,子弹不偏不倚地打到一群刚好迁徙经过的大雁身上,一下子打下来七十打。这些野味,被征服者加上洋葱调味一番,就成了他们丰盛的晚餐。

火枪手们发射的子弹也绝非无用,因为无情的朱诺弄来一股邪恶的风将烟尘直接刮到了荷兰人脸上。要是他们睁着眼，必然会被弄瞎了眼睛。瑞典人打过这一通枪后，跳上外护墙，开始狂喊着拼命向对手冲击。双方展现出的非凡勇气，在历史和歌谣中未尝有过记载。强壮的斯托菲尔·布林克霍夫挥舞自己锈迹斑斑的铁头木棒，就像可怕的巨人布兰德隆挥舞着他的橡树一样（因为他不屑于用其他的武器），照着一群瑞典士兵的头顶就是咚咚一通好打。灵巧的范·科特兰德家族驻扎在远处，像古代矮小的洛克里斯弓箭手一样，用自己擅长的长弓对敌人进行有力还击。来自辛辛的勇敢的士兵聚集在一处隆起的山丘上，唱起圣尼古拉斯的赞歌来为勇士加油助威。战场的另一边能看到来自"安东尼之鼻"的范·格罗尔家族的人，但他们由于鼻子长，被困在两座小山之间的峡谷中，惊恐万状，不知如何行动。来自奈亚克和凯基艾特的范·邦斯朱顿家族善用左脚踢球，不过现在他们的技能没了用武之地。因为战前吃得太多，他们有些气急，如果不是有霍珀家族的一队英勇的杂技演员灵巧地用一条腿跳着前来增援他们，他们必定会被击溃。在另一处你会看见范·阿斯达尔家族和范·博梅尔家族，他们形影不离，英勇地冲上前去要轰炸这座堡垒。至于哈德逊的哥德涅尔家族，他们没有参与战斗，而是被派去劫夺邻近地区的西瓜田。我还不能忘了安东尼·范·考利尔那无可匹敌的战绩：他用了一刻钟的时间与一个胖胖的小个子瑞典鼓手展开了一场殊死搏斗。考利尔把对手的皮好好敲打了一番，若不是他来参加战斗只带了军号这件武器，早就让对手死于非命了。

现在，战斗升级了——强大的雅各布·瓦拉·范戈尔和瓦尔波格地各的勇士们加入了战斗。紧随其后，伊索普斯的范·佩尔特家族与范·瑞普尔家族和范·布兰特家族怒吼着冲上来，把挡在他们前面的敌人全部击倒。后面还有苏伊·丹姆家族和范·丹姆家族，他们身着鲜艳亮丽的服装，带领鬼门关的士兵高声喝骂着奋勇向前。最后面的是彼得·斯托伊文森特的旗手和卫士，扛着曼哈托斯的海狸大旗。

此时战场上嘈杂声一片，殊死搏斗，疯狂凶暴，激战正酣，人仰马翻，杀红了眼，一片混乱。荷兰人与瑞典人混杂一处，你推我拉，气喘吁吁，彼此殴斗。一阵武器投掷，把天空搅得昏暗，恰似暴雨狂飙。尸骸、火球、烟幕弹、臭弹、手榴弹在空中交织在一起。砰的一声，枪响了！哐的一声，大刀砍下！嘭的一声，棍子砸下！嗵的一声，火枪发射！拳打脚踢，掐抓掌击，乌青眼，流血鼻子，满地惨状！咚咚重锤，砍杀乱击，慌乱奔逃，吵吵嚷嚷，一片狼藉，推搡，叫骂，天昏地暗，乱作一团。荷兰人亮开嗓子咒骂！瑞典人气急败坏高喊：攻进要塞！老顽固彼得怒吼：引爆地雷！强壮的瑞辛咆哮。嗒嗒嗒—嗒—嗒！安东尼·范·考利尔吹响了军号。到最后，各种声音杂合一处，已然无法听辨，痛苦的呻吟，愤怒的叫骂，胜利的欢呼，震耳欲聋，恐怖可怕。大地颤抖着，像是突然患了中风。大树像是受了大惊，缩作一团，面对这样的场景，开始凋敝凌乱。岩石像是兔子一样挖洞钻进地里，就连克里斯蒂娜小溪都吓得不敢喘息，改道向山上流去！

若不是双方武器钝，火药不灵，还很怪异地都用剑面而不是剑刃搏杀，一场可怕的杀戮在所难免。双方汗流浃背，在战场上汗流成河，幸运的是没有淹死一个人。士兵们都成了游泳能手，个个都穿起了软木救生衣。但是当天有许多勇士头被打破,肋骨被打折,还有许多英雄累得上气不接下气!

战斗的结果迟迟悬而未决,因为虽然"擅长行云布雨的朱庇特"送来了一场骤雨,像是把一桶水浇到一群打斗的獒犬身上,一定程度上让双方狂热的情绪冷静了些,但他们只稍停片刻,又以十倍的狂热投入战斗中,相互撕斗,打了个鼻青脸肿,血肉模糊。恰在此时,但见一大团浓浓的烟雾出现,慢慢向战场卷过来,一时间里,让狂躁的士兵放下武器,呆若木鸡。不过一会儿风吹散了黑雾,其中现出不朽的迈克尔·保罗迎风招展的旗帜。这位尊贵的头领无所畏惧,率领着一队强大的以牡蛎为食的帕沃尼亚人走过来。他们待在队伍的后面,一方面是要当后备军,一面要消化吃过的大餐。这些强壮的自耕农无所畏惧,勇敢向前冲,一路上怒气冲冲地抽着烟斗,这才有了上面提到的可怕乌云。但他们腿短,身体肥胖,走得很慢。

此时,新阿姆斯特丹军队的保护神们轻易地离开了战场,走进邻近的一家小酒馆喝桶啤酒提神。这样一来,一场可怕的灾难差一点降临到荷兰人的头上。强大的保罗忠实的追随者们刚一到达前线,接到狡猾的瑞辛命令的瑞典士兵就冲着他们的烟杆疾风骤雨般打了一通。勇猛的荷兰人被这突如其来的袭击吓呆了,看到自己的烟杆被"这——这什么东西"砸掉,方寸大乱。他们迅速溃逃,像一群受惊的笨象一样,匆忙中把荷兰军队搅乱,把所有矮小的杂技演员军团冲倒,镶有克缪尼帕巨大牡蛎的神圣旗帜也被踏到了泥巴里。瑞典人重新振作起来,随后追击,他们精神振奋,跑得更快,就连大名鼎鼎的保罗本人也很委屈痛苦地没能躲开瑞典人大皮靴的光顾!

哦！勇猛的彼得从远处看见自己的部队溃逃，该是怎样的震怒！他冲着怯懦的战士们一声惊雷般的怒吼，就像意志坚定的阿喀琉斯在特洛伊军队要烧毁自己所有的炮艇时那样。这可怕的吼声穿过森林，传来阵阵回响。这一吼，让树木倾倒，把熊、狼和豹吓得魂灵出窍，让特拉华河两岸的小山移位，克里斯蒂娜要塞里的淡啤酒馊不可闻。

曼哈托斯的勇士们听到领袖的吼声，重新拾起了勇气，或者他们害怕他发怒。对于彼得的敬畏之心甚至超过对所有信仰基督的瑞典人。然胆识过人的彼得不待他们支援，只手仗剑，冲向密密的敌群。在此，他取得了不可思议的成就，这样的成就自从奇妙的巨人时代以来从未听闻。他所到之处，敌人向后退缩。他猛烈冲击，奋勇向前，把瑞典人像狗一样赶进了他们自己挖的壕沟里。但在他勇猛陷阵之时，敌人像奔腾的浪撞到疾行的树皮上一样又蜂拥到他的后面，对他的侧面形成威胁。一个穷凶极恶的瑞典人，心大得像一颗胡椒粒一样，卑鄙地将武器全力刺向英雄的心脏。不过，关注着勇士伟人安危的保护神们让这邪恶的刀刃打了个转，刺到身体一侧的大裤袋上，里面卧着一个大大的铁烟盒。这个烟盒像阿喀琉斯的盾牌一样有超凡的能力，毫无疑问是因为盒上虔诚地饰有圣尼古拉斯的肖像。这样，彼得躲过可怕的一击，但这一下也让伟大的彼得裤子里开始漏风。

一头熊如果被搅扰它的恶狗刺伤，会愤怒地转身，亮出自己的獠牙，扑向敌人。我们的英雄此刻也转过身来对付这位奸诈的瑞典人。这个可怜的无赖试图溜之大吉，但敏捷的彼得抓住他头上摇摆的长辫子。"可恶的蠢贼!"他高喝道,"该把你剁了喂狗!"这样叫着,他挥舞着自己心爱的宝剑奋力一击,要是敌人不是像布里亚柔斯一样有五十个

头的话,他的脑袋该被砍下来。不过这可怜的钢片还是短了一截,只将那辫子从头顶上削了下来。就在这时,一位潜藏在旁边一个土丘上的狡猾的持火绳枪的士兵,将自己致命的武器瞄准了彼得,差一点儿就让勇猛的彼得变成了在冥河岸边哀号徘徊的孤魂野鬼。好在警惕的密涅瓦刚好停下来系袜带,看到了她喜爱的长官面临的巨大危险。她安排北风之神一阵呼啸,在士兵把可怕的火药放进火药池的千钧一发之际,一阵幸运风吹,把所有的充填物从点火孔吹走。

可怕的战争就这样进行着。这一边壮实的瑞辛从一个小半月堡的顶部观察了下战况,看到自己忠诚的部下敲击踢打。语言无法描述他看到这一幕时的愤怒,他在此只是稍停片刻,压下心中万千咒骂,然后抽出自己长长的宝剑,叉开腿,声音很响地阔步走到了战场,一如赫西奥德笔下的朱庇特从天界下凡,把自己的流星焰火射向泰坦巨人。

这两个冤家对头一碰上面,就各自向前迈了五十英尺(佛莱芒尺寸),就像戏台上最老练的战士一样。然后他们彼此带着仇视的目光对视了一刻,如同两只发怒的公猫即将伸出爪子去挠对方一样。接着他们摆出一个架势,又摆出一个架势,拔剑刺向地面,开始刺向右侧,然后刺向左侧,最后像五百座房子都失了火一样,冲向对方!这场可怕的遭遇战展现出的勇气与力量,言语无法尽述。与之相比,著名的埃阿斯与赫克托之战,埃涅阿斯与图尔努斯之战,奥兰多和

罗德蒙特之战，华威的盖伊与丹麦人科尔布兰德之战，著名的威尔士山区的骑士欧文和巨人盖罗恩之战，都变成温柔的嬉戏，假日的消遣。最终勇猛的彼得瞅准时机，想全力一击，劈裂对手的脊梁骨；但瑞辛敏捷地举起宝剑，有惊无险地将劈来的剑隔开。剑劈到身边，将瑞辛时常随身带着的满满一壶四度白兰地酒劈掉，然后剑锋挑开了一个很深的上衣口袋，口袋里装着面包奶酪。这些美味散落两军阵中，引起瑞典人荷兰人可怕的哄抢，让这场大战的激烈程度升级了十倍。

看到自己的军粮不幸化为乌有，壮实的瑞辛怒不可遏，他集中全身力量，找准彼得的头顶给了重重的一击。彼得头顶那可怕的小三角帽也没能让这一剑劈歪。锋利的钢铁劈向顽固的公海狸。如果不是彼得的脑壳坚硬，这一剑无疑会劈开他勇敢的头颅。他坚硬的头颅让这个脆弱的武器一下碎成了二十五块。他的头顶遭这一击，火花四溅，就像万丈荣光，在他灰色的面庞周围闪耀。

这一击把英勇的彼得打得头晕目眩。他抬起眼来，只见空中无数月亮星星，还有五万个太阳，在天空跳起了轻快的苏格兰里尔舞。终于，由于木腿的缘故，他站立不稳，猛地一屁股跌坐地上。这一跌让周围地动山摇，如果不是天意，或是密涅瓦，或是圣尼古拉斯，或是什么好心的奶牛大发慈悲为他的跌落做好了准备，让他跌坐到一个比天鹅绒还要柔软的坐垫上，他的五脏六腑一定会受到严重伤害。

暴怒的瑞辛，不顾所有真正的骑士都遵循的一条金科玉律"公平竞争是无价之宝"，急着要趁对方跌倒抢得先机。但就在他俯身要给彼得致命一击之时,向来警惕的彼得抬起木腿照着他的头上结结实实踢了一下。瑞典人的头脑中仿佛十几只大钟突然一起高声鸣响。他措手不及,在重击下开始变得踉踉跄跄。与此同时,谨慎的彼得窥见一把手枪躺在旁边(这是他忠实的随从和号手范·考利尔与鼓手疯狂厮打时从旅行包里掉出来的)。他拿起枪,对准左摇右晃的瑞辛头发射出去。请读者不要误会,这不是一把装了火药和子弹的杀人武器,而是一个结实的小石壶,装了满满一壶正宗的荷兰烈酒。聪明的范·考利尔总是随身携带着它,以壮自己的胆气。这可恶的投掷武器在空中呼啸着,不偏不倚,就像恃强凌弱的埃阿斯把巨大的石块投向赫克托一样,以无可匹敌的力度打到了这位瑞典巨人的大脑袋上。

这上天安排的一击决定了这场波澜壮阔的战斗的结局。詹·瑞辛将军沉重的脑袋耷拉下来。他双膝跪地,浑身无力,好似巨大的身躯被死神攫住,倒到地上时沉重的声音把冥王普鲁托都吓了一跳,唯恐自己冥府的屋顶被他砸破。

他巨人哥利亚似的殒命标志着这场战斗胜负已定。瑞典人退缩,荷兰人长驱直入。前者拼命奔逃,后者猛烈追击。一些人趁乱尾随着瑞典人,进了要塞的大门;另一些人向堡垒猛攻,另有一些爬过幕墙。很快,坚不可摧的克里斯蒂娜要塞,宛如另一个坚守了十个小时围攻的特洛伊城,终被攻下,双方未损一兵一卒。胜利伪装成一只巨大的牛虻,落到伟大的斯托伊文森特的小三角帽上,他请来记录这次远征的所有作家都宣布,在这个有纪念意义的日子里,他获得了无上的光荣,让十几位基督世界最伟大的英雄流芳千古!

第八章

作者和读者从战斗中缓过神来,展开一场严肃而发人深省的谈话。其后记录彼得·斯托伊文森特对这场胜利做出的反应。

多谢圣尼古拉斯!我已经讲完了这场大战。我亲爱的读者,让我们坐下来,冷静一下,因为我真的已经大汗淋漓,情绪激动。天啊!这真是一场恶战!如果这些伟大的指挥官知道他们给史家带来了多大的麻烦,他们就不会厚着脸皮赢得这么多可怕的胜利了。我已经听到了读者在抱怨,从头到尾,这场战争竟然没有大屠杀,没有一个人变成残废,那位被彼得·斯托伊文森特锋利的宝剑削掉辫子的不幸瑞典人抛开不算。这是对概率公然的侮辱,也是对这个讲述的趣味性巨大的伤害。

这一次,我要坦白承认,我的爱挑剔的读者嘀嘀咕咕是有些道理的。不过,尽管我能给出许多理由不让自己的故事整页都浸满鲜血,不让每个句子声韵上都是垂死的呻吟,那样的话我可能不写战争就好了。如果我描述的战争不能让这地球上每个有理性的人满意,我的书被扔进火里烧掉我也毫无怨言。但一个简单的事实是,我查阅了所有历史、手稿和传说,谈到这场值得铭记但久已被人们遗忘的战役时,我都没查到在整个战斗中有人战死,甚至连伤者都没有。

有同情心的读者不难感受到我所处的困境。我已经答应读者讲一个可怕的、前所未有的战争,自己也为此做好了充足的准备,而且也让自己进入一种好斗、嗜血的心境。我把史家的声誉、普通人的情感,都完全投入这份事业中,难再回头。除此之外,我还费尽心力财力把一支杰出强大的战队从荷兰运过来,如果让他们像某个著名的英国远征队一样,回家的时候只是耳朵里多了个跳蚤,我会良心不安,也无法显出我对他们以及他们杰出的子孙应有的敬重。

如何让自己从这种两难的困境中摆脱出来,让我大伤脑筋。假如这无情的命运能给我安排五六个死人,我就会心满意足,因为我会把他们描述成古时每个朝代都有的英雄,尽管他们的民族现在已经不幸灭绝。如果我们相信那些尊重事实的作家,那些诗人所描述的英雄,他们能像驱赶羊群一样在万军中自由杀伐,单枪匹马就能攻城略地,我保证会给自己的每个英雄像猫一样多的命,让他们无法死去。

不过,发现没有一具尸体做我的素材,我也只好尽我自己最大的能力,用踢打格斗、挫伤、乌青眼、流血的鼻子等等不上场面的伤痕来描述这场战争。不过,对我而言最大的困难是一旦安排好战士们热情激昂准备好冲锋,并把他们放逐到敌群中间,如何才能避免他们造成伤害。好几次我不得不阻止强壮的彼得,以免他把高大的瑞典人拦腰劈成两半,或把六七个矮小的家伙像劈麻雀一样用剑劈倒。当我让几百个投掷物在空中乱飞的时候,我不敢让任何一件落地，生怕会结果了哪个倒霉的荷兰人的性命。

读者无法想象我双手放不开会有多难受。多少次我可以好好写写历史上歌谣里记录的致命一击，但也只好让这些诱人的机会溜走，假装没看见。

依照我个人的经历，我开始强烈怀疑荷马先生所讲述的故事很多是否真实。我坚信当他在敌军中举起自己称心的刀剑，未经谁批准就砍向许多老实人，他只是要突出他们。因为一个冤死鬼被送到地府，只是因为他的名字将夸张地改变一个时代。但我会放弃所有这些没有约束的自由。只要真相和法律在我掌握之中，没有谁会比我打得更激烈。但由于我查阅的各种资料都不能肯定有人战死，杀死任何一个士兵我都于心不忍。我以圣尼古拉斯的名义起誓，这可是一件大事！我预见到我的对头，那些批评家随时会找上门来，给我罗织罪名，可能会直接判我谋杀罪。我很庆幸自己能逃脱，因为没有比杀人罪更严重的判决了。

现在，温和的读者，让我们静静地坐下，抽着烟斗。请允许我沉湎在此时掠过我脑海的忧郁的反思中。我们在这个充满美好幻觉的世界中喘息着拼命追逐那些华而不实的泡沫，之后才会发现这是多么徒劳无益，因为它们是那么易逝，那么不可靠。年迈的守财奴倾尽一生心血，日夜劳作、不眠不休积攒下的财富，他的一位挥霍无度的子孙在百无聊赖的淫逸中就能给他耗掉。那些最崇高的纪念碑，上面凝结了无数荣耀，让一个名字成为永恒，而时间之手却能很快将其化为废墟。即便是立下汗马功劳夺得的最耀眼的桂冠，也会慢慢褪色，在人们的冷漠忽视中被永远忘掉。虔诚的波伊提乌说：

"多少英雄豪杰，曾是一个时代的骄傲与荣耀，却在史家的沉默不语中被永远地忘掉！"正因如此，斯巴达人出征时，都要庄重地给缪斯献祭，祈求自己的功绩能被很好地记载下来。优雅的西塞罗曾说，要不是荷马奏响了自己的七弦琴，阿喀琉斯的勇气就不会被人传唱。骑士般的彼得·斯托伊文森特，在历尽千辛万苦、千难万险，留下所有的英勇事迹后，他的命运也是如此。好在我介入其中，在卑鄙的时间悄悄将他的名字永远地刷掉之前，将他的名字镌刻到无法磨灭的历史匾额上。

我思考得越多，就越惊讶地发现，我们这些史家何其重要！我们是至高无上的审查员，决定着与我们一样的生死人（凡人）的荣辱；我们是声誉的公共救济员，依照自己的判断或心情安排名声；我们是国王的恩人，是真相的卫士，我们鞭笞罪人，我们教化世人。我们是，一句话，我们无所不是！有多少高傲的贵族或是尊贵的市长经常趾高气扬地从像我这样一位身材矮小、走路缓慢、干巴巴的史家旁边走过，却想不到这位不起眼的路人会是自己命运的仲裁者。他们将来是能够永生，还是像他们的先人一样被湮没在尘埃里，全赖这些人。一位睿智的哈里发曾告诫自己的儿子："不要侮辱苦行僧，以免冒犯了你的史官。"古代许多大人物如果遵循这一显而易见的准则，自己的名字可能会逃过各种残酷文笔的画掉抹杀。

但请读者诸君不要以为我意识到自己的力量以及价值后，虚荣心膨胀，自吹自擂。正相反，想到我们这些史家会在世上引起多么可怕的混乱和悲惨的灾祸，我就会瑟瑟发抖。诚实的读者，我向你们起誓，作为一个普通人，想到这些我就会哭泣！我不明白，为何每天都要有这么多的伟人狠心离开自己心烦意乱的家人的怀抱,忽视美人的笑容,鄙视财富的诱惑,让自己卷入惨烈的战争之中?为何杰出的将军要割断上千个从未伤害过他们的人的喉咙?为何国王要使帝国荒芜,让整个国家人口减少?简而言之,是什么引诱世世代代、各个地方的所有伟人,取得这么多可怕的胜利,又犯下这么多恐怖的罪行,对人类、对自己造成这么多痛苦,仅仅是盼着史家能大发善心帮他们扬名立万,允许他们在我们的书卷中占据一个小小的角落?所以,他们经历所有的辛劳,所有的艰难困苦,目的不为别的,只是为了不朽的名声。但什么是不朽的名声?啊,脏兮兮的纸片上占半页篇幅而已!唉!唉!这想法多让人羞愧!伟大如彼得•斯托伊文森特,他的名声竟要依赖迪德里克•尼克伯克这样一位小人物的笔杆子!

好了,从战场上的疲惫和惊恐中回过神来,我们要再一次回到战场,看看这次著名的征服如何收场。克里斯蒂娜要塞是一个美丽的城镇,在某种程度上是新瑞典的中心。这个要塞一经拿下,很快整个新瑞典全面被征服。骑士般的彼得英勇顽强,谦恭有礼,一点没有催促瑞典人投降。虽然战场上的他令人望而生畏,但在得胜之时他宽容仁慈,体现出人道的精神。他没有在自己的敌人面前吹嘘自己,也没有冷酷地侮辱对手,让对手的失利更显耻辱。因为他像展现骑士美德的镜子,著名的圣骑士奥兰多一样,虽然急切地想要做一番大事业,事成之后却不愿再提。他没有处死任何人,下令不得烧毁任何房屋,不允许掠夺被征服者的财产,甚至他最勇敢的一名随军牧师抢劫了一个鸡窝,都被他发现后狠狠打了一顿。他还发布了一个公告,邀请当地居民臣服于荷兰王国最高元首,同时又带着前所未有的温和,宣布任何不愿臣服的人会由政府出钱,被安置在一个特意为他们准备的城堡中,并且配备武装人员服侍他们。因为有这些优待条款,大约三十个瑞典人勇敢地站出来,宣誓效忠荷兰王国,而作为回报,他们被慨然允诺,可以留在特拉华河沿岸,他们的子孙后代就在那里繁衍至今。但有许多细心的游客告诉我,他们始终未能从祖上垂头丧气的神色中恢复过来。这种神情莫名其妙父子相传。这是强健的阿姆斯特丹人的痛击给他们留下的清晰印记。

至此,新瑞典的整个地区都已归顺得胜的彼得。这里变成一个叫作南河的新荷兰殖民点,由一位副总督管辖,统归于新阿姆斯特丹最高政府的控制下。这位副总督叫威廉·比克曼先生,或是贝克曼先生,他的姓像古代的奥维德·纳索一样,得自自己鼻子非同寻常的尺寸。那鼻子从面孔中间突出,像一只鹦鹉的喙。其实,在许多旧时的记载里,都暗示他的这个鼻子不仅是他名字的由来,而且还是他发财的基础。因为当时城里没有钟,公众就把贝克曼先生的脸当作了日晷。这一充满浪漫色彩又别具一格的相貌先是拖着它的主人一道闯入公众视线,其后又拖出整个贝克曼家族。他们,正如故事后面继续讲到的那样,在很长的一段时间里都是这一地区最古老、最有声望的家族。不过他们纪念自己尊贵地位的起源,并不像英格兰的贵族家庭那样,在盾牌上装饰一个闪闪发光的大鼻子,而是每一个人的脸部正中央都有一个好看的鼻子。

至此,这一危险征程光荣落幕,彼得只失去了两个人:沃尔夫特·

范·霍恩，一位瘦高个，在一阵疾风中被一艘单桅帆船的吊杆打到了水里；胖胖的布罗姆·范·博梅尔，被可恶的消化不良突然夺去了生命。不过，这两个人都被当作为国捐躯的英雄，名垂千古。诚然，彼得·斯托伊文森特的一条腿在进攻要塞的时候被折断，碎成几块，不过好在那是他的木腿，伤口很快愈合，没有大碍。

  我的这条历史脉络就讲完了。但我还要提一点，就是这位完美的英雄和他获胜的军队欢天喜地地回到了曼哈托斯，头戴桂冠，像是年轻的麦克白的追随者行进在邓斯纳县会移动的森林中一样。就这样，他们庄重而神气地走进新阿姆斯特丹，押解着瑞辛和他被那些被击溃、不愿投降的残余部队。似乎这个高大的瑞典人在战斗的尾声只是一时昏倒，被人迅速拧着鼻子治了一下后，才苏醒过来。

  这些被俘的士兵，依照总督的允诺，由政府出资，被安置在了一座宽敞明亮的城堡中。这里是新荷兰省的监狱，斯托菲尔·布林克霍夫，那位牡蛎湾不朽的征服者，被任命为郡首席治安官在此看守。此后这一城堡一直归他的子孙所有。

  新阿姆斯特丹人看到他们的勇士又一次从战场归来，不由得欢天喜地。这个场面喜气洋洋，令人愉悦。老妪们围绕在安东尼·范·考利尔身边，听他事无巨细地描述整个战斗过程。除了讲到自己亲自投入整个战斗中，范·考利尔还特别讲到了如何击败强壮的瑞辛，他认为自己显然也有功劳，因为自己的石酒壶起了大作用。全市的教师都给他们的捣蛋鬼们放了假。这些小孩子紧跟在敲锣打鼓的人群后头，头上戴着纸糊的帽子，裤子上贴着纸条，第一次过了把四处游荡的瘾。至于那群有一身蛮力的民众，彼得·斯托伊文森特走到哪里，他们就跟到哪里，一边走，一边在空中挥舞着自己油腻腻的帽子高喊："老顽固彼得万岁！"

这一天人群沸腾，热闹狂欢。为表彰勇士们，市政厅举行了盛大的晚宴。新阿姆斯特丹大大小小各界人物欢聚一堂。有尊贵的议事会委员和他爱奉承的副手，有带着爱管闲事的市政官员的市长，市政官员近旁坐着再下一级军官，诸如此类，直到最低等级的警察随从。每个人身边都有副官伺候，替他装烟，喝干他杯底的残酒，听到他每次都讲得不好笑的笑话时赔笑。简言之，全世界的市级宴会都是一个样，这是自阿姆斯特丹建立以来首次全市宴会，其规制就像今天大公司的野餐或国庆日的欢宴。大批的鸡鸭鱼肉被吃掉，海量的烈酒被喝干，成千上万的烟块被吸掉。许多无聊的笑话也让许多人哄堂大笑。

我一定不能忘记这一点，由于这久负盛名的一役，彼得·斯托伊文森特又得到了称号。慈厚的市长们对彼得的成就欢欣鼓舞，一致尊称他为"Pietr de Groodt"，亦即"彼得大帝"，或像新阿姆斯特丹人解释的那样，为"Piet de Pig"（大彼得）。彼得一直享有这个称号直到去世。

第六篇

本篇包含老顽固彼得统治的第三个时期：他与英国人的纷争，以及荷兰殖民地的衰落与毁灭。

第一章

彼得·斯托伊文森特如何使主权民众不再为国事分忧，以及和平时期其管理轶事。

彼得·斯托伊文森特的统治历史是一幅令人悲伤的画面。在此期间，政府纷扰不断，麻烦重重。此段历史，对于所有野心勃勃想要登上权力宝座的人来说，不啻为一个严正警示。彼得在同瑞典人的战争中大获全胜，疆域得到拓展，但在趾高气扬回到自己美丽的城市时，他的这种狂喜荡然无存，因为他发现在他离开的这段时间里发生了辱骂他的可悲事件。

暴脾气威廉统治时期，民众为了一时痛快，很不幸豪饮了一大杯醉人的权力毒酒；虽然彼得·斯托伊文森特接任时，一种暴民和牲口都具有的本能直觉让民众意识到，政府的管理移交到了一个更为强硬的人手中，但他们还是忍不住地在焦躁不安的沉默中焦急、闲谈、回味着他们曾经有过的权力主张。所以，彼得大人刚一离开，城中侃侃而谈的小酒馆政客即刻放肆起来，沉溺在不受控制的狂想和胡闹之中。

许多国家，尤其是一些文明国度，总是由最平庸的人来管理，这似乎是某种奇怪令人费解的命数。在这样的国度，人人都会发现政府管理中的过错。大家都希望证明，如果由自己来管理事务，国家会比现在好上一千倍。很奇怪，看上去好好的政府，管理上却是如此之差。同样奇怪的是，上苍慷慨赋予每个人立法天赋，但这个国家却只需要一个人来管理。

新荷兰的情况正是如此。新阿姆斯特丹的所有伪政治家，个个都是国家事务方面的智囊，人人在管理公共事务方面好像都比彼得·斯托伊文森特要强。但这位年长的总督性格倔强，永远不会任由围着自己、才干出众的顾问们把建议强加于他，以此使国家免于毁灭。

因此，彼得刚一离开去征讨瑞典人，威廉·吉福特执政时期的遗老们就迫不及待地把头探出水面，聚集到一起参加政治集会，开始谈论"国事"。在这样的一些集会上，忙忙碌碌的市长们与他们那些爱发号施令的市政委员们大出风头。在沃尔特·范·特维勒执政的和平时期，这些显要是身材肥胖、好吃好喝、寂静无声的管理者，而现在，他们由民众选出，是横在民众与政府之间的一个顽固的阶层。他们很有民望，不遗余力地为下层人的权利鼓噪，就像古罗马那些敢于直言、公正无私的民众领袖，抑或是今日那些被称为"民众之友"的正直无私的爱国者。在这些见解深刻的政客的教导下，原本唯唯诺诺的民众，豁然对一些他们无法理解的事务脑洞大开，让人吃惊。补鞋的、补锅的、缝衣的骤然间感觉自己像修士启示的辉煌时代那些对宗教一无所知的傻瓜受到启发一样思路开阔。没有任何研究或从政的经历，他们突然开始对政府的所有行动指手画脚起来。这里我还不得不提那些当年是孩子，随"好妇人号"来到这片土地的几位守旧、固执的老市民。在新阿姆斯特丹，他们被这群开悟了的民众看作是绝对可信的预言家。说一个为发现国家做出过贡献的人不知该如何管理这个国家，是荒谬绝伦的。这种说法就像现如今质疑我们绝对可信的"开国英雄"，怀疑他们的政治智慧，怀疑一个为建立政权奋斗过的人（无论其天资多么愚笨）不能胜任政府中任何位置一样，会被人们认为是悖论。

但彼得·斯托伊文森特性格怪异，不需要他的属下帮助管理本省的事务，因此回来后发现在自己出征期间本省竟然出现如此多的派系很是愤怒。他采取的第一项措施是恢复良好的秩序，而这需要把这些主权民众的尊严瓦解到泥土里。

于是他等待时机。一天傍晚，觉悟了的民众被召集起来，参加一次绝密会议，聆听一位被煽动起来的鞋匠做爱国演说。这时，刚毅的彼得，同所有与他同名的俄罗斯伟人一样，突然出现在他们中间，面上的表情严峻到可以让磨盘石化。参加集会的人惊慌失措，那位演讲的鞋匠似乎在说到高潮时突然中风，嘴巴大张，双膝颤抖，吓得呆若木鸡，喉咙里断断续续喊出"恐怖""暴政""自由""权利""税收""死亡""毁灭"以及一连串显示爱国精神的词语后，才勉强把嘴巴合上。精明的彼得毫不理会自己周围退缩的人群，而是径直走向那位吵嚷着的无赖，从身上掏出一块巨大的银表。这块银表在过去可能是城镇的大钟，今天仍然被斯托伊文森特的后人当作家传古董保留着。他把银表取出，请演讲者把表修好，让表走起来。演讲的鞋匠低声下气地说自己根本修不了，因为他不熟悉钟表的构造。"好吧，可是，"彼得说，"试试用你的巧手，伙计，你看这儿所有的弹簧齿轮都看得到,手再笨也能让它停下来,把它拆解开。为什么组装好不像让它停下来那么容易呢?"演讲者声称自己的活计与此大不一样,他是一个破鞋匠,一辈子从未鼓捣过表这样的玩意。有人对这门手艺熟悉,他们专门修表,而要他来做,只会把表修坏,让一切瘫痪。"那么这位先生,"彼得喊道,突然紧盯着鞋匠,表情严肃得几乎要把这位补鞋的匠人化成他做工用的垫石,"你不是要搅和政府管理吗?你不是要调试、校准、修补政府这台复杂的机器吗?但它的基本原理你了解吗?它最简单的操作在你看来是不是也太奇妙了?钟表这种最常见的机械,所有的秘密都敞开来要你检查,你尚且不能修正一点小毛病?去伺候你的胶皮、垫石吧,那才是你头脑里该有的东西;好好补鞋,老天安排你做什么就做什么。可是,"接着彼得抬高嗓门,响声震天地说,"如果让我抓到你,或城市里的任何人,不管方脑壳的还是圆屁股的,只要胆敢对政府事务胡说八道,我对圣尼古拉斯发誓,我会把这一个个混蛋处死,把他们的皮扒下来做鼓面,让他们发点有用的声响!"

这番恐吓加上总督雷鸣般的声音让所有人胆战心惊,瑟瑟发抖。演讲的鞋匠此时头发像自家养的猪的鬃毛一样倒竖起来,勇武之气不再,胆子早已荡然无存,只感觉如果有针眼大的洞,自己也一定能钻进去逃掉。

彼得大人的这一招虽然取得了应有的效果,让整个社会恢复了秩序,可也让他在开悟的普通民众中失去了些声望。许多人指责他有贵族情结,过分偏向贵族。这样的怀疑看上去有些道理,因为正是在彼得当政时期我们这个城市中开始出现显赫家族以及炫耀财富的风气，此后这种趋势愈演愈烈以至今日。那些赶着自家牛车，养着许多头牛，拥有白菜园所有权的人看不起比自己穷的邻居。他们对待邻人虽然百般和蔼，但屈尊的态度让邻人们更感羞愧。随"好妇人号"来到这里的那些乘客的后人，更是喋喋不休，一直述说先人的尊贵。人们开始在很多方面追求奢华，甚至连彼得·斯托伊文森特本人（虽然依他的身份确实可以讲究点尊贵隆重）在公开场合也似乎开始在装备上讲究起来，去教堂做礼拜总是乘坐一辆车轮红如火焰的黄色马车。

从这样的图景中读者诸君能察觉到，我们荷兰先人有许多癖好被后人忠实地继承了下来。今天，富有的公民依然以钱包鼓鼓为傲。许多勤勤恳恳的生意人，壮年时在尘世中忙忙碌碌、籍籍无名，年长时却可以上气不接下气地坐下来当绅士，享受自己辛勤劳动挣来的尊贵。在这一点上，他们有点像是那些会持家但也有野心的家庭主妇。在厨房里辛苦劳作，烹、炸、煮、煎一整天，准备好晚宴后，悠然走进客厅，摇身变为神采飞扬、感情充沛的优雅女人。

再者，近几年人们也很惊讶地看到许多家族更多依赖祖荫成为名门望族。那些可以毫无愧色地仰望父辈的人备受别人看重。那些可以大谈特谈祖父的人，更是虚荣。而那些能回望曾祖的历史，不会在补鞋摊上绊倒或把头撞到耻辱柱上的人，完全以自己的家族为荣，则让人受不了。苍天保佑！这些一小时就成名的暴发户和那些一天之内发达起来的人，真的让人叹为观止。

对我来说，古老的荷兰家族是地方上唯有的贵族，这片土地上真正的主人。每当看到一位正直的荷兰老市民静静地抽着自己的烟斗，我都十分尊重与敬仰，把他们看作是范·伦赛拉尔斯、范·詹特、尼克伯克，或是范·托伊奥家族高贵的后裔。

但我不会让读者因为本章前述的部分，而认为彼得大人是一位专横的总督，用大棒来管理民众。恰恰相反，在不需要太正式的场合，他待人慷慨大方，谦逊有礼。我虽然害怕更为开明拥护共和体制的读者会把这看作是他无知、狭隘的证据，但事实上他真的相信只要不让醉人的政治成分注入社会生活的酒杯，就能让民众安宁幸福。他把民众的思想同那些只会让他们热血沸腾但他们并不甚了解的话题隔离开来，以此让他们更踏实勤奋地关注他们自己该关注的职业，从而成为对社会更为有用的公民，更关注自己的家庭，更关注自己的财富。

他很少毫无道理地严肃对待一件事，也很愿意看到贫穷劳苦的人快乐。为此在他的推动下，荷兰人建立了很多节日，有很多公众娱乐项目。在他的统治时期，首次出现了复活节（荷兰语作Paas）碰鸡蛋的习俗。新年到来，人们也大肆庆祝，敲钟、放炮迎接新年的到来。此时，家家成为酒神的祭坛，人人疯狂饮酒，属地成为樱桃白兰地、正宗荷兰杜松子酒、甜苹果酒的海洋。城中所有穷人，纯粹出于节俭，无不喝个酩酊大醉，一次把今后半年的酒都喝了下去。

有时人们也能心情愉快地看到勇武的彼得在周六下午，与年长的市民和他们的妻子坐在一起，就在浓荫覆盖住炮台的那些大树下面，看年轻的男男女女在绿草地上翩翩起舞。就在这里，他通常抽着一袋烟，不时开个玩笑，在安详甜蜜的节日气氛中，忘掉战争的严酷。他会不时点头，对活力十足抬腿踢跳的小伙子表示赞扬，还会不时拍拍手，开心地为那些坚持最久，把竞争者都累瘫的体态丰腴的姑娘鼓掌，因为这明确无误地表明这位姑娘就是最好的舞者。但有一次，舞会的和谐被打断。一位身姿曼妙的年轻妇人，在舞场上赫赫有名，刚刚从荷兰过来，自然在城市中衣着最时尚。她过来跳舞，穿了不足十二条衬裙，而且这些衬裙短得惊人。集会的人群都悄悄议论起来。一些年长的妇人极为震惊，年轻的姑娘则羞红了脸，为这位"可怜的人"害臊。大家注意到就连总督本人心里也有些不自然。也许是为了让所有在场的人更加震惊，她跳了一曲她跟从鹿特丹一位舞蹈大师学来的吉格舞，令人讶异地用身体描画出一些数字。也许是她过于用力摆动自己的脚，也许四处流浪的风神自由散漫，突然不再送风，可以肯定的是她在做一个大回转时，令人意想不到地把身体暴露了出来。这在今天的舞厅里也许不是什么让人羞愧的事，但在当时却让所有人大为惊讶。几个表情极为严肃的乡下人大为震撼，而一向谦和无比的彼得总督本人，则感觉极为愤慨。

　　在威廉·吉福特当政时期，短小女裙已然成为一种时尚。但在彼得眼里，看上去很不舒服。虽然他不愿意干预女孩的衬裙问题，但还是马上建议每一位女孩的衬裙底部都加上一个荷叶边装饰。他同样颁布命令，要求女人，事实上还有男人，在跳舞时只能曳步转身，不能用其他舞步；由于他心里因此事极为不痛快，此后就禁止任何年轻女性尝试做所谓"展现优雅身姿"的动作。

　　这是他在性方面采取的唯一限制，但对公众来说，这些限制是他专横和压迫的表现。女性的权益一旦受到侵害,她们总是会温和地反抗。这次也是如此。事实上,彼得·斯托伊文森特很清楚地认识到,如果他敢把措施定得再严格些,这儿的女性就有把衬裙丢开不再穿的危险。因此,像所有了解女性行事之道的聪明人一样,彼得闭口不再谈这件事,此后听任女性穿衬裙,在跳舞场上欢呼雀跃时能跳多高就跳多高。

第二章

彼得·斯托伊文森特被东部的强盗和马里兰的巨人严重侵扰；英国内阁设计阴暗恐怖的阴谋，阻碍曼哈托斯的繁荣发展。

接下来我们将看到的，可以说是本书的核心与精髓。如果我预感没错的话，在接下来的几章中，我们还会有很多事情要处理。到目前为止，我的写作进展顺利，甚至超出了我的预期。告诉读者朋友一个秘密吧（事实上我们已经非常亲切，所以我认为在我们分别前我应该告诉读者我所有的秘密）！最初开始着手写这段非凡却忠实的小史时，我感到十分困惑，不知道该怎样才能完成它。虽然我装出一副毫不在乎的样子，说了些自夸的话，可这不过是一个吹牛大王在吵架刚开始时气势汹汹的虚张声势罢了，吹牛大王一定知道，到最后他不得不狼狈而逃。

回想一下，虽然这个著名的省份在其居民和史家的眼中极其重要，但现实却令人悲伤，那就是攻击它不会获得多少钱财或其他战利品，而且如果对其恶意发动战争的话，除了会把它击溃，你什么都得不到。一想到这些，我便陷入深深的绝望，因为我得找出战役、流血事件或其他赋予一个民族重要性的灾祸，来使我写的历史生动鲜活。但在我看来，这个十分友好亲切的省份，恰如一位并不快乐的处子。上苍没有赋予她充足的魅力，燃起邪恶男子的恶念；她也没有不通情理的父亲逼迫虐待她，没有可恶的强迫者与她一起私奔，而她自己也没有足够的勇气和担当做自己的主，大胆去"探险"。总之，她注定要在平静安宁、不受侵扰、毫无希望的境况下，凄凉地守着自己的处子之身活下去，最终平和地故去，不给租书图书馆，那伤感故事的仓库，留下一点或悲悲切切或令人愤慨的故事。

但多亏了比我强的故事主角们，他们的决定与我不同。无论是一些群体，还是某些爱管闲事的个人，他们都会很轻易地就让自己陷入困境。我一直都说，最容易陷入困境之人，往往最没有能力再从困境中摆脱出来。一些小国过分逞强，无疑会招致这样的麻烦，因为我还注意到，这一恣肆、难以抑制的美德，在限制最严的地方最难以控制。这就说明了为何自找麻烦在小国、小男人，特别是丑陋的小女人中，如此惊人地肆虐、蔓延。所以小小的新荷兰省会招来众多敌手，会遭受如此多的苦难，以满足最好战民族的野心。令人伤心的现实表明，这是一个十分凄凉、痛苦而悲惨的小省！所有这一切无疑都是上苍仁慈的安排，好为这段悲壮的历史增添一丝趣味和壮丽色彩。

在特拉华大捷后的很长一段时间里，对荷兰人的劫掠和骚扰一直在持续不断，这既侮辱了荷兰人的尊严，也搅扰了他们的平静生活。但我克制自己不去详述那些可鄙的做法。因为曾经堂皇地描述过克里斯蒂娜要塞大战的笔，永远不该再用来描述卑鄙的边境搅扰和发生在边境的小规模冲突。曾经让强壮的瑞辛及其属下狼狈溃逃，征服了新瑞典的史家,也永不该注定去为保卫一个猪圈或鸡窝而战,抑或与非法占地者和东部的强盗们进行毫不体面的争吵。作家们,请不要做这些!一个尼克伯克后代不会现在就忘了什么才是其家族及其自身该做的事。

无须多说,我的读者一定记得,巫术的突然盛行和近邻联盟会内的意见分歧,曾奇迹般地阻止了东部人民对于新荷兰省敌意的爆发,现在边境再次出现成百上千次令人痛苦的严重冲突,让这股难以化解的敌意再次显现。

特拉华大捷过去还不到一个月,来自康涅狄格的一支侵略军突然出现在东部边境的小荷兰人定居点,让定居点的荷兰人大为震惊。这支军队坚决地向新荷兰省挺近,就像沙漠上一支强大的旅行队。女人和孩子坐在载着铁锅和水壶的马车上,好像他们是要把正直的荷兰人活活煮了,像吃龙虾一样把他们吞下。车队最后跟着一群四肢修长、瘦瘦高高的无赖,他们肩扛斧头,背驮大包,铁了心要改变下当地的面貌,而不管这块土地归谁所有。这些人一安顿下来,便会立马将不幸的荷兰人彻底赶走,把他们驱逐出那些富饶的河滩地和肥沃的溪谷,而这些地方正是荷兰自耕农安居乐业之所。这些来自东部的精明人恶名昭彰,因为不论在哪儿,只要他们一站稳脚跟,老实的荷兰人就会慢慢消失,就像面对白人的印第安人一样慢慢离开,因为他们完全不适应新邻居喋喋不休、讨价还价、利益交换的性情。

正如前面我们所提示的那样,与这些明目张胆对荷兰王国最高君主领土的侵犯伴随而来的是无数卑鄙的打斗、摩擦、"绑约"。

如果不是驻守在南河地区的贝克曼先生令人烦恼的汇报让彼得不知所措,毫无疑问勇武的彼得一定会被东部的这些侵扰激怒,立刻对他们进行惩罚。

桀骜不驯的瑞典人被仁慈的彼得容许留在特拉华,但他们已经表现出不满和反抗的迹象。更糟糕的是,一位管辖马里兰殖民地的头领芬德尔蛮横地索要特拉华这整块地方,声称此地是巴尔的摩男爵的合法财产。马里兰旧时被称为"欢乐的土地",因为这里的居民丝毫不畏惧上帝,喜欢喝得烂醉,在薄荷冰酒和托迪酒中寻欢作乐。芬德尔的要求不止于此,横行霸道的他对荷兰人充满敌意,威胁说若是他的索求不能立刻得到满足,他便带领一支马里兰的精壮队伍,以及由在萨斯奎哈纳河岸边生活的魁梧高大的巨人组成的队列,毫无顾忌地向这里进发,将南河整个地区夷为平地,大肆杀戮。

显而易见,这个被瑞典人吹嘘夸大的殖民地,同所有被占领土一样,给占领者带来的巨大危害,很快就超过了它给被占领者造成的损失,而且它带来的不安与麻烦,比新荷兰省其他所有领土带来的问题还要大。恶恶相抵,这就是上天明智的安排。攫取近邻财产的占领者错待了一个民族,破坏了一个国家,虽然他会获得帝国的强盛和不朽的名声,但同时也给自己带来了不可避免的惩罚。他给自己招来一个无尽焦虑的源头——在自己原本健康完好的领地范围中,纳入了一个不确定的部分,一个带来恶劣影响并不顺从的成员,一个造成内部叛乱与分裂、外部纷争与敌意的永不枯竭的源泉。一个国家领土集中,各个地区紧密团结、忠诚合作才是幸福的。这样的国家会集中精力发展自己的力量,不会去毫无意义地占领无利可图又难以管理的领土。它会满足于自己的繁荣幸福，而没有野心要伟大不朽，就像是一个身体各个系统组织良好的人，身体健康，活力充沛，不为无用的虚饰所累，意志坚定、态度坚决。而那些领土分散、勉强联合起来、松散地组织一处，还不满足于现有领土的国家，恰如一个在金店四处忙活的愚蠢守财奴，处处宜受攻击，费心想要保护自己的财富，却发现自己徒劳无功，无能为力。

在收到南河传来的警报信时，伟大的彼得正忙于平息伊索普斯爆发的印第安人骚乱，而且正在考虑如何缓解东部边界与康涅狄格的问题。不过彼得还是传话给贝克曼先生，让他稳住心神，保持高度警惕，如果事态进一步恶化再告知自己。到那时，他会与他哈德逊河畔的勇士们一起前去，义无反顾地毁掉马里兰这个欢乐之地的欢乐。因为他极其渴望与六七巨人来一场亲手较量。他这一生还从未遇见过巨人，除非我们把强壮的瑞辛算作一个，而他也只能算是个小巨人。

然而，进一步搅扰贝克曼先生及其统辖地安宁的事情并没有发生。芬德尔与他忠实的部下一直待在自己家中，吃着锄头玉米饼、火腿，喝着薄荷冰酒寻欢作乐，沉溺于马里兰人赖以成名的赛马、斗鸡活动中。听到这个消息，彼得·斯托伊文森特十分高兴。因为尽管他很想同萨斯奎哈纳河的这些巨人较量一番，但家门口的麻烦已经让他忙得不可开交。他——这个值得尊敬的人——远没有想到，南部的这般平静不过是恐怖致命的风暴来临前骗人的序幕。风暴正在慢慢酝酿，很快就会爆发，将毫无防备的新阿姆斯特丹城吞噬！

此时，当这位杰出的总督如加图再世，为自己的参议院制定法律，不但制定且要实行法律时；当他不停地在他挚爱的新荷兰省的土地上四处奔波、体恤民怨、昭彰正义之时；当他只顾在自己领地的一角忙碌，剩下所有地方都陷入一片骚动之时，就在这时，一个针对他的黑暗可怕的阴谋，正在英国内阁这个骇人计划的温床上培育着。依照新阿姆斯特丹一位贤达的老历史学家所言，彼得在特拉华河大捷的消息在欧洲宫廷引起了很大的讨论和赞叹。这位学识渊博的史家还明确告诉我们，英格兰内阁已开始对曼哈托斯不断增长的实力以及这里顽强的自耕农的英勇精神，心怀极大嫉妒与担忧。

据悉，东部的近邻联盟会已派人去督促内阁，急切地要求他们帮助征服新荷兰这个凶猛可怕的小省，而那一贯喜欢　浑水的精明内阁，也早已经开始考虑他们的要求。先前提到巴尔的摩男爵横行霸道的代理人曾向贝克曼先生发出警告，而这时，巴尔的摩男爵向内阁提出，南河的土地应为他所有。他抱怨说，新阿姆斯特丹那些胆大妄为的侵略者毫不公平地把这片土地从他手中强行夺走。

英王查理二世，虽是护教功臣，却是一个声名狼藉、无所事事、放荡又爱耍笑的君主。听闻这些消息，据说他大笔草草一挥，就解决了这个问题，把包括新荷兰省在内的北美一大片地方当作礼物送给了自己的弟弟约克公爵。这是一份真正的皇家礼物，因为除了伟大的君主，谁还有权利将不属于自己的东西送给别人。

这份慷慨的礼物并不只是落在名义上。1664年3月12日，查理二世下令立即准备一支英勇的军队，水陆两方进攻新阿姆斯特丹，以让其弟第约克公爵完全享有该地。

所以新荷兰正处在危急关头。而敦实的市民们此刻正冷静地专心致志抽着烟，根本没考虑这关乎他们自身利益的危险；新荷兰省枢密院的委员们，此刻全都在会上打着鼾，那鼾声就像五百支风笛发出的嗡嗡声一样。勤勉的彼得将计划与行动全部一人扛下，此时正忙着想计策，与近邻联盟会达成协议。同时，一片愤怒的云彩在地平线上黑暗阴沉下来，很快它就会在这些瞌睡的荷兰人耳边隆隆作响，彻底考验他们刚毅的总督的勇气。

但不管接下来会发生什么，我在这里都以我诚实的人格保证，在所有军事冲突和微妙困境下，彼得总督表现出了一贯的英勇姿态，完美地展现出了一位高尚倔强的老骑士的节操——勇敢向前面对一切困难！就让幸运之星照亮伟大的曼哈托斯城！愿圣尼古拉斯保佑你，正直的彼得·斯托伊文森特！

第三章

彼得·斯托伊文森特涉险进入东部的国家，表明他虽久经沙场，却无法分辨圈套。

伟大的国家和伟大的人有一点特别相像，那就是他们的伟大之处只有在困境中才能显现出来。所以人们很明智地将逆境看作是对真正伟大的考验，就像金子不经火炼就永远不会得到真正的评价一样。任何国家、群体或个人（拥有伟大的内在特质）越是卷入危险和不幸之中，越是能在伟大中崛起，即使如房子着火，陷入深重的灾难中，也会比以往繁荣时期的任何时候更加辉煌。

中国这个庞大的帝国，虽然人口众多，财富众多，却也平平淡淡地走过了数个昏昏沉沉的时代。若不是由于该国发生内部革命，鞑靼人推翻了古老的政府，除了毫无生趣、单调乏味的繁荣外，它可能什么都不会留下。若不是不幸被火山灰吞噬，庞贝与赫库兰尼姆可能和同时代的许多地方一样为世人所遗忘。赫赫有名的特洛伊城也是因为十年苦战，最后毁于大火而让世人皆知。巴黎经历了无数阴谋和屠杀，最终在杰出的拿破仑创造了帝国的辉煌后，声名鹊起。甚至于伟大的伦敦，时代记录中人们记住的也只是这里发生过的黑死病、1666大火、盖伊·福克斯的火药阴谋。因此城市和帝国似乎都是在历史中沉潜，在史学家的笔下于默默无闻中积蓄力量，直到最后在巨大的灾难中爆发，在这样的灾难中留名万代。

上面推出的原则简单明了，示例震撼人心，大家能够欣然接受。读者诸君只要有一点洞察力就会意识到，新阿姆斯特丹城和新荷兰省正在通往伟大的路上。此时的城市和行省危险四伏，强敌环伺。让我真正感到震惊的是，小小一个新荷兰省何以在如此短的时间内把自己搅进这么多麻烦之中。自从沃尔特·范·特维勒执政的安宁时期，好望堡要塞被拿下来之后，这个行省的历史地位就变得越来越重要。除了彼得·斯托伊文森特，再也不会有更合适的首领能够带领其走向辉煌的顶峰。

他是一位顽强的老战士，亚里士多德所说的五种勇气，他充满激情的心里全部都有，假如这位哲学家所述的是五百种勇气，我坚信他也会全部具备。唯一不幸的是，他缺少了勇气中叫作谨慎的重要组成部分。谨慎这种冷血的美德无法在他伟大灵魂的热带气候中生存。所以我们看到他总是不断匆匆投入前所未闻的事业中，为自己的经历增添一种骑士浪漫色彩。现在他又想出来一个计划，一想到这个计划就让我写作的同时浑身颤抖。

他的计划就是一手仗剑，一手执橄榄枝，亲自去往强大的近邻联盟会，对违反他在不合宜的时间里所订条约的种种行为进行索赔，就是为东部边境发生的不停劫掠画上句号，或者说是为获得赔偿向他们发起挑战，兵戎相见。

彼得的这个决定在议事会一宣布，令人尊敬的委员们都大为吃惊。他们平生第一次大着胆子表示反对，向彼得表明将自己置于一群陌生而粗野的人中的想法十分鲁莽，同时还提到了其他一些他们严肃反对的事。但所有这些意见对于老顽固彼得的决心来说，其效果就像是试图用漏风的风箱吹动生锈的风信鸡转向一样。

于是彼得召来自己忠实的追随者安东尼·范·考利尔，让他准备好第二天早上跟他一起踏上这段危险的征程。如今的号手安东尼虽说年龄又大了些，但由于其一直保持着良好的心态，从不知道忧虑哀愁（从未结过婚），所以仍然是一个精力充沛、面色红润、爱说笑打趣的人，他的紧身上衣里面充满了极大的能量。最后这一点要归因于他在"考利尔的鱼钩"那片领地上的愉快生活，由于他在卡斯米尔要塞表现英勇，彼得·斯托伊文森特将那片地方交给他统辖。

尽管如此，没有比伟大彼得的这个命令更能使安东尼高兴的事了，因为他可以心怀爱意与忠诚，追随勇敢坚毅的老总督去天涯海角。而且，他还记得东部那个国家里那些嬉闹、舞蹈、"绑约"等种种活动，心中还有很多美好回忆，依然渴望再次邂逅记忆中那许许多多美丽丰满的姑娘。

于是彼得这位勇敢的化身就这样踏上了骑士探险史上有记载以来最危险的一次征程，除了他的号手外没带任何随从。这是一位勇士，只身犯险，公然到一个满是仇敌的国家去；但最重要的，这是一位简单直率的荷兰人，想要和新英格兰的整个议会去谈判。有什么事会比这更危险！自从我开始写这位举世无双但籍籍无名的首领的列传，他就不停遭遇各种苦难与危险，一直让我处于战斗与焦虑的状态。

唉！多想再写一章沃尔特·范·特维勒统治的安宁时期，那样我就能像躺在羽毛褥垫上一样安睡一下了。

彼得·斯托伊文森特啊，我把所有巫术的力量都召来帮助你，好把你从那些可怕的近邻联盟的阴谋诡计中解救出来，这还不够么？我勇敢地追随着你，像守护神一样随你在骇人的克里斯蒂娜要塞战役中冲锋陷阵，这还不够么？我不断地被逼打出王牌以求你安然无恙，一会儿用一支笔保你免遭身背后的一连串猛击，一会儿只用一个烟草盒勉强保你避开致命一击，一会儿又在你结实的公海狸皮帽都无法阻挡强健的瑞辛的宝剑时，用刚玉保住你无所畏惧的头颅；还有，我曾在没有办法的情况下，用一个不起眼的石壶，不光把你从强大的瑞典人的魔爪中活着救出来，还让你凯旋。这一切难道都还不够么？你为何一定要再一次走入新的困境，去做这莽撞的事，让自己、你的号手、你的史家处于危险境地？

不过这一切都是空谈。如果连之前从未向他提过建议的议事会委员们对他说的话都没有作用，我能指望我的话有什么效果吗？我能做的就是像号手安东尼拿起自己的号一样，拿起我的笔，忠诚地跟随他的脚步。我发誓，我会像安东尼一样，真心喜欢这位狂热的老骑士轻率的勇敢举动。我感觉我可以跟随他走遍世界，即使（上苍不会让这个发生）他会带我走过千难万险。

面色红润的曙光女神奥罗拉，像一位丰满的女仆，拉开了夜的黑色窗帘，快活的红发日神菲比斯一下子从床上跳起来，因被发现这么晚了还待在女神忒提斯的怀里而吓了一跳。就像一位东游西荡的邮递男孩发现自己晚了半个小时一样，他一边哄着马，一边给自己黄铜色马蹄的坐骑套上挽具，然后挥舞着马鞭，抽打着马，马蹄溅起的水花直至苍穹。现在让我们看看此时的老顽固彼得，这位视名声与勇敢为儿戏的人，他骑着一匹骨瘦如柴、甩动着尾巴的战马，一身戎装，器宇轩昂，大腿上挂着那把曾在特拉华河岸复仇行动中用过的铜柄宝剑。

再来看紧跟其后的勇敢的号手范·考利尔。他骑着一匹气喘吁吁、眼白很大的杂色母马；胳膊上吊着曾击倒强大的瑞辛的石壶，右手骄傲地握着号，号上装饰着一面鲜艳的旗帜，旗上画着曼哈托斯伟大的海狸。看他们威武地走出城门，就像很久以前身穿铁甲的英雄和紧随其后的忠实扈从。民众目送着他们，喊着分别的祝福、衷心的鼓励。再见，老顽固彼得！再见，忠实的安东尼！愿你们一路顺风，胜利归来！最勇敢的拔剑冲锋的英雄，最值得尊敬的穿着皮鞋的号手！

令人遗憾的是，我们的探险者在这次冒险旅程中遭遇的事传言甚少，只有斯托伊文森特手稿中提到了一首英雄史诗，这首文雅短小的诗是艾吉迪乌斯·卢卡先生所作，他好像曾是新阿姆斯特丹的桂冠诗人。这份无价的手稿告诉我们，伟大的彼得和他忠实的追随者在布卢明代尔的田园风光中策马，呼喊清晨的太阳，沉浸在清新的大自然中，场面波澜壮阔，难得一见。那时候布卢明代尔还是一个甜美的乡村山谷，明媚的野花遍地开放，清澈的小溪潺潺流淌，稍稍突出的小山下树木丛生，茂密的树荫下散落着别致的荷兰小屋，一片生机盎然。

进入康涅狄格界后，他们遇到了很多困境和危险。在一个地方，他们遭到了六七个乡绅和民兵上校的盘问，这些人骑着高头大马跟在他们后面追了好几英里。他们不停地猜测、问问题，让彼得和范·考利尔饱受骚扰，尤其是彼得，镶着银饰的腿让这些人大为惊奇。在另一处，离著名的斯坦福德镇不远的地方，他们又遭到了一群势力强大的教堂执事的质问，由于他们星期天还旅行，这群执事蛮横地向他们索要五先令，还威胁要把他们抓起来关进不远处塔尖在树林中隐现的教堂里。但是英勇的彼得轻而易举把他们打垮，结果这些执事在惊慌失措中跨骑上自己的手杖，快速逃走，慌乱之中把三角帽都丢在了后面。然而一位狡猾的匹快格人让他没有那么容易脱身。此人软磨硬泡、百般纠缠，成功地用自己跛脚、已经残废了的纳拉甘西特溜蹄马换得了彼得甩着尾巴的骏马。

尽管遇到了这么多困难，两人还是沿着缓缓流淌的康涅狄格河愉快地行进着。有一首歌中说，康涅狄格河的柔波，穿越无数肥沃的山谷，穿过无数明媚的平原，时而倒映着喧嚣的城市高耸的尖塔，时而映射着朴素小村庄的自然美景，时而呼应着商贸中繁忙的喧哗声，时而回响着农人欢快的歌声。

彼得·斯托伊文森特特别注重一些军事礼节，每到一个城镇，他都下令让强壮的安东尼吹一通号，以示致敬。虽然手稿上说居民们听说彼得来到，都陷入了恐慌之中。因为他在特拉华所取得的无与伦比的战绩早已在东部这个国家传开，大家害怕他是为了报复他们的各种违规行为。

但是善良的彼得骑行过这些城镇时一直面带微笑，挥手致意中带着不可言传的威严和谦逊。骑士时代的风俗，是处处挂起挂毯、摆出漂亮的家具来表达对英雄骑士的赞扬。彼得相信这些心灵手巧的民众塞进破窗户里的旧衣服，还有他们房前展示着的干苹果、桃子，都是为了欢迎他的到来而做的装饰。彼得经过的时候，女人们都挤到门口看他，一个全副武装的勇士总能让女性十分欢喜。小孩子们也成群结队跟在他后面跑，好奇地盯着他的军服、他的硫黄色马裤，还有他镶着银饰的木腿。还有一点我必须说的，就是许多高挑的乡下姑娘看到快乐的范·考利尔后流露出的愉快之情。从前他把彼得的战书带给近邻联盟时，曾用小号哄得她们很是开心。善良的安东尼从杂色母马上下来，带着无限的爱意亲吻她们每个人，看到一群小号手都围在身边寻求祝福让他十分高兴。他在每个孩子的头上拍一拍，嘱咐他们要做个好孩子，还给了他们每人一便士买糖吃。

斯托伊文森特手稿对总督在这次探险中遇到的危险没有再做更多描述，只是说他受到了近邻联盟会十分礼貌和尊重的接待，这些人滔滔不绝地赞美他、祝贺他，溢美之词、长篇大论差点让他窒息。至于他与委员会的谈判我这里什么都不谈，因为有更重要的事情引起我、我的读者以及彼得·斯托伊文森特的注意。简单地说，只需说明下面这些就够了，这次谈判和所有其他谈判一样——话说了一大堆，但什么都没做：一次又一次谈话，一个会议造成误解，就再开十二次会议把事情谈开，到最后谈判双方发现谈判还停在原地，只不过是自己搅进了一大堆礼节性的问题上，更加深了彼此间由衷的不信任感，使得未来的谈判进行起来难度十倍于以往。

刚毅的彼得也许是世界上最不适应外交诡计的人了，在这些使他困惑、让他愤怒的复杂情况中，彼得私下获知了英格兰内阁早已计划成熟的黑暗阴谋的一点消息。另外一个令人震惊的情报是，英国的一支舰队已从英格兰出发，目标是攻陷新荷兰省，而近邻联盟会也已开始联合行动，向新阿姆斯特丹派出了一支大军，从陆上对其进犯。

不幸的彼得！我是不是一开始就对这次倒霉的征程有不好的预感！看到你除了自己思考，没有任何顾问，除了一条诚实的舌头、无瑕的良知和一把生锈的剑以外没有任何铠甲，我是不是在战栗！你除了圣尼古拉斯外没有任何保护者，除了一个气喘吁吁的号手外没有任何随从！看到你就这样勇敢地冲向前，与新英格兰所有老谋深算的强权对垒，我是不是在颤抖！

当这个顽强的老战士发现自己陷入了圈套，他就像一个被猎人困在笼子里的狮子一样，狂怒、咆哮。他一会儿决定要拔出自己那把宝剑，勇敢坚定地一路杀出所有东部国家，一会儿又下决心要闯入近邻联盟委员会，把他们个个都杀死。最后，当他可怕的愤怒消散下去，他决定采取虽不那么体面但更为安全的权宜之计。

他假装不知道他们的阴谋，私下里派了一个忠诚的信使，给他在新阿姆斯特丹的议事会成员们传了一个消息，把这迫在眉睫的危险告诉了他们，并命令他们即刻让城市进入防御状态，而与此同时，他会摆脱这里的敌人，回去帮助他们。做完这些，他感觉自己轻松了许多。他慢慢站起来，像犀牛一样抖了抖身子，走出了自己的洞穴，就像骑士史诗《天路历程》中描述的绝望巨人走出怀疑城堡一样。

发现自己要不得不把勇敢的彼得留在这危险的境地中，我悲痛不已。但我们也该赶紧回去看看新阿姆斯特丹在做着什么，因为我担心这个城市早已乱作一团。彼得的命运一直是这样，在他全心全意做一件事时，往往会把其他事情搞得乱七八糟。然而，就像古代的君王一样，他得亲自去管理那些现如今都交给将军和大使们去做的事情，他不在，家里一定会乱成一团糟。所有这一切都是因为他智力非凡、事必躬亲，谁都不相信，也只是因此，他才赢得了响当当的"老顽固彼得"的称号。

第四章

　　新阿姆斯特丹人得知敌军威胁入侵的消息如何陷入巨大恐慌，他们如何用决心顽强固防。

　　对于一个哲学家来说，最为有趣的场景莫过于端详这样一个群体：其中每个人对公共事务都有发言权，每个人都认为自己像阿特拉斯一样肩负着整个国家的重担，每个人都认为振作起来为国争光是自己职责所在。在我看来，对一个哲学家来说，最为有趣的场景莫过于看着这样一个群体突然陷入战争的喧嚣和忙乱之中。好多人张着嘴大声吵闹，好多人高声呼喊爱国，人来人往，急急忙忙，人人深陷困境，个个相互妨碍，干扰着正不知忙着些什么的邻居！这就像是目睹一场大火，每个人都在做救火英雄——有的人在拖着空发动机走，有的人提着满桶水奔跑，桶里的水都溅到了旁边救火人的靴子里，还有的人彻夜在敲教堂的钟，要以此来灭火。矮小的消防员们，就像攻占突破口的顽强的小骑士，上上下下地攀爬云梯，拿着锡喇叭大声喊话，以此来指导进攻。其中一位忙碌的伙计，一心要抢救不幸邻人的财产，抓起一个不明白是什么的室内的器皿，勇敢地将其保护着送出去，其自豪之情就好似救出了一罐子钱。另外一位把镜子、瓷器扔出窗外,以免它们被烧坏,而那些什么忙都帮不上的人,则为了要做点什么,在街上跑来跑去,不停扯开嗓子喊着:"救火!救火!救火!"

严肃博学的卢西安曾说(我承认这故事有些老生常谈):"消息传到科林斯,说菲利普要攻击他们,居民陷入极度惊恐之中。有的人跑去磨光武器,有的人去滚石头筑城墙。总之,个个忙碌起来,但人人也成为他人的障碍。第欧根尼是唯一一位找不到什么事可做的人。之后,他决定在国家危难之时自己不能无所事事,于是他卷起长袍,开始拼命地推着自己的浴盆在体育馆里来来回回滚动。"与此相似,收到彼得·斯托伊文森特的消息后,新阿姆斯特丹这个爱国群体里的每个人都全力以赴地忙碌起来,把事情搞得一团糟,制造了异常大混乱。斯托伊文森特手稿里说:"人人都迅速武装起来!"这句话的意思是,每个老实的荷兰市民去教堂或去市场时,都会身挂一把老式的剑,肩扛一把长长的荷兰鸟枪。每晚出门都会提着灯笼;每次拐弯,都要先谨慎地四处瞄看,唯恐自己与英国军队冷不防相撞。据说,在老妇眼中和总督一样勇敢的斯托菲尔·布林克霍夫,竟然也在门口安上了两门一磅的旋转炮,一门从前门伸出,一门从后门伸出。

但是在这个严峻时刻,人们采取的最振奋也是被发现最有效果的措施,是召开民众大会。我前面已经说过,彼得·斯托伊文森特对这些吵吵闹闹的集会厌恶至极,但由于现在处于骚动的特别时期,且老总督也不在,没人阻止他们,所以集会在人们极大的热情中爆发了。于是演说家、政治家们又都找到了舞台。他们好像在彼此竞争，看谁吼的声音最大，谁迸发出的爱国热情最多，谁保护政府的决心更大。在这些贤明万能的会议上，人们一致同意，他们是地球上最有见识、最尊贵、最令人敬畏、最古老的群体。在发现这个决议被大家欣然接受后，另一个议题又被提出：有没有可能很策略地消灭大英帝国？对此，六十九名成员慷慨陈词，做了肯定的回答，只有一位站起来表示有些怀疑，而此人因这个叛国的想法立即遭到了惩罚，被暴民们抓起来，浑身被涂满柏油并粘上羽毛。这个惩罚等同于将此人推下了塔尔皮亚岩石，此后他便成了社会的弃儿，他的意见再也不会有人采纳。于是击败大英帝国的问题被一致肯定地通过。意见被提交给大议事会，并建议订立成法，而议事会也将其通过。这一举措使得民众的信心大受鼓舞，说话也变得激愤、勇敢起来。的确，人们最初的惊恐已经稍稍平息了下来。老妇人们已经把自己能掌控的钱全都埋了起来；她们的丈夫用剩下的钱整日喝个酩酊大醉；这些民众甚至要开始主动出击了。人们用荷兰语编了很多歌，在街上传唱，歌中英国人被沉痛打击，毫不留情。人们还发表了很多广受欢迎的演讲。这些演讲让人们确信，老英格兰的命运取决于新阿姆斯特丹人的意愿。

最后，为了给大英帝国的要害部位重重一击，一群更精明的居民集合起来，召开了一次核心会议。他们买到了所有能找到的英国制品，堆起来点燃。在爱国的火光中，所有到场、穿戴着英国制造的帽子或马裤的人，都把它们扯下来，毅然决然地扔到了火堆里，以此给英国制造业造成无法弥补的伤害、损失和毁灭。为了纪念这个伟大的行动，他们在现场竖起一根杆子，杆顶有个图案，寓意新荷兰省消灭大英帝国,样子像是一只雄鹰把小小的新英格兰岛从地球上抓走。但不知道是雕塑家技艺不精,还是他有意不合时宜地恶作剧,图案像极了一只鹅想要抓住一个汤团,却徒劳无功。

第五章

新荷兰大议会如何奇迹般出现许多侃侃而谈之人,以及"经济"原则的巨大胜利。

用不着什么魔法,我开明的读者,特别是那些无论以何种方式了解了主权人民——这个强大而且气势汹汹的最高统治者——的方式与习性的人,都会发现,上一章出现的关于战争令人难以置信的喧嚣和讨论虽然令其瞠目结舌,但可悲的事实是,名城新阿姆斯特丹对于防御的准备与以往相比并无进步。现在,民众已经克服了最初的惊恐,发现眼下没有什么敌人来到,又开始以民众自己出了名的口舌之勇,冲进了另一个极端。他们大胆吹嘘,大言不惭,说到让自己也相信自己是太阳底下最勇敢、最强大的人民,虽然彼得的枢密院委员们对此稍有怀疑。委员们更担心的是,如果那位严厉的英雄回来,会发现他们非但没有服从他的绝对命令,反而把时间浪费在听取一帮乌合之众大言不惭的虚张声势上,而他们深知没有比这更让彼得鄙视的了。

为了能够尽快弥补失去的时间,议事会委员与活泼的市、镇长们召开了一次全体大会,讨论本省当前的严峻形势,并出台措施保护本省的安全。这次庄严的会议上一致通过了两件事：一、新阿姆斯特丹城需要进入防御状态；二、危险迫在眉睫，不应再浪费时间。通过了这两条决议后，大家立刻就开始了长篇演讲，在无休止、无节制的争执中互相指责。大约就是这个时候，这个城市开始传染上在我们这个国家普遍盛行的演说病。每次一帮聪明人聚在一起，这个流行病就会显现出来。这种冗长、空话连篇的演讲病的爆发，据医生们判断，其病因是一群人聚到一起总会产生的污浊空气。而且，他们首次使用沙漏这个巧妙的方法来衡量一篇演讲的优劣：就一个问题发表演讲时间最长的人被视为最有能力的演讲者。据载，这个极好的方法得益于同样博学的荷兰批评家。这些批评家判断书的好坏，全看书的厚度，废话连篇的大部头一定能获得奖章，因为它"和奶酪一样厚"。

因此，当时的报道者在发布大议会辩论的报道时，似乎只关注到每个人在演讲台上站了多长时间。对于我们当前正在讲述的这次大会，我能找到的唯一一份会议记录中写道："某先生，做了一个生动演讲，时长六个半小时，支持固防。在他之后是某某先生，观点不同，演讲清晰准确，持续大约八个小时。某某先生建议对法案进行修正，将第八行之'二十四'改为'四加二十'，为了陈述自己的观点，他说了几句，用时三小时又十五分钟。在他之后温道尔先生，以其精炼、飘忽、简洁、优雅、讽刺、善辩的流利口才，令西塞罗、狄摩西尼或者从古至今任何一个演说家的演讲都相形见绌。昨天一整天他都站在演讲台上；今天上午他又接着讲，在本文写作时，他刚刚进行到演讲的第二节，他的演讲已经让议事会的委员们打了两次盹。很遗憾，"这位值得尊敬的记事最后说，"由于速记员无法抵抗习惯性的打盹，我们对于这个十分有见地的长篇演讲的实质内容无从了解。"

对无休止的长篇大论突然出现的热情，与我们贤明的祖先一向严肃、沉默寡言的特点十分不符。当时的一些渊博的哲学家认为，这种爱好除了其他各种粗野的癖好外，是从野蛮的邻居那里吸收来的。那些邻居善于长篇大论、议会争执，即使是最不重要的事情，在实施之前也要先行在首领和年长者中进行辩论和长篇演说。但不论其最初源自哪里，这都无疑是一种令人痛苦的疾病，而且至今都未从国家的政体中根除，反倒是在国家遇到大的波动时都会在令人惊恐和厌恶的浮夸中持续发作，就好似这个国家遭受了风寒，痛苦不堪。

智慧女神（不知因为什么，但无疑是一些很怪异的原因，古代智慧的代表竟然是位女性）就这样顽皮地抛弃了严肃庄重的新阿姆斯特丹的议事会委员们。过去的"方头派"与"圆臀派"派别之争，之前在彼得强有力的管制下几乎被扼杀，现在又以十倍于以往的狂热反弹起来。让民众更加混乱和迷惑的是，"节俭"这个灾难性的词语，这个大家可能认为已随暴脾气威廉一起被埋葬的词语，就像"不和的金苹果"一样，又开始在新荷兰的大议会中浮起来。依照"经济"这个可靠的政策原则，人们相信把两万荷兰盾花费在一个并不起作用的防御计划上，比花三万荷兰盾在一个很好而有效的计划上更合宜，因为这样本省就能明明白白省下一万荷兰盾。

但是当他们开始讨论防御方式时，一场难以描述的口水战就开始了。如我之前所说，所有成员分成了两个对立阵营，讨论摆在面前的问题时，系统、规律，让人震惊。"方头派"提出的任何建议，"圆臀派"就会全体反对。他们像真正的政治家一样，把推倒对方视为自己的首要职责，把抬高自己视为第二个职责，商讨国家福祉则是他们的第三个职责。至少这是派别中最正直成员的信条，因为就像大多数人一样，他们根本就不考虑自己的第三个职责。

在这些顽固的思维激烈的碰撞下，想出来的防御方法数量多得惊人。这些计划个个空前绝后，只在现代才听说，远远超过了吉福特巧妙的风车系统。尽管如此，仍然没有一项方案商定下来，因为只要一方想出了一大堆空中楼阁式的什么计划，另一方就会立即将其拆掉。单纯的民众都站在一旁，焦虑又满怀期待地观望着这颗巨蛋能在委员们咯咯嗒嗒的叫声中孵出些什么，但他们白等了，因为看起来大议会决心要像巨人庞大固埃用舌头遮蔽自己的军队以进行保护一样，准备用舌头保护新荷兰省。

这些成员中确实有很大一部分肥胖而自负的年长市民，他们抽着烟斗，除了否定别人提出的每个防御计划外，一言不发。这一类人是富有的老市民，他们积累了不少财富之后，便扎紧口袋，闭上嘴巴，衣着富丽，余生中便再也无所事事，恰如一些冷漠的牡蛎，吞下了一颗珍珠后便闭紧壳子，在泥土中安定下来，宁肯丢掉性命都不愿失去财富。对这些贤达的老市民来说，每个防御计划似乎都孕育着毁灭。一支武装军队就是一群掠食公共财产的蝗虫，供养一支海军就是把钱扔进大海，建筑防御工事就是把钱埋进土里。总之，他们至高无上的信条是：不管经受多少打击，只要口袋鼓着就可以。

被踢一脚不会留下伤疤，打破了头可以自愈，但钱包瘪了却是所有疾病中最难治愈的，而且在这方面造物也帮不上病人什么忙。

于是，贤明们召开的这个值得尊敬的会议，把紧急情况下极其宝贵的时间浪费在了空谈和冗长的争论中，除了时不我待，拖延会带来灾难这个他们一开始达成的共识外，任何一致意见都没有达成。最后，圣尼古拉斯不忍见他们这种心烦意乱的状态，急于要保护他们，以免他们陷入完全无政府状态，于是做了这样的安排：在一次他们吵吵嚷嚷、爱国热情高涨的讨论中，由于不能说服彼此而差点争执起来的时候，一位信使跑进屋里愉快地解决了问题，他跑来告诉他们，敌人的舰队到了，正在海湾北上！

就这样，所有固防、争论都完全没有必要再继续下去；就这样，大议会省了许多废话，新荷兰省省下了巨大的开销。这是经济原则最彻底、最辉煌的一次胜利。

第六章

新阿姆斯特丹的困境进一步恶化;展示危急关头,一个民族勇于用决心保卫自己。

新阿姆斯特丹的议员们就像由一群精明的猫组成的区委员会,吵吵闹闹,相互抱怨,脸部扭曲,彼此怒视,你啐我,我啐你,眼看着就要相互抓挠,却突然因一只看门狗的出现,四散而逃,慌作一团。喧嚣吵闹毫不逊于猫的新阿姆斯特丹议员们也是如此,敌人突如其来,令他们震惊不已,然后全部四散而逃。每个成员都尽快往自家赶,两条小短腿载着沉重的身躯,摇摇摆摆地能走多快就走多快,由于肥胖和恐惧,一路上呼哧呼哧地大喘着气。一到家,就把正门堵上,藏进自己的苹果酒窖里,连偷偷往外看一眼都不敢,生怕自己的脑袋会被炮弹炸飞。

主权民众都涌到集市上,聚成一团,就像狼正在羊圈外徘徊,而牧羊人和他的狗又都不在时的羊群一样,希望寻求彼此的陪伴,找到安全感。然而,他们非但没有找到安慰,却让彼此更加恐慌。每个人都可怜巴巴地望着旁边人的脸,想要寻找鼓励,看到的却是满面愁苦,让自己更加惊慌。没有人再说什么要征服大英帝国的话,没有人再悄声谈论经济原则这个至高无上的美德。老妇人们吵嚷着抱怨自己时运不济，不断祈求圣尼古拉斯和彼得·斯托伊文森特快来保护，更让众人意气消沉。

哦！勇敢坚定的彼得不在，她们是多么哀伤！她们多渴望见到安东尼·范·考利尔，这会给她们带来安慰！事实上，这两位冒险的英雄此时凶多吉少，生死未卜。自从总督传回敌人要入侵的警报，好多天已经过去，但他的生死没有任何音信。许多人开始猜测他和他的扈从一定是遭遇了可怕的事情。他们是不是被皮斯卡塔韦与科德角的食人族给活活吃了？是不是遭到了近邻联盟会的刑讯逼供？是不是被匹快格可怕的人用洋葱给埋了？在一片惊恐和混乱之中，当恐惧像一个巨大的噩梦在矮小、肥胖、患了多血症的新阿姆斯特丹市开始出现时，众人的耳边突然传来一个奇怪的声音，让他们大吃一惊。这声音由远及近，变得越来越响，已经来到城门口了。众人不会猜错这个熟悉的声音。看到勇武的彼得满身尘土，与后面跟着的他忠实的号手一同策马飞奔进入集市，人群发出一阵欢呼。

最初的欣喜若狂平息下来后，他们一下就围到刚下马的安东尼身边，将他淹没在招呼和祝贺声中。安东尼上气不接下气地向人们讲述了他和总督精彩的冒险旅程，他们如何从可怕的近邻联盟控制下逃脱。虽然斯托伊文森特手稿中一涉及伟大的彼得，就描述详尽，对于这次巧妙的退却也有具体的描述，但当下公务形势严峻，容不得我详述经过。简单地说，当时彼得正焦虑地开动脑筋，思考如何能够体面有尊严地撤退时，受命征服曼哈托斯的英国军舰抵达了东部的港口。他们在此获取必要补给，并要求近邻联盟会履行商定的合作。听到这个消息，英勇的彼得知道每一刻的拖延都会是灾难性的，虽然被迫不辞而别，即使是对一个满是仇敌的国家，让他那高尚的灵魂很是受伤，但他还是偷偷地仓皇逃掉。穿过东部大片地区匆忙奔跑的路上，安东尼没有再吹号，但他们也遭遇了许多九死一生的时刻和各种各样的危险。东部这个国家正在喧嚷着做战争准备，充满了敌意，因此他们不得不在逃跑的路上迂回行进，在树木茂盛的"魔鬼的脊梁"群山里一路潜藏着走。曾有一天，彼得像一头狮子从这里出发，打败了一对非法占地者。这是一个家庭的三代人，正准备去占有新荷兰省的一角。不仅如此，忠实的安东尼不止一次地费尽气力阻止他冲下山，手持宝剑向几个边境城镇发起进攻，因为在那里，正有穿着拖地长裙的民兵在列队，准备参加战斗。

一回到家里，总督首先爬上房顶，从那里，他带着忧伤的面容注视着敌人的舰队。英国人的舰队已经停泊在海湾里了，有两艘结实的轻帆船。约翰·乔瑟林先生告诉我们，舰上载着三百名勇敢的红衣士兵。观察过后，彼得坐下来，给英军舰队指挥官写了一封信，要他对预先没有获得准许就停靠在港口做出解释。这封信措辞既不失庄重，又合乎礼仪，尽管我从毋庸置疑的权威人士那里得知，他写信的时候一直牙关紧咬，面上带着苦涩而轻蔑的嬉笑。信发出后，面色阴沉的彼得步履沉重地在市内四处走动，脸上一副战争即将到来的表情。他的双手放到裤袋里，吹着一首荷兰赞美诗的旋律，听上去就如一场暴风雨正在酝酿时东北风的呼啸。所有的狗见到他都吓得躲开，而新阿姆斯特丹所有又老又丑的妇人都跟在他身后，哭喊着，恳求他保护她们免受谋杀、抢劫和无情的蹂躏。

侵略军指挥官尼科尔斯海军上校的回信，与总督的信一样礼貌。信中宣称英王陛下对新荷兰省拥有主权和所有权，申明荷兰人只是闯入者。来信要求所有城市、要塞等等都归属英王陛下管辖，接受英王陛下的保护，同时承诺，每一个荷兰籍居民，只要他们乐意臣服于英王政府，就可以享有生命、自由、地产和自由贸易。

彼得在读这封友好的信件时，脸上的表情就像一个脾气暴躁的农民，种着邻居的土地发达起来后，却收到了一封来自英国东印度公司的充满关爱的信，警告他要把他驱逐出去。但老总督并未惊慌失措，而是习惯性地塞了一大块烟块进嘴里，把信塞进马裤口袋，说第二天早上再行回复。同时，他召集议事会委员和市长们，开了一次战事会议，目的不是要征求大家的意见，因为已经看出，他们的意见他一点都不在乎；他让他们来是要给大家宣布自己至高无上的决定并要求他们立即遵行。

但在召集会议之前，彼得做了三个重要决定：一、新阿姆斯特丹市绝不不战而降，因为他认为这样一座名城，如果不经还击就被占领和劫掠，显然有伤其尊严；二、他的大议会成员中多数都是彻头彻尾见风使舵的人，完全没有骨气；三、所以他不会让他们看尼科尔斯海军上校的信，以防里面提出的诱人条款会让他们大吵着要投降。

彼得开会的命令通晓之后，再看看过去那些在高谈阔论中把大英帝国击败的英勇市长们，感觉他们真是可怜。他们可怜巴巴地从自己的藏身处向外瞅瞅，之后小心翼翼地爬出来，在狭窄的小街小巷中躲躲藏藏，遇到小狗叫一声，就吓得不轻，感觉好似放了一排火炮，灯杆被他们当成了英国士兵，在极度惊慌之下，水泵都变成了可怕的士兵，像是正拿着大口径枪瞄准他们的胸膛。经历了千难万险，一个不少地安全到达会议大厅之后，他们便各自坐下，在可怕的沉默之中等候总督的到来。不一会儿，就听到勇敢的彼得的木腿有节奏、坚定地踏在楼梯上的声音。彼得走进会议室，一身戎装，鬈发里擦的粉异常多，托莱多宝剑这次没有挂在腿边，而是夹在了胳膊下。除非他无所畏惧的脑子里正在酝酿战争一类的东西，总督从来不会穿着如此令人惊讶。议员们悲伤地把他看作了拿着火把和宝剑的铁面雅努斯，吓得大气不敢出，忘记了要点上自己的烟斗。

  伟大的彼得既勇敢，也雄辩。确实，这两项罕见的品质似乎在他的性格中并立而在。大多数的政治家只会在不流血的战场上与人辩论，言辞上取得成功，彼得与他们不同，他总是时刻准备着在言辞上强硬，在行动上也同样强硬。就像古斯塔夫斯向达拉那人民演说一样，他谈及自己在无情的敌人手中逃脱时经历的危险困苦。之后他指责议事会，批评他们把本该奉献给国家的时间浪费在了毫无意义的争论以及粗野的个人攻击中。然后他回忆之前繁荣的黄金时期，认为要繁荣复兴，只有勇敢地反抗敌人。为了能够燃起他们的战斗激情，他又讲到在克里斯蒂娜要塞的墙壁前，他带领大家走向胜利，讲到他们曾经征服了一支五十人的瑞典军队，占领了一片广袤的无人居住的土地。他还努力唤醒大家的信心，让大家相信圣尼古拉斯会护佑他们。他告诉大家在面对荒野里的野蛮人，东部的女巫和非法占地者，或是马里兰的巨人的时候，圣尼古拉斯都一直保护他们，使他们安然无恙。最后他告诉大家他收到了一封傲慢无礼的招降信，但他发誓只要苍天青睐，只要他还有一条木腿能够站立，他就会保护新荷兰省到底。为了强调这句高尚的话，他宽宽的剑面"啪"地拍了一下桌子，巨大的声响令他的听众十分震惊。

议事会委员们早已经习惯了总督的套路，而且早就变得和腓特烈大帝的士兵一样自律，看到说话也没什么用，就点上烟，静静地抽着，表现得就像肥胖却谨慎的议员一样。但市长们并不是完全在总督控制之下，他们自认是主权人民的代表，而且多次参加大众集会（著名的智慧与道德学校，事实上我得知有些人还曾担任会议主席），使他们自视甚高，十分自负，有些膨胀，所以我敢说，总督的话不能轻易使他们满意。当他们发现有不用打仗就能逃出目前险境的机会时，就重新打起了精神，傲慢地要求能得到一份招降书的副本，以便他们能在大众集会上展示给人们看。

如此无礼而叛逆的要求就连平静的范·特维勒都会生气，想一想会让伟大的斯托伊文森特如何反应吧！他不仅是个荷兰人，一个总督，一个有条木腿的英勇战士，更有一个火暴脾气。他一下子暴怒起来——与他的暴怒相比，众人皆知的阿喀琉斯的愤怒不过是噘嘴闹脾气罢了。他咒骂说他们没一个有资格看那封信一眼；骂他们个个都该被绞死，挖出心肝，大卸八块，因为他们竟敢如此叛逆，胆敢质疑政府的有效性；说自己一点都不在意他们的建议或合作；还说这个胆小怕事的议事会已经阻碍他很久，早就让他烦了；告诉他们可以现在就回家，像个老妇人一样上床睡觉；而他已下定决心，不用他们或他们的拥护者帮忙，独自保卫殖民地！这样说着，他拿起剑掖到胳膊下，把三角帽戴到头上，束紧腰带，怒气冲冲地踱步走出会议室。经过的时候，人人都给他让路。

彼得刚一走，坚决的市长们就在市政厅前召开了一次公开会议。在此，他们指派一位名叫杜夫·柔贝克的人为议会主席。这位柔贝克是本省一位烤姜饼的巧手，之前曾是暴脾气威廉的内阁成员。他民望很高，众人寄望于他，认为他是一位有玄妙知识的人，因为是他最先把诸如公鸡、马裤等神秘的象形符号以及其他类似的神奇图案印到了新年蛋糕上。

这位伟大的带头人，由于曾很不体面地被斯托伊文森特赶出了内阁，一直对其怀恨在心。他对这帮圆滑的民众做了一个冗长枯燥的演讲，告诉他们招降书十分客气，告诉他们总督拒绝遵照行事，告诉他们总督不让民众看一眼书信，并且说英国人慷慨大方、博爱人道、宽容体谅，人所共知，他毫不怀疑信中一定包含了对本省十分有利、体面的条件。

之后他说起总督大人，用词冠冕堂皇起来，好似是为了与他总督高贵与伟大的身份相称。他把彼得比作尼禄、卡利古拉以及古代其他大人物，他以前听暴脾气威廉掉书袋时常提起这些人的名字。他让人们相信，现在彼得的专制暴政中有凶恶、残暴、蛮横、嗜血、争斗、谋杀、暴死，世界史上没有任何专制暴政能与之相比，这个时期应当用愤怒的文字在血迹斑斑的历史碑上记录下来！当人们回顾这段历史，再来审视的时候，会是多么震惊！时间的子宫（顺便说一下，尽管有些人愿意让我们相信时间是一位老绅士，演说家与作家们却随意莫名其妙地使用"时间的子宫"这样的词）虽然包孕许多骇人的事件，但从未有哪一件与彼得的暴行比肩！后代子孙们看到记载中的这些不可救药的暴行，一定会被惊得说不出话，徒劳无益地怒吼！他还用了其他很多令人心痛、震荡灵魂的转义、比喻，我无法一一列举，事实上也没有必要，因为它们与当今所有高谈阔论以及独立日演说中最常用的话语一模一样，或许在修辞上都可以归到"冗长的废话"这一类。

柔贝克领导的爱国演讲在民众中发挥了神奇的作用，这些人虽然是冷静迟钝的荷兰人，但觉察到对自己侮辱的速度却快得惊人；这些乱哄哄的乌合之众，可以一声不哼忍受伤痛，却极为珍视自己至高无上的尊严。他们立刻陷入阵阵混乱痛苦之中，不仅提出了一系列正当合理又英勇的决议，还给总督写了一份措辞坚决的请愿书，抗议总督的行为。彼得一收到这封请愿书，即刻把它丢到火里，这样一来，这份十分宝贵的文件就无从看到，不然它有可能作为范例，教会补鞋的做衣服的如何贤明地干预政事。

第七章

本章讲述号手安东尼的不幸遭遇；彼得·斯托伊文森特如何继克伦威尔 a 之后，突然解散尾闾议会。

宽宏大量的彼得向自己的市长们撒下了一箩筐的"祝福"。他既不能让这些任性、执拗、顽固的属下信服，也无法说服他们，因此决定从此以后与他们再无瓜葛，只会去征求自己的枢密院委员们的意见。从他自己的经验来看，他知道这些委员是世界上最好的人，因为他们的意见从来不会与自己的意愿相左。他还没忘记（只要他还在当权）给予主权人民许多隐含讥讽的"恭维"，怒斥他们是一群彻头彻尾的胆小鬼，对于战争的苦难能带来的荣耀和辉煌丝毫不感兴趣，宁愿待在家里，在可鄙的安逸中吃饭睡觉，也不愿在战壕中英勇战斗，流血牺牲，名传千古！

即使只有自己，他也决心保卫自己深爱的城市。他召来忠实的范·考利尔，这位在任何紧急情况下他得力的左膀右臂，命他拿起通告战事的号角，骑上马，日夜不停地去召唤乡民迎战。到布朗克斯的田园边境鸣响警报；把克罗顿无人的荒野惊醒；叫起威霍克与霍博肯粗壮的自耕农；还有塔里敦战役中强壮的男人、塔瑞城与睡谷的勇敢的小伙子以及所有新荷兰省的其他勇士；命令他们挂上火药筒，扛上自己的鸟枪，快乐地向曼哈托斯进发。

除了女人，世上再没有比这样的差事更让安东尼·范·考利尔喜欢的了。他稍作停留，饱餐一顿，把深色酒壶装满提劲的荷兰杜松子酒，束在身边，便欢快地出了城门，大门朝向如今被称作百老汇大街的地方。与往常一样，他吹着一支离别曲，曲子在新阿姆斯特丹弯弯曲曲的街道里激情回荡。唉！他们最喜爱的号手以后再也不会吹曲子让他们快乐起来了！

那一夜天色漆黑，暴雨肆虐，恭顺的安东尼来到了那条将曼纳哈塔岛与陆地分隔开的著名小河边（这条河被有远见卓识的人称为哈莱姆河）。此时风狂雨骤，没有冥府渡神卡戎出来把勇于冒险的号手渡过河去。有一小会儿，安东尼像被困在水边失去耐心的鬼魂般高声怒吼，之后，想到自己任务紧急，紧紧地抱了抱自己的酒壶，他十分勇敢地下定决心要游过河去，管他什么魔鬼，然后便勇猛地一头扎进了水里。不幸的安东尼！在惊涛中还没游到一半，就见他猛烈地挣扎，就像在与水鬼搏斗一样。他本能地把小号放进嘴里，吹出一声激昂的号声，然后永远地沉到了河底！

安东尼铿锵有力的号角声，就像著名的圣骑士奥兰多在命丧龙塞斯瓦列斯辉煌的战场前吹响的象牙号角一样，传遍了整个国家，惊醒了住在河边的人，他们惊慌地快速赶到事发地点。一位一向说老实话的荷兰老人目睹了整个事件，向人们讲述了这件令人悲伤的事。他还讲了一件可怕的事（对此我很不愿轻信），说他看到了一条巨大鲟鱼形状的魔鬼，长着一条看不清的火光闪闪的尾巴，口中吐着沸水，抓住强壮的安东尼的一条腿，把他拉下水去。可以肯定的是，从此以后，这个地方，连同附近一个突入哈德逊河的海岬，就被称为"尖头怪"。从此后，不幸的安东尼不得安息的鬼魂时常在周边的荒僻之处出没，住在近处的人还常常能在暴雨肆虐的夜晚听到他的号角声夹杂在狂风中。没有人再在天黑以后试着游过河去，相反，为防止以后类似悲惨事件再次发生，河上建了一座桥。至于鲱鱼，人们对其十分厌恶，所以真正的荷兰人没有一位会把它们摆上餐桌。他们喜爱好鱼，讨厌魔鬼。

这就是安东尼·范·考利尔的结局，他理应命更好。他活得健康快乐，像个真正快活的单身汉一样，豪饮酣睡，一直到死。他虽然从未结婚，却在全国各地留下了三四十个孩子，一群漂亮、胖乎乎、吵闹而自负的顽童。如果传说为真（传说往往不说谎），这些孩子成为后来无数个社论撰写人的祖先。这些人在这个国家繁衍生息，守卫着这个国家，人们高价雇用他们，好让自己时时警醒，也让自己苦不堪言。这些人如果能继承先人们的贤德，而不只是他们大谈空话的本领，那该多好！

这个悲惨的消息不啻是给了彼得·斯托伊文森特当胸一拳，给他带来的痛苦，比自己深爱的新阿姆斯特丹遭受侵略还要大。它无情地痛击着他内心深处最柔软的地方。他像一个在毫无行迹的荒原上游荡的朝圣者，冷酷的暴风雨穿透他花白的鬓发，在他耳边呼啸，暗夜渐渐袭来，他看到自己忠实的狗全身冰凉毫无生气地躺在地上。这是他孤单行程中的唯一伙伴，他独自进餐时它陪着，时常心怀感激谦卑地舔着他的手，也曾躺在他的怀里，像个孩子一样靠在他的身上。曼哈托斯这位心胸宽广的英雄就这样思念着死于非命的忠实的安东尼。他曾是追随自己脚步的谦卑侍臣，在许多公务繁忙的日子里，他诚实欢快地逗自己开心，他曾忠实地跟随挚爱的总督经历一个个危险灾难，他就这样永远离开了，而且是在各种混蛋杂种似乎鬼鬼祟祟要对总督采取行动的时刻。现在，彼得·斯托伊文森特，是考验你毅力的时刻；现在，就是你大放光彩的时刻，老顽固彼得！

　　白日的光芒早已驱散了昨夜暴风雨的恐怖，但一切还是那么木然沉郁。往日快乐的阿波罗把脸藏在阴云后面，不时偷偷往外瞟一眼，像是很焦急，又很害怕地想知道自己最爱的城市的状况。这是一个不平凡的早上，今天伟大的彼得要对放肆的侵略者的招降书做出回复。他已与自己的枢密院委员们密谈过。此刻他严肃地坐着，默默地思考着自己钟爱的号手的去世，心中闷闷不乐，但一想到胆小怕事的市长们的无礼，又义愤填膺。正心烦意乱之时，一位信使匆匆赶到，带来康涅狄格狡猾的总督温斯洛普的一封信。信中用温情中立的话劝他交出新荷兰省，并强调了如果他拒绝会给新荷兰省带来的巨大危险和灾难。这个时候向一个一辈子从未接受过建议的人，强加好心的建议，是多么不合时宜啊！暴躁的老总督在会议室里大步踱来踱去，心中的愤怒让枢密院的委员们心生敬畏，吓得浑身发抖。他大骂自己时运不济，竟然一再沦为拉帮结派的臣民还有虚情假意的劝告者的笑柄。

　　就在这个不合时宜的关头，那些爱管闲事的市长，一直观察着彼得的一举一动，风闻来了一封神秘的信件，就坚决地闯进会议室，后面还跟着一群市政委员和一帮马屁精。他们唐突地要求查看那封信。被自己认作"无赖流民"的人闯进自己的办公室，还在一个他正因国外境况烦恼的时刻，这让暴躁的彼得简直忍无可忍。他把那封信撕个烂碎，扔到了离他最近的一位市长脸上，拿起自己的烟斗照着接下去的一位当头就是一下，拿起痰盂扔到一位刚要逃出门外的市政委员身上，最后用自己的木腿把这帮人都踢下楼梯，宣布无限期地解散整个议会。

匆匆逃出来的市长们刚从混乱中回过神来，稍稍喘了口气，就开始抗议总督的行为，他们毫不犹豫地说这是专制、违宪，十分不得体，还有些无礼。然后他们召开了一次公共会议。会上，他们宣读了抗议书，并向公众做了一个事先准备好的演讲，适当添油加醋，详细陈述了总督的专制和报复恶行。他们宣称，就个人而言，他们一点也不在乎总督大人用木腿踢他们、用巴掌打他们，但主权人民的尊严被自己的最高代表的暴行如此侮辱，他们为此感到屈辱。这通高谈阔论的后半部分对敏感的民众产生了极大的影响，因为它直接戳到了所有民众内心脆弱的情感和他们珍视的人格尊严。若不是这帮圆滑的无赖对于顽强的老总督的恐惧更甚于对圣尼古拉斯、英国人或魔鬼的敬畏，真不知道这通演讲会挑起民众做出什么怨愤的举动，来对抗令人敬畏的彼得。

第八章

彼得·斯托伊文森特如何凭借顽强意志守卫新阿姆斯特丹数日。

暂停一下，体贴的读者！让我们看看我们的史书所呈现的历史危机中那些壮丽而又令人忧伤的画面吧！一个威名远扬令人尊敬的小城，一个繁荣兴盛却因为有无人居住的乡村而显得愚昧无知的都市，由一群勇敢坚韧的演说家、主席、委员、市长、市政委员和老妇人戍守着，由一个坚决而顽强的勇士管理着，用土炮台、栅栏和决心来防御着，但它海上被封锁，陆上被围困，面临被外敌夷为平地的威胁；而自身内部民众牢骚满腹，派别争斗，混乱不堪，要害部门已被撕裂！除了耶路撒冷被围困时希伯来人陷入的困境—当时提图斯的胜利大军已经推倒了他们的堡垒，举着火把和宝剑进入教堂至圣所，而并不和睦的两个派别还在自相残杀——史家从未记载过比现在还要复杂的窘境。

前面已经讲过，斯托伊文森特总督已成功解散了大议会，在摆脱了这帮粗鲁无礼的建议者之后，他给入侵的英国舰队指挥官发了信，信中明确说明了荷兰王国国家元首各邦国统帅对于新荷兰省的主权和所有权，他深信自己所为正义，公然与整个英国对抗！这封信措辞礼貌，不卑不亢，但我急于将读者和我自己从这些灾难性的场景中解脱出来，因而不能展示信的全文，只能让大家看下信结束时这些充满英雄气概与温情的话语。

您的来信结尾提出的威胁，我们无话可说，只是您要知道，除了（既公正又仁慈的）上帝会给予我们的惩罚以外，我们无所畏惧；世间一切皆由上帝仁慈地安排，他略施神力，就会如大军一般保护我们；我们祝愿你们都能够幸福、繁荣，请你们祈求上帝的护佑。

尊敬的勋爵，你无比谦卑热情的仆人和朋友

彼得·斯托伊文森特

坚决地发出挑战后，勇敢顽固的彼得把一对巨大的马枪插进皮带，身边挂上一个巨大的火药筒，把自己那条健康的腿塞进黑森靴，拍了拍头顶令人生畏的小战帽，在自己的房前踱来踱去，决心要战斗到底，保卫自己深爱的城市。

当所有这些可悲的争斗和意见纠纷在新阿姆斯特丹这个不幸的小城盛行，当它的令人尊敬但时运不济的总督写上面那封信时，英军指挥官们也没有闲着。他们偷偷雇人挑起市民的恐惧和骚乱，还到毗邻地区四处传播一个通告，重复他们在招降书中提出的条件，用最狡诈怀柔的谎话诱骗单纯的荷兰人，承诺每个自愿臣服于英王的人都可以继续保有房子、妻子和白菜园子。他们可被准许抽烟斗、讲荷兰语，裤子想穿几条随意，还可以从荷兰进口砖、瓦、石壶，而不用在本地生产。他们绝不会被逼着学习英语，记账时不必用别的方法,只需像如今荷兰自耕农依然延续的做法,掰掰手指头算算,用粉笔写在帽头上即可。每个人都可不受干预地继承自己父亲的帽子、衣服、鞋扣、烟斗和其他所有个人物品,每个人都不会被强迫接受改造、发明或者任何现代新产品,相反,每个人可以完全按照很早以前祖先的方式,建房、做生意、管理农场、饲养家畜、教育子女。最后,每个人都会享有自由贸易的好处;除了圣尼古拉斯,不会逼迫他们接受任何圣人,和以往一样,圣尼古拉斯此后也是这个城市的守护神。

可想而知,这些条件让民众十分满意,他们特别愿意自己的财产不受侵犯,极为厌恶卷入除了荣誉与头破血流外他们会一无所得的冲突中。对于荣誉,他们持超然的漠视态度,对于头破血流则是十足的嫌恶。英国人就这样用这些阴险的招数成功地使民众的信心和热情与英勇的老总督疏远。民众开始把老总督看作执拗地要将他们置于可怕灾难的人。他们不再犹豫,开始畅所欲言,尽情地辱骂总督——自然是在他背后。

强大的虎鲸面对咆哮怒吼的巨浪急流,无论经受怎样的冲击拍打,仍不会迷失自己的航向;虽然被喧腾的巨浪吞没,仍会从混沌的深海中浮出水面,用十倍的力量抗击,喷水成柱。不屈不挠的彼得就是这样毫不动摇地致力于自己追求的事业,蔑视暴民的喧闹疾呼,不为所动。

但是当英国军队从彼得回信的大意中读出他竟然蔑视强大的英国,便派出征兵军官到牙买加、杰里科、尼尼微、桂格、帕乔格和所有很久以前被伟大的斯托菲尔·布林克霍夫降服的可怕的城市,激起普里泽夫德·费什、迪特闵德·考克和其他有名的非法占地者勇敢的后代子孙的怒火，要求他们从陆上向新阿姆斯特丹进攻。与此同时，英军船舰做好了充分的准备，要从海上对城市发起猛攻。

新阿姆斯特丹的街道现在是一派人心惶惶、惊慌失措的景象。英勇的斯托伊文森特命令人们拿起武器到广场或市场集合，但无人听命。"圆臀派"一夜之间都变成了彻头彻尾的老妇人。这个变化只有李维记载的一件奇事可与其相提并论：汉尼拔迫近罗马时，雕塑都吓得流汗，山羊变成了绵羊，公鸡都变成了母鸡，在街上咯咯叫着乱跑。

疲累的彼得外部受困，内心煎熬，被市长们诱降，被暴民们苛责，就像一头被拴在树桩上，遭受一群无赖杂种狗袭扰的凶猛的熊，焦躁、咆哮、暴怒。发现任何试图保卫城市的努力都是徒劳，又听说一群边境居民和东部的强盗已经准备好要从东部大举进攻后，虽然他胸怀胆略，但最终还是被迫同意投降协定。

得知这个令人高兴的消息，人们的狂喜溢于言表；就算他们自己是征服者，战胜了敌人，也不会比现在还要高兴。街上回荡着庆贺声，他们赞扬总督，誉他为拯救国家的国父。他们拥到他的房前表达感激，赞誉之声比当初他光荣地征服了克里斯蒂娜要塞、凯旋时的呼喊声还要强烈十倍。但是愤怒的总督关上门窗，躲到自家宅邸最幽闭的地方，以免听到外面这帮乌合之众可耻的欢呼。

得到总督的同意，包围该城的英军要求举行会谈，讨论投降条件。因此，双方各派六名专员组成代表团进行谈判。1664年8月27日，敌人答应了一份对新荷兰省十分有利，让彼得·斯托伊文森特很体面的投降协定。敌军高度评价了曼哈托斯人民的勇敢以及他们总督的大度和谨慎。

现在只剩下一件事，就是投降协定需要英勇的彼得认可签署。谈判的委员们恭敬地等着他，却受到了这位勇敢的老战士极为冷酷、不满的接待。他的战服放在一边，强健的身体上裹着一件老旧的印第安睡袍，一顶红色毛线睡帽遮盖住了紧锁的眉头，铁灰色的胡子已经三天未刮，让他苍白的面容更显恐怖。他一次次拿起一支残笔，想要签署那份令人厌恶的协议，但又一次次牙关紧咬，面目可怖，好似用大黄、番泻叶、吐根配成的毒药送到了嘴边。最终他把笔扔了出去，抓起铜柄剑，拔剑出鞘，对圣尼古拉斯发誓，他宁愿死都不会屈服。

威胁、抗议、辱骂，所有试图动摇这个决定的努力都没有成功，一切都无济于事。整整两天，这些吵吵嚷嚷的乌合之众围住英勇的彼得的住处；整整两天，他拿着武器，坚决拒绝批准认可投降协议。就这样，像豪拉提乌斯·科克莱斯再世，承担起战争带来的所有压力，以一己之力护卫着新阿姆斯特丹这座现代的罗马城！

最后，民众发现这些吵嚷喧闹只是让彼得更加坚决。他们想出了一个可能会让总督高贵的愤怒稍减、坚强的决心削弱的卑下的权宜之计。他们组成一支庄重严肃、神情忧伤的游行队伍，市长和市政委员们领头，后面跟着开悟的民众，拿着那份不祥的投降协定，慢慢向总督的住所移动。到了近前，人们发现刚毅的总督挺直了身子，像一个守在自己城堡里的巨人。所有的门都设了障碍，他自己一身戎装，头戴三角帽，端着一杆大口径短枪坚守在阁楼窗口处。

这些卑贱的俗人看到这个令人敬畏的姿势，震惊不已，不由心生敬畏钦佩。看到自己刚毅孤单的老总督执着于难以实现的愿望，忠实地坚守岗位，全副武装保卫着这个不知感激的城市到最后一刻，吵吵嚷嚷的民众不由反思自己屈辱的堕落。但这种内疚很快就被一波一波涌来的忧惧所吞噬。人们整齐地排列在房前，十分恭敬谦卑地摘掉帽子。其中一位市长，那些喜欢在大众面前演说的人中的一个，老萨鲁斯特描述的"能侃侃而谈，却说不到理上"的那一类，走上前去，向总督做了一个长达三小时的演讲。他用十分哀切的话语详述了本省悲惨的状况，并不断重复同样的观点和话语，敦促总督签署投降协定。

刚毅的彼得从阁楼窗口神情严肃地静静看着他，眼睛不时又会扫过周围的民众，板着的面孔上露出愤怒的狞笑，就像一头愤怒的猛犬。虽然他有十分坚强不屈的勇气，公牛一般强大的内心，顽强堪比刚玉的大脑，但他毕竟只是一个凡人：他被这些无休无止的抗议和永不停歇的高谈阔论搞得筋疲力尽。他意识到如果自己不同意，这些人会遵从自己的意愿，或者说遵从自己的恐惧，不等他同意就去行事。他烦躁地命令他们把投降文件递给他。于是大家找来一根竿子，把文件放在竿子梢上，传给了他。随意在文件底部签上自己的名字后，总督把投降书向他们头顶上一扔，砰地关上窗户，不再理这一群胆小、叛逆又堕落的圆屁股，只留给众人极端愤怒地咚咚下楼的脚步声。民众四散而逃，就连市长们都极为迅速地离开这个地方，唯恐英勇的彼得会从他自己的窝里走出来，一怒之下，送给自己一些不想要的纪念品。

第九章

本章包含对帝国兴衰的反思,以及美洲荷兰王朝的最终毁灭。

有趣又真实的历史中发生过无数事件,在当时,这些事件件件都可能最悲惨、最让人难过,但没有哪一件能像威名赫赫、国力强盛的王朝兴衰一样,让敏感的史家心碎忧伤。一个受过训练的葬礼上的演说家,能够适当调节感情的起伏,悼词热情时可以迸发出满腔激情,抑或现出难以遏制的悲伤。他把巨大的悲痛化作一种指南:做好准备在逗号处捶胸,在分号处拍额头,在破折号处开始感到震惊——看到惊叹号就突然陷入难以自制的绝望!忧伤的史家就是像他们一样登上讲坛,沉默悲苦地面对已经逝去的荣耀时代的遗存。他抬眼责问苍天,俯身愤怒忧伤地扫视茫茫人世,表情显出无法言说的痛苦,用这些撼动人心的准备工作,让山川河岳世间万物与他一起沉浸到悲伤之中。接下来,他会慢慢从口袋掏出白色手帕,以其掩面,用一位荷兰作家最能催人泪下的话语,好似在抽泣着对读者说:"有鼻子的,现在擤擤鼻子吧!"或者更准确地说:"大家都擤擤鼻涕吧!"

哪里会有读者,读到世界上伟大王朝灭亡这样的灾难性事件会无动于衷？神游在王国、属邦、帝国恐怖而庞大的断垣残壁之间，看这些动摇了帝国根基，带来它们可怜、衰败的巨大灾变，忧伤的追问者内心会充满同情，同情心就如周边这恐怖景象一样饱满壮丽。每一缕情愫，每一份内心的痛苦，都被打动、被遗忘；不幸的读者就这样陷入巨大的悲痛中，一个无法移除的想法中，一个无边无际、大如山峦无法抗拒的巨大悲痛中，像一个无助的凡人在噩梦中喘息、呻吟、挣扎。

看一看伟大的亚述帝国，"神勇的猎户"宁录缔造。领土不断扩张，雄踞全球，一千五百年中不断发展壮大，最后毫不光彩地在柔弱的萨迪纳帕路斯统治下，在首都尼尼微的大火中被米底苏丹阿拔士消灭。

看一看接下来的米底帝国。在永垂不朽的居鲁士统治下，好战的波斯领土不断扩张，勇敢面对沙漠的冈比西斯征服了埃及，七百年里不断积蓄力量与荣耀，但最后领土不断缩小，最终在著名的格拉尼卡斯河战役、伊苏斯战役、阿贝拉会战中，被所向披靡的亚历山大大帝推翻。

接下来看看古希腊帝国，辉煌灿烂，却十分短暂，与好战的流星一同崛起，又一起陨落，仅仅荣耀了七年，之后便与自己的英雄一道，在可耻的纵情享乐之中灭亡。

再来看古罗马帝国，在意大利半岛的鹰窝里羽翼渐丰，在肥沃的亚洲平原上空胜利地盘旋飞翔，飞越了非洲灼热的沙漠，最后展开胜利的羽翼，成为世界的主人！罗马帝国，美食与自然知识的大商场，城市的典范，世界的大都市，可是看一看它的命运：一次次被一群群凶残的野蛮人蹂躏、洗劫、推翻，这个笨重的帝国，就像一个巨大却熟透了的南瓜，分裂成为著名的查理曼大帝的西罗马帝国与利奥大帝的东罗马或是希腊人帝国。其后，东罗马帝国发展了六百年，最终被撒拉森人邪恶的双手瓜分。

看一看萨拉森帝国，被占领了这片土地的强大的成吉思汗所动摇，其后在帖木儿统治时期整个东罗马帝国被征服。再将目光投向波斯群山，看那激昂的牧羊人奥斯曼和他那些凶猛的同伴，如何像一股旋风扫荡尼科米底亚平原。看！之前无所畏惧的萨拉森人屈服了。他逃离了！他消亡了！他的王朝被毁灭了，奥斯曼土耳其帝国的新月旗在它的废墟之上胜利地高扬！

看一看，但是我们何须再看更多？我们为何要在已然消失的荣耀时代的废墟中搜捡梳理？王国、公国、强国，各自经历了崛起、发展和衰落，都曾有力地挥舞过强大的权杖，也都又回归到原初的虚无。荷兰王国最高国家元首在著名的大都市曼哈托斯也经历了同样的遭遇。先是犹疑者沃尔特和平时期的统治，继有暴脾气威廉统治的动荡时期，再有彼得·斯托伊文森特（即倔强的彼得、执拗的彼得、老顽固彼得）勇武的统治时代。

新阿姆斯特丹是高雅、好客、优雅艺术的保护人，它像垃圾堆里的珍珠，光彩闪耀。围绕着它的野蛮人部落粗野狂放，欧洲群落暴虐无礼，相比之下，它更显光耀。可是！唉！无论是美德、天资、雄辩，还是节俭，都无法防止命运那不可避免的一击。四面受压、到处受敌的荷兰王朝，走到了它命中注定的尽头。从一个小小的开端，新荷兰膨胀、壮大成为肥胖的圆球。他曾经以漠然的慷慨应对周围敌人不停的蚕食,但入侵带来的突然打击,让它无法承受。

曾见过一帮逃学的顽童,反复敲打着一个吹起来的气囊,但气囊在攻击之下没有瘪下去,毫不受损。到最后,一个比其他孩子懂得更多的顽童,积蓄全身力量,猛地一屁股坐在了这个胀起来的球上。球体与球体的对抗接触可怕而具有破坏性,膨胀的球屈服、胀开、爆炸,发出一声像极了雷声的奇怪而又沉闷的响动,然后不复存在。

现在除了难过又不情愿地把这个美丽的小城交到侵略者的手中,已经没有其他选择。我多想像冲动的彼得一样,拿起我得力的武器,再写上一部书,描述下小城抗敌的情景;但是事实,无可更改的事实,不允许我做鲁莽的尝试。更迫切的是,房东的房费这个可怕的影像就像一个丑陋、高大、黑暗的鬼魂一直搅扰着我的思路。它就像爱吃腐肉的乌鸦,盘旋在我慢慢完结的史书上空,不耐烦地等着书快快完结,好冲到尸骸上大快朵颐。

简单地说,在投降书签署三个小时后,一支吃牛肉长大的英国军队便涌进了新阿姆斯特丹,占领了堡垒和炮台。时而可以听见荷兰老市民频繁敲打钉子的声音,他们正费心把门窗钉死,以保护自己的妻子不受这些凶猛的野蛮人的伤害。他们一言不发、情绪低沉地在自家阁楼上看着这些人在街上走过。

英军指挥官理查德·尼科尔斯海军上校,作为约克公爵的临时代理人,就这样平静地拥有了这块土地的占有权。他们的胜利,除了把行省与城市的名字改掉让荷兰人感到气愤外,没有其他让荷兰人愤慨的事。新荷兰省和新阿姆斯特丹市自此被更名为纽约,并一直沿用至今。依照协定,行省和城市原来的居民继续保有自己的财产，但他们对英国人的憎恶根深蒂固，一些有身份的市民私下开了个会，一致决定绝不邀请任何占领者到家中吃饭。

这就是新荷兰的命运，而这只是一个微妙事件链条中的一环。这一系列事件从占领卡斯米尔要塞开始，竟引起了目前整个世界的动荡！大家不要笑话这一论断，认为其荒谬。虽然它看起来有些夸张，但没有比这更有说服力的论述了。温和的读者请听一听这个简单的推理，而且如果您是一位国王、一位君主或者其他大权在握的统治者，我建议您在心中好好珍藏这个推理，尽管我很难想象我的史书会落到这些人的手里，因为我很清楚，狡猾的大臣们会对此格外留意，他们不会让不幸的统治者看到所有这些严肃而有教育意义的书籍，以免他们出人意料会去读起来，并从中学到一些智慧。

狡猾的瑞典人奸诈地突袭卡斯米尔要塞，享受到了短暂的胜利，但却给自己招来了彼得·斯托伊文森特的报复。他从他们手中攫取了整个新瑞典。但彼得征服新瑞典，惹得巴尔的摩男爵对新瑞典的所有权进行声讨。男爵向大英帝国内阁上诉，英国转过来征服了整个新荷兰。通过征服新荷兰省这一伟大成就，整个北美洲，从新斯科舍到佛罗里达，都成了英王的属地。看看后果如何吧：原本分散的殖民地就这样统一起来，由于没有其他殖民地能与之抗衡，让他们忌惮，他们逐渐强大，最终强大到母国无法管理的地步。这样他们得以摆脱母国的束缚，通过一场光荣革命，成为独立的国家。但是连锁效应并未到此结束。北美革命的成功引发了血腥的法国革命，法国革命又造就了强大的波拿巴。波拿巴在法国实施独裁，使得整个世界都陷入混乱之中！这些伟大的政权就这样相继为他们倒霉的征服受到惩罚。所以，如前面所言，如今伤害全人类的所有动荡、革命和灾难，其根源就是这部重要的史书中记载的攻占卡斯米尔要塞。

　　就让欧洲的君主们看看，他们对我们深爱的国家做的好事。如果攻占一个相对不重要的小城堡都能破坏一个国家的经济，那么类比推理下，占领一个庞大的共和国会造成什么后果呢？它会使所有恒星、行星开始争斗，月亮、太阳打起架来，整个自然系统会陷入一片混乱。除非有上苍庇佑，能够太平盛世再现！

第十章

> 老顽固彼得的体面归隐及辞世。

我这引人注目的史书写作就要这样结束了。但在我放下疲惫的笔杆之前,还有一项虔诚的义务需要我尽到。在细心研读这本书的广大读者中,或许能找到一些真正高尚的人。他们研读高贵之人、勇敢之人的历史,灵魂也会有神圣的火光闪耀。他们无疑很想知道勇敢的彼得·斯托伊文森特的命运。为了满足这些金子般纯洁的心灵,我要再多写一写,因为我的写作不只是要说明我的同行史家的探究有多么冷血。

这位极有勇气的骑士一签署完投降协定,就立刻决定不会亲眼看着自己心爱的城市受辱。他转身背向城墙,怒气冲冲地躲到了自己离城两英里远的乡间宅邸。就在自己的乡间宅邸里,度过了自己从总督位置上退下来以后的余生时光。他在这儿享受着思想的宁静。执政时期,面对各种纷扰,他从未感受过这份宁静。在自己的家里,他是绝对的权威,不受任何干扰,这让他很是享受,而在他执政时期,他的权威时常受到那帮喜爱结党营私的属下令人愤恨的反对。

没有人能够劝说他再回到城里看一看。相反,他总是把自己大大的扶手椅背对朝向城市的窗户，就这样一直到他亲手种植的树长成一片茂密的小树林，能形成一个屏障，挡住他的视线，让他望不见城市。他不停地责骂占领者，嫌他们带进来一些令人堕落的变化和改造。他禁止家里人说占领者那令人讨厌的语言，一个词都不可以。这项禁令大家都欣然服从，因为他家里除了荷兰语，没有人会说其他的任何语言。他甚至还下令砍掉自家房前道路两旁成荫的树木，因为其间有英国樱桃树。

他照管全省时，时时刻刻警戒，现在虽然管辖范围变小，却丝毫没有松懈。他不停围着自己的小领地巡逻，一刻也不放松，勇敢地迅速击退每一次侵犯，严厉地惩罚每个破坏自己果园和农场的流浪汉，还洋洋得意地把每头流窜到此的猪或牛监禁起来。但对待贫困的邻居，孤孤单单的陌生人，或者筋疲力尽的旅人，他宽敞的大门永远敞开着。他家里宽敞的火炉，那个他温暖慷慨内心的象征，总留有一个角落收留保护这些人。但我必须承认，有一个例外，那就是求助者是个倒霉的英格兰人或扬基人。对他们，虽然彼得可能会伸出援手，但永远不会表现出热情好客的礼节。不仅如此，如果偶有来自东部地区的掉队的商客，驾着装满锡器或木碗的马车停在他的门前，怒气冲冲的彼得会像巨人走出自己的城堡，把那人的瓶瓶罐罐叮叮当当砸个稀烂，这些卖"小商品"的商贩不得不立即逃离。

他那套旧军装，仔仔细细地挂在大卧室中，由于经常用刷子刷，已经都擦破了。每个月的第一个晴天都会拿出来晒一晒。他的三角帽和得力的宝剑，安静肃穆地挂在起居室壁炉台的上方，一旁就是一幅著名的荷兰海军上将冯·特鲁姆普的全身肖像。在自己的家庭王国里,他纪律严明,维护着一个井井有条而专制的政权。虽然在这里他的个人意愿就是最高法律,但属下的福祉却是他一直追求的目标。他关照的不仅是他们当下安逸的生活,还有大家的道德以及最终的幸福。他给大家很多忠告,在必要时,他会毫不客气地对大家进行审慎的惩戒,而大家不能对此有任何怨言。

荷兰的古老节日,那些人们喜气洋洋、心中感恩的时刻,现在我的同胞正在可悲地将它们渐渐废弃,但在斯托伊文森特总督的府中却严格按照习俗庆祝。在这里,新年地地道道是一个无拘无束的日子,人们快乐狂欢,真诚地相互祝福。人们的内心充溢着友好真诚,餐桌丰盛,可以不必拘礼,随意享用,张开大嘴快乐吃喝。这些在今天这个堕落与文雅并在的时代已经不为人知了。在他的领地,人们一丝不苟地庆祝复活节和圣灵降临日。圣诞节当然也不能没有圣诞礼物,烟囱上不挂袜子,不遵行所有礼仪,随随便便而过。

每年4月的第一天,他都会穿上一身戎装,因为这一天是他征服新瑞典后,胜利回到新阿姆斯特丹的纪念日。对家里人来说,这总是一个狂欢喧闹的日子。这一天家里的佣人在某种程度上说是自由的,可以想说什么说什么,想做什么做什么。因为这一天他们的主人总是平易近人,十分快乐和诙谐,他会打发头发灰白的老黑仆去找鸽子奶,开他个愚人节的玩笑。每个人都会假装上了一当,迎合主人的玩笑,以尽到一位忠实而训练有素的侍从之职。他就这样愉快而祥和地统治着自己的土地,不伤害任何人,不嫉妒任何人,不被外部冲突所侵扰,不为家里的骚动而烦恼。地球上那些想要维护和平,用战争和破坏增进人民福祉的强大君主们,真该好好来曼纳哈塔这个小岛看一看，从彼得的家政中修习一课统治的道理。

然而时间流逝，与所有凡人一样，老总督开始现出衰老的迹象。一棵老橡树，长时间面对风吹日晒，虽然能保持硕大的体态，却开始随着每一阵强风摇摆呻吟。勇敢的老彼得像老橡树一样，有过英勇刚毅、充满骑士精神的时光，现在虽然他依然保有这样的体态和面貌，然而岁月已开始削弱他身体的活力，但他的内心，那最难以征服的堡垒，依然屹立未倒，没有被征服。没有人比他更渴望得到英荷战争的每一条消息。每当听说德·鲁伊特打了胜仗，他依然会激情难抑，兴奋不已；而听到命运之神站到了英国人一边，便会面容凝重，眉头紧锁。最后，有一天，他刚抽完第五袋烟，吃完饭正躺在扶手椅上小睡，在梦中征服整个大英帝国，突然他被一阵可怕的铃声、鼓声、炮声惊醒。这声音让他全身热血沸腾。但当得知这些欢呼声是为庆祝英法联合舰队击败了勇敢的德·鲁伊特和小冯·特鲁姆普后，他的内心难以承受，倒在床上。不到三天，急性肠胃炎就把他带到了死神的门口！但即便在这最后的关头，他依然展现出老顽固彼得不屈服的精神。他毫不妥协地顽强撑到最后一口气，与一群老妇人对抗。她们一心按照真正荷兰人的防御方式，想通过不停地往他肠道里灌猫薄荷与薄荷油占领战场，把敌人从他的肠道里清除出去。

他就这样躺着，徘徊在死亡边缘之时，一条消息传来，勇敢的德·鲁伊特损失不大，已经顺利撤退，准备与敌人再次交战。老勇士正要闭紧的双眼听到这些话又焕发了神采，他自己稍稍撑起身子，一股尚武激情点亮了他的面庞。他紧紧握起一只枯槁的手，感觉好似握住了那把曾在克里斯蒂娜要塞的城墙前胜利挥舞的宝剑一样，脸上露出一抹不屈的欢欣笑容，之后一头跌到枕头上，去世了。

彼得·斯托伊文森特，这个英勇的战士，忠诚的臣子，正直的总督，一个从未想过要摧毁一些帝国，做一个永垂不朽英雄的诚实的荷兰人，就这样故去。

他的葬礼十分隆重庄严。市里的居民全都蜂拥赶来，送他们善良的老总督最后一程。他的所有好处如潮水般涌进人们的记忆中，而他的缺点、过错，都随他的去世从人们的记忆中消除。老市民们为了谁能有幸抬灵柩而争抢，民众为了能够离棺材更近一些而争夺。这个忧伤的队伍后面，跟着一群头发灰白的黑人，大半个世纪里，他们在这个故去的主人家中度过了一个又一个春夏秋冬。

民众面色凝重，神情忧伤，围聚在坟前，难过地回想着这位英勇的老战士刚毅的品质、非凡的贡献以及雄伟的功绩。他们一边怀想，一边暗暗责骂自己当初不该搞派系反对他；许多老市民，面容一向冷静镇定，眼睛从未湿润过，现在也都难过地吐一口烟，一边用充满温情的乡音说着"唉！老顽固彼得还是走了"，一边悲伤地摇着头，大滴的泪珠偷偷地滑下他们的脸庞。

彼得的遗体被安置在了一座小教堂下面的家族墓穴里。小教堂是他在自己的庄园里虔诚地建起来，献给圣尼古拉斯的，地址就在现在的圣马可教堂。在这里，人们如今还能见到他的墓碑。他的庄园，还继续为他的后代保有。他的后人行为全都诚实正直，严格遵守过去新荷兰繁荣时期盛行的习俗和礼节，证明他们没有愧对自己著名的祖先。有许多次，他们的农场夜里有冒险的掘金者出没，据说是来寻找老总督埋下的金罐，但是否有人能找到东西因此致富，我不得而知。但我那些土生土长的同胞中，有谁不记得在顽皮的孩提时代，把在假日午后到"斯托伊文森特的果园"打劫一番，视为一次英雄壮举呢！

在这个家族庄园中仍能见到伟大的彼得的一些遗物。起居室墙上挂着他眉头紧锁、勇武可怖的全身画像，他的三角帽和宝剑还挂在最大的寝室里，硫黄色马裤很长一段时间都挂在大厅里，直到前些年由于一对新婚夫妇为此起了争执才移走。他镶着银饰的木腿，至今都被当作宝贵遗物珍藏在储藏室里。

现在，尊敬的读者，在与大家难过地分别前——唉，这一定会成为永别！——我愿意带着大家的热忱友情与大家告别，这里有我们和善的记忆。我没能写出一段更好的关于开创者们的历史不是我的过错，如果以前有人写过的话，我是永远都不会做此尝试的。此后会涌现许多人写出比我的作品更优秀的作品，对此我毫不怀疑，但也更不在意。众所周知，当伟大的克里斯托瓦罗·科伦（即俗称的哥伦布）竖起过鸡蛋之后，在座的每个人都能更加灵巧地将鸡蛋千百次地竖起。如果有读者在这部书中发现有冒犯你的地方，我由衷地感到难过，虽然我无论如何不会告诉他他错了，质疑他的洞察力，不会说他吹毛求疵，质疑他品性的善良，不会说他杯弓蛇影，质疑他良知的纯洁。当然如果他巧妙地在毫无冒犯之处发现了冒犯他的地方，希望他能从自己的发现中受益，不然就实在可惜。

我对于自己同胞的理解力有很高的评价，没想过要给他们任何指教，而且我渴求他们的善意，不想因给他们提出好的建议而失去他们的友好。我不是一个受到这个世界的鄙视进而鄙视世界的玩世不恭的人，相反，虽然世人看低我，我却用极其善良的品性来仰视它。让我唯一感到难过的是，它没有证明自己配得上我对它的这份无限的爱。

然而，如果我这部史书，我这漫长劳碌一生仅有的成果，没能满足这个时代高雅的品位，我只能感叹自己不幸，因为以我这个年纪，就连希望自己能够补救都已为时过晚。衰年已将毫无生气的白雪洒到了我的眉上，用不了多久，我那颗悸动——尊敬的读者，为了你们而悸动—的心脏依然残留的热切温度，就会永远地冷却了。也许我那归于尘土的脆弱身躯尚存在时，除了能结出些无益的野草外别无他用，但或许能够在山谷中奉献一块不起眼的草皮，生长出许多芳香的野花，来装点我深爱着的曼纳哈塔岛！

出版编辑说明

一、原书名为《纽约外史》。

二、对目录进行了简化。

三、删除了原注和译注。

四、删除了第一篇，篇目序数顺改。

五、删除了原著中"作者的申辩"。

特此说明。